时光的花朵

ShiGuangDeHuaDuo

Wen
Zhang

文 章 著

经济日报 出版社

图书在版编目（CIP）数据

时光的花朵／文章著. -- 北京：经济日报出版社，
2023.1
ISBN 978-7-5196-1297-9

Ⅰ. ①时… Ⅱ. ①文… Ⅲ. ①散文集-中国-当代
Ⅳ. ①I267

中国国家版本馆 CIP 数据核字（2023）第 042854 号

时光的花朵

作　　者	文　章
责任编辑	王　含
责任校对	蒋　佳
出版发行	经济日报出版社
地　　址	北京市西城区白纸坊东街 2 号（邮政编码：100054）
电　　话	010-63567684（总编室）
	010-63584556　63567691（财经编辑部）
	010-63567687（企业与企业家史编辑部）
	010-63567683（经济与管理学术编辑部）
	010-63538621　63567692（发行部）
网　　址	www. edpbook. com. cn
E - mail	edpbook@ 126. com
经　　销	全国新华书店
印　　刷	成都兴怡包装装潢有限公司
开　　本	880mm×1230mm　1/32
印　　张	9.25
字　　数	230 千字
版　　次	2023 年 4 月第 1 版
印　　次	2023 年 4 月第 1 次印刷
书　　号	ISBN 978-7-5196-1297-9
定　　价	68.00 元

序 给你一个纸上花园

刘荒田

所谓"一花一世界，一叶一菩提"，优秀者的灵魂也这般丰富而广阔。且看文章的双轨迹，一条绵延于世俗，从刻苦求学拿到理科博士学位到供职于加拿大农业部研究发展中心；另一条透迤在文学艺术的峰峦，她已出版长篇小说等文学作品多部，闲时还习国画，临摹王羲之。理性和感性互相激荡，使得心灵有所皈依，生活充满芬芳，这就是近于完美的人生。她发来散文集《时光的花朵》的电子稿，嘱我为序。我徐徐品读，先看目录，每一辑都以花冠名：紫罗兰、蒲公英、合欢、广玉兰、迷迭香、野雏菊、蓝玫瑰，并诠释其含义。惊喜地说，这不就是一座纸上花园嘛。

比起别出心裁的名字更要紧的，自然是作品的内容。

我以为，这本书有三点是值得强调的。

第一，花园有土，肥沃的土。

时光的花朵，在作者日复一日的生活里开了一路。如果说一篇作品是一朵花，那么，一本书就是一个花园。一园姹紫嫣红，下方必是泥土。花朵是否鲜妍，是否繁多，是否花期长，是否以种类多元让花信接续、盛况不衰，端看泥土。

读了这本书，发现"土"的底子是延续千年的中华传统文化，作者虽然是"洋博士"，但她的出身，所接受的教育，出国前所受的人文熏陶，特别是"天伦"方面，为一生铺下根基。何况，她出国多年以后，每年必回国和父母及兄弟姐妹团聚，这是持续的"施肥"和"改土"。

以下是她所记录的感人场面：

有一天，我发现80岁高龄的母亲正戴着老花镜帮我补袜子上的洞，眼泪瞬间夺眶而出。那个画面定格在我的脑子里，久久无法释怀。我是家中老小，上面有一个哥哥，三个姐姐。我们家兄妹感情好，我常年在加，国内的事情都劳烦哥哥姐姐们打理。每次说谢谢，最多听到的是"跟姐还客气"。温莎寒冷阴湿的秋日里，这些统统成为我乡愁的一部分。（《迷路的月牙儿》）

人说移民是"连根拔起"，但说到精神上的移植，文章一直携带着"母土"，但这只是一方面。另一方面，她在加拿大落地生根，多年来在加拿大农业部一个研究所从事研究，作为高端人才，于灵魂深处潜移默化的是西方的人文精神。通过日积月累的学习、工作、生活、社交，实现了形而上的蜕变，建立了全新的人格。可见这"花园"的泥土是两种文明的混合，经过搅拌、升华，已难以区分彼此。种瓜得瓜，土质的优良以产品为证。且看作者家门口的风景：

春意渐浓，牡丹、芍药、绣球、合欢、凌霄相继吐蕊绽放。到了盛夏之时，已是遍地姹紫嫣红、芬芳袭人的景象了。绣球是一种有魔性的花，会随着土壤的酸碱度而呈现由红到蓝、深浅不一、如梦似幻的色彩。小区有一户人家偏爱绣球，房前屋后种了好几株。其中有一棵的颜色很怪异，估计是在尝试施肥改变颜色，而分寸没把握好。牡丹花的花瓣繁复华美，是富贵之花。芍药和牡丹花型相似，只是芍药的茎细细的撑不起硕大的花头，如果不搭架子，只能倒伏在地。合欢和凌霄都是我走路时遇到的花树，我喜欢它们的名字胜过花朵本身。

泥土，加上阳光和水分，花开所需的条件齐备了。且看作者晒被子时的感悟：

我固执地认为，阳光是世间至美，它温暖人间，催生万物，给人类带来希望，是寒岁里的锦时。每晒一次被子，阳光都会被收进被子的空隙里，继续温暖我的身体与灵魂。我相信，每一个夜晚，收进被子里的阳光，都可以点亮我的梦。（《阳光诱惑》）

第二，开出原汁原味的缤纷。

浏览这个纸上花园，每株花草都自庸常生活中长出，并不乞灵于大起大落的戏剧性，不依赖虚构的奇情，花朵自然而然，老老实实地绽开，随处可见，貌不惊人，然而，无不可爱。

请看，花朵开在"钥匙串"上，不止一朵。有一天，作者在咖啡馆看书，被一位妇女发现两人的钥匙真像。都有车钥匙、房门钥匙、健身房门卡、U盘、指甲剪。据此，可推断出：都有住处，有一定经济能力，靠运动维持正常体重，常用电脑，即中产阶级。然而，将钥匙和拥有者连起来，张力便产生。一把房门钥匙，能打开一栋老旧的独立屋，"那是儿子两岁时，为了给他一个好的成长环境，我和老公倾其所有在公认的好学区南温莎购得的"。为了省钱，作者夫妻自己换了屋顶、磨了地板、铺了厨房和地下室的瓷砖、装修了地下室的洗手间。"如今，儿子已经离巢，只有我们还待在原地，等待着与他团聚的短暂时光。任何时候，回家的儿子都可以用这把钥匙打开亲情之门。"（《细节告诉你》）

花朵开在作者定居的加拿大小城:

在微信视频的推波助澜下,小城华人从饺子、馄饨、春卷、年糕起步,到有些技术含量的馒头、包子、炸油条、苏式月饼、冰皮月饼,很快过渡到了专业化程度较高的腊肉、香肠。人们亲力亲为,精心制作各类风味小吃,讨好自己的味蕾,满足口腹之欲。尤其是腊味,不光晒在自家后院,还晒在微信朋友圈。那些其貌不扬的风干肉条,裹在肠衣里的猪后腿肉,仪态万方地沐浴着加国的冬日暖阳,神色傲骄,在左邻右舍贪婪或木然的目光中迎风招展。(《醅酒干肉 不亦乐乎》)

花朵开在作者温馨的家:

作者袒露,作为主妇,自省、自律、自爱,是她人生行囊里的三件珍宝。

为人妻母之后,我一直用这个新版"相夫教子"模式管理家庭,享受着它带来的极大实惠。在我家中,一日三餐,老公负责做饭,儿子负责洗碗,我负责扫地;周末,老公剪草坪时,我正在收拾室内;外出旅游,每个家庭成员各自带齐自己的随身衣物,我这个女主人形同虚设。这样做的结果是,老公学会了男人的担当,儿子学会了男人的独立,我多出了不少自己的时间。(《行囊里的珍宝》)

她和丈夫养育儿子,路数显然和持望子成龙理念的家长不同:

最让经适男和普相女得意的是教出了普适子。普适子平均分在92分徘徊,问他为何不能努力一把尝尝在95分之巅一览众山小的滋味,答曰,为那3分,牺牲掉30%的玩乐时光不值。报考大学,家门口的挑一所上上,省都不出,说是节假日回家方便。

专业那更是专拣实用的报，目标是大学毕业就挣钱，学费能少花就少花。学校有CO-OP的更好，读书时就开始赚钱。第一个工作学期，就对爸妈说，把手机费转我户头上吧。经济适用男拍一下儿子的肩，说，好小子，知道疼老爸老妈了，说的时候眼睛有点发潮。（《家有经济适用男》）

儿子成年后，面貌是这样的：

前两年他开始跑马拉松，每天早上都要出去跑步，到目前为止已经参加了旧金山和罗马两届马拉松比赛。他对我们说，将来他打算用参加马拉松的机会去看世界。周末他会约了朋友去踢足球，或者攀岩。（《播几颗无用却美好的种子》）

且拿这个年轻人和被出人头地的僵硬教育制造的、脸色苍白的书呆子比比，作为父母，选哪一个？

第三，有景深的精神花园。

日常所见的花园，一眼到底，色彩繁富，姿态万千，蜂蝶穿插，花香馥郁，诚然迷人。至于精神的花园，则须加上"景深"，即有内涵，有寄托，有思想的深度。

作者以朴素内敛的笔致，在《永远有多远》中叙述一年之中4次别离。前三次送走的都是共事多年的人物，一为同事兼恩师苏珊，一为老所长盖瑞，一为导师莱斯。最后一次送的是做社区义工时结识的朋友梅。4个人都具宗教情怀，勤奋工作，富于社会责任感，热心于奉献。

"苏珊用烧烤赚的钱去商店挑选资助家庭孩子想要的礼物和衣服，还不厌其烦地拍了照片贴到布告栏里。接受资助的是镇子上几户贫困家庭，这个项目是研究所支持当地居民的一种方式。"

干了 33 年，"看似亲民，却不言自威的盖瑞是一位称职的所长。这些年，他独自承担了农业部 3 个研究所的所长重任，每周都在安省的几个不同城市之间奔波，妻子也因为他的不顾家而离开了他"。

顶头上司如何？"说实话，莱斯不是一个好老板。他霸道，不通人情，做他的下属，需要很多学问：变通、迂回、据理力争。跟他合作，我最大的体会是，改变中国式的逆来顺受、忠君思想，用西方的思维方式和表达方式才能跟当地人有效沟通，否则就是事倍功半。退休之前，作为对我多年任劳任怨的报答，莱斯花费 2000 多加元为我争取了一个培训的机会。"

还有梅："领袖气质和务实精神在她身上结合得如此完美。梅主张普通人都有责任繁荣社区，一个人生命的重量取决于他对社会的贡献。梅思路清晰，原则性强，上任之后兴学办班，轻重缓急，把一个以传播中国文化为使命的社区文化学院打理得井井有条。"

他们要么搬迁，要么退休，都离开原地。这些好人，因共享一段岁月而成为作者生命的一部分。别情依依之后，作者思考"永远有多远"，结论是："无论我们多么不舍，无论科学多么发达，'永远'都只是一个神话，唯有珍惜当下才是留住身边人身边事的最好方式。"

"纸上花园"流连之余，向朋友们呼吁：都进来看看，必有所得。

2022 年 7 月于美国旧金山

目录

CONTENTS

第一章　紫罗兰

紫罗兰通常4~5月开花，仲夏的炎热天气里，摘下几朵插入花瓶中，带来满室清凉。如女性般柔软、神秘、优雅的紫罗兰，是粗粝的土地上长出的浪漫，是永恒的质朴、诚实与爱。

第二章　蒲公英

一阵风吹过，蒲公英飘扬而起，以最轻柔的姿态，划过生命的痕迹。为了新生，为了寻找那一片适合的土地，它舞得如此恣意，飞得如此坚定。行走，是蒲公英的宿命。

第三章　合　欢

粉红色细丝般的花瓣，远远望去像一团团红雾，在中国，合欢花是吉祥之花，夫妻间起了争执，和好后要共饮合欢花茶。西方一些国家，婚礼上新粮会戴着合欢花编织的花环举行婚礼，寓意与丈夫永远合欢。合欢是家的灵魂。

第四章　广玉兰

广玉兰是早春的花卉，先开花，后出叶。广玉兰树体高大枝桠丛生，花朵雍容、冰清玉洁，盛开时一树的繁花相挤相拥，像一个多世同堂的大家庭。广玉兰因此被认为是带来家族兴旺的母性之花，代表着生生不息，世代繁衍。

第五章　迷迭香

迷迭香原产于欧洲地区和非洲北部地中海沿岸，它的花呈淡淡的紫色，散发着迷人的香气。人们认为迷迭香能增强人类的记忆力，是怀旧之花。它也被称为海上灯塔，每当船迷路时，水手们就会由它散发的气味来识别位置。《哈姆雷特》里有这样的经典句子："迷迭香，是为了帮助回想，亲爱的，请你牢记在心。"迷迭香是溪水对源头的思念，是岁月隔不断的亲情，是游子对故土无尽的牵挂。

第六章　野雏菊

在一望无际的山脉和平原上，它们像夜空中的星星，静静地观察周围的一切。野生雏菊是北半球最常见的杂草之一，山坡荒野，只要风吹，它就会蔓延生长。野雏菊是圣马可的花朵，它的拉丁语是"Cai Nei Ou"，源于"Neek（书呆子）"一词，象征生命体验的智慧。那些天生受到这种花祝福的人，虽然外表略显木讷，却擅长思考，有远见卓识。

第七章　蓝玫瑰

蓝玫瑰是经过特别染色的稀有花卉。由于植物基因的限制，蓝玫瑰不能自然生长。蓝玫瑰虚构的本质，像文学一样，神秘而富于创造力。写作，让我们带着一个非同寻常、无法解释的开端，走上一条充满未知的路。它的终点，是更为丰富与阔大的世界。

时光的花朵

SHI GUANG
DE
HUA DUO

第一章

紫罗兰

　　紫罗兰通常 4~5 月开花，仲夏的炎热天气里，摘下几朵插入花瓶中，带来满室清凉。神秘而优雅的紫罗兰，是女性的柔软，是粗粝的土地上长出的浪漫，是永恒的质朴、诚实与爱。

1. 迷路的月牙儿

"月牙月牙，就想回家，跟着你走，跟着我走，走来走去，还在天涯。"这是儿子年幼时我给他念的一首儿歌。很多年过去，儿歌的出处早就忘了，当时的感觉却记忆犹新。

我在给孩子读中文故事书尤其是儿歌时常常是不过脑子的，纯粹为了让他学会听说，以后不要对自己民族的语言完全无感。但读到这几句儿歌时，我像被点了穴一样，一阵疼痛弥漫全身。那时儿子只有五六岁，我从拉瓦尔大学博士毕业正在加拿大农科院下属的一个研究所做博士后，已经开始意识到农学专业不面向社会，在加拿大属冷门，自己的职业前景堪忧。我在大学选修了计算机课程，每天下了班就去上课，希望以此为跳板找一份高薪工作，尽快立足此地。但大学的专业背景让我对编程语言莫名抗拒，学得很吃力。养育孩子，换专业，找工作，人生的责任与艰难似乎都在那几年同时压到我的肩上。从 26 岁时泪别父母负笈西行，到 36 岁为人妻母，前途未定，10 年蹉跎，我对自己在出国大潮下的选择产生怀疑，也更思念久别的故土与亲人。

这首儿歌就在这个时候闯入了我的生活，并在我的心里长住下来。走夜路时月亮跟人走的情形相信很多人都经历过，可能因为月亮距离人太远了，地面上的这点距离可以忽略不计了。但如果月亮跟人走是为了找到自己的家，那是不是有点伤感？那段时间我常常在月明星稀的晚上，把儿子哄睡之后，望着窗外的一轮明月，在心里默念这首儿歌。觉得那个悬于夜空的孤寂身影简直就是远走天涯、有家难回的自己。

　　不久，研究所增设了一批永久性位置，我幸运地成为加拿大政府雇员。我们贷款在好学区买了房，儿子也进了众人眼中的好学校，一家人从此有了安定稳妥的生活。加拿大地广人稀，房屋大多前庭后院，树木葱茏。气候四季分明，夏季雨水充足，春秋可赏繁花和枫叶，冬天大雪封门，可宅在家里阅读，亦可去山里滑雪。相比其他国家，加拿大风调雨顺，灾害性天气不多，是个宜居之地。由于生活富足，资源丰富，加拿大人生性随和、善良，尤其乐于助人。生活在这样的地方，我以为自己已经可以忘掉乡愁，忘掉那个迷路的月牙儿了。我甚至接受了"吾心安处即吾家"的说法，写文鼓吹"入乡随俗，把他乡变故乡"。但后来我发现，这话也就是听起来比较励志而已。

　　又是一个10年倏然而过，当年的小小少年已经长大成人，有了自己心仪的工作，我呢，也有了充裕的时间和财力做自己喜欢的事情。但这首儿歌还常常会在某个我意想不到的时候浮出来。特别是逢年过节，国内的哥哥姐姐们约着什么时间到父母家，去哪家餐馆吃饭，而我就像一个局外人。因为他们春节、国庆、中秋节有长假，我这边是没有的。我这里张罗着圣诞新年假期回去给老爸庆生，他们不知如何响应，因为没有假期。当下最便捷的微信社交平台都拉不近我与他们的距离，12小时的时差，聊天都没办法同步。

　　现代化的交通工具和中加互签的10年签证，让我回国探亲之路平坦顺畅。每年3周的公休假我几乎全部在家乡度过，跟老父母和兄弟姐妹共享天伦之乐。可是这样的团聚并没有缓解我的乡愁，反而让它更加肆意地生长。每次假期结束回归日常生活不到一个月，我就开始怀念家乡的美食，后悔在国内时还想着节食减肥，实在太矫情了，回到加拿大农村再减岂不更合适。因为家乡的淮扬菜的当家花旦软兜长鱼、蒲菜烧肉等，小城中餐馆的大师傅即便想做也找不到食材。

跟父母亲人在一起的时光更加不可复制。今年我特意申请了3个月的无薪假期，在家陪伴老父母。每天除了上午他们去老年大学上课，大部分时间我们都在一起。一早，我提着购物袋跟母亲逛早市买菜。中午做老妈的帮厨和学徒一起烧菜。睡完午觉，我们一起享用咖啡甜点的下午茶，听父母讲城南旧事、家族故人，心变得宁静温暖。我大脚趾长，特别磨袜子，每次回国都要买成打的袜子。有一天，我发现80岁高龄的母亲正戴着老花镜帮我补袜子上的洞，眼泪瞬间夺眶而出。那个画面定格在我的脑子里，久久无法释怀。我是家中老小，上面有一个哥哥，三个姐姐。我们家兄妹感情好，我常年在加，国内的事情都劳烦哥哥姐姐们打理。每次说谢谢，最多听到的是"跟姐还客气"。温莎寒冷阴湿的秋日里，这些统统成为我乡愁的一部分。

于是我知道，远走他乡的游子都是那个迷路的月牙儿，乡愁是他们心的天涯，无关年龄和境遇。我终于明白为什么那些老华侨在国外几乎生活了一辈子，子女承欢，儿孙绕膝，物业丰厚，最后还是要叶落归根。这是因为乡愁是会长大的，离开故土的时间久了，它会疯长。等到大到整颗心都放不下的时候，就必须回到最初出生的地方，把它放下，种进家乡的土地里，这颗心才真正安妥。唯有如此，生命才真的完成了一次轮回，成全圆满。

（原载《文综》2018.3）

2. 细节告诉你

小时候看《福尔摩斯探案集》和《尼罗河上的惨案》，对大侦探福尔摩斯和波洛佩服得很，视其为天人。按现在的说法，我就是他们的铁杆"粉丝"了。

几十年之后，再回过来看，侦探这个职业其实也没什么神秘的，就是观察力比一般人强一点，加上丰富的生活经验，根据现场留下的一些线索，推理演绎，还原事情真相而已。而一个人的习惯、爱好、生活方式等，只要稍加观察，总是可以发现与别人不同之处的。

那天，我坐在健身房旁边的咖啡馆看书，一位妇女指着我桌子上的那串钥匙笑着对我说："咱俩的钥匙串可真像！"

我一看她手上那串钥匙，可不吗！一把尺寸夸张的车钥匙，车钥匙上一个大大的丰田车"T"标志，一把小的房门钥匙，一个健身房的门卡，一个金斯顿闪盘，一把袖珍指甲剪，几乎一模一样。如果福尔摩斯在，一定会给我和这位加拿大妇女同样的定义：有住处（非无家可归者），独自开车（有一定经济能力），常去健身房（极有可能是靠运动量维持正常体重的年龄在40~60岁之间的女士），常用电脑（从事写作或资料管理，需储存文件）。

他甚至还可以根据车型推断出，此人乃工薪一族，绝非大富亦非大贵。

除非很特别的情况，这个推测不会太离谱。其实，我们之所以对侦探们的推理感觉神秘，是因为普通人一般不会这样站在第三者的角度审视自己。很少有人会有意识地观察自己随着生理年龄的增长、经历了某个事件、接触了某些人、有了一定生活阅历之后，不知不觉中起了什么样的变化。人们总认为自己对自己再熟悉不过了，这样做岂不很矫情。

但事实上，即便是成年人，时常回头看看也很有必要。回顾走过的路是为了更好地走前面的路。

在咖啡馆被指认钥匙串很相像之后，我对着那串钥匙呆坐了一下午。

最小的那一把是我家房门的钥匙。这栋老旧的独立屋，是儿子两岁时为了给他一个好的成长环境，我和老公倾其所有在公认的好学区南温莎购得的。

搬进来之后，为了省钱，我和老公一起自己换了屋顶，磨了地板，铺了厨房和地下室的瓷砖，装修了地下室的洗手间。年轻的我们用一腔热情建起了我们一家人的虽然不大却也能遮风挡雨、不缺温暖的小窝。

如今，儿子已经离巢，只有我们还待在原地，等待着与他团聚的短暂时光。任何时候，回家的儿子都可以用这把钥匙打开亲情之门。

健身房门卡印着标识线，看上去很时尚。若是在 10 年前，我的钥匙串上绝对不会出现这个玩意儿。从小到大，我都是一个安静的女孩儿，那些让人尴尬的体育动作让我生理到心理都会产生排斥。大学时为了体育"达标"，每天早上逼着自己离开热被窝起床绕着宿舍楼跑，痛苦至极。毕业时，很多同学欢呼此生再也不用考试了，我最开心的却是再也不用搭理体育老师的"无理要求"了。

就是这样一个不爱体育运动的人，现在成了随身带着健身房门卡的"健身控"，可谓是"巨变"。这个习惯是怎么养成的？记得 10 年前，体重原本很稳定的我出现了发福的迹象，面临严重的身材走形危机，惊恐之下，我买了家附近健身房的会员卡。尽管那些器械动作、走步机很无聊，但因为目的明确，这个习惯还是坚持了下来。现在，我每天下了班直奔健身房，一天不去都有犯罪感。健身房的门卡也成为我身份标志的一部分。

那只精巧的闪盘，它又是如何成了我的随身物品的呢？好像也是在 10 年前，独闯加拿大的我几经周折谋到了一份稳定的工作。欣喜之余，我捡起放弃了多年的文学爱好。起初是一张纸加一支笔，后来是手提电脑。存储工具也从磁盘、光碟，演化到了如今极为方便的闪盘。随着空闲时间越来越多地被写作占据，写作在我的生命中的分量也越来越重。闪盘也成了我不可或缺的好帮手。

还有那个车钥匙。这是一把日本丰田卡罗拉的钥匙。10 多年前，这辆车还没在我家落户，我和老公合用一辆老旧的德国车。那时，他在利明顿的温室打工。我们每天早上天没亮就要起床，先开半个多小时到他上班的地方把他放下，然后我再开 20 多分钟去我的工作单位。偏偏那辆德国车的前车主是计程车司机，这辆车年份虽不久，却是个年轻时劳累过度的"老病号"，麻烦不断。

有一年冬天，它添了个爱发烧的毛病。好几次我下班开车去老公单位的路上，它的体温升起来了，搞得我在滴水成冰的天气，不得不下车去路边人家讨水给它喝。那样的日子真的是不堪回首。

后来，我们经济状况好了一点，换了辆新车。再后来，这辆丰田卡罗拉成为我专有的"座驾"。这辆车扩大了我的活动范围，增强了我的独立性，对我的影响是巨大的。尤其是爱上摄影之后，我越来越享受它带给我的便利。有了它，我随时可以来一次"想去就去的采风"和"说走就走的旅行"。

一串钥匙，记录着我和家人一起走过的岁月，折射出我在人到中年时自我意识的觉醒和因此而做的调整。

家庭变迁、个人成长、活过的痕迹，就这样藏在不起眼的细节里。生活中，不妨做一回"福尔摩斯"，倾听细节告诉你的故事，唤醒久违的感动，也看看有没有偏离自己当初对人生的期许，毕竟生命于人只有一次。

（原载《侨报》副刊 2014.8.8）

3. 阳光诱惑

早上起床，看一眼窗外，又是一个大晴天，赶紧抱着被子往外冲。

"昨天不是刚晒过嘛，怎么还要晒？"老公跟在后面叫。

"日光主阳，多多益善。"话音未落，被子和我已经完全沐浴在冬日的暖阳里了。

我家后院有两条长长的晾衣绳，是前房主留下来的。当地人习惯用烘干机，虽然家家后院开阔，隐私性也好，却极少见人在那里晾衣晒被。所以当年看房时，发现后院竟然有一套带滚轮的晾衣设备，我顿时眼前一亮，很有点他乡遇故知的感觉。

之所以决定买下来，当然不光是因为晾衣绳。这栋房子有老屋的全部好处：全砖，四面顶，前后院大，厨房、洗手间之外全部实木地板。彼时加国土地便宜，资源廉价，建筑商用材也阔绰大方。

于我而言，这栋房子最诱人之处是光线极佳。客厅朝东，早上，阳光从大大的玻璃窗照进来，通透明亮。餐厅的窗子朝西，下午，西斜的日头正好探进了脑袋。这两间房东西相对，之间没有任何阻隔，冬季太阳高度角低，照进一间的光线可以穿到另一间去。三间卧室也是两间窗户面东，一间窗户向西，或与朝阳相遇，或与落日相逢，天光占尽。

好处虽多，老屋的缺陷也一样不少。前房主是意大利人，年老去世之后因产权归属纠纷，这处房子荒芜了好几年才出售。我们看房的时候，房顶的瓦片已经严重老化，需要马上更换。地板磨损得很厉害，打磨上漆方可入住。前庭后院杂草过膝，各种不知名意大利蔬菜疯长，颇有点"花径不曾缘客扫，蓬门今始为君开"的意境。

好在老公属于"三天不打，上房揭瓦"的汗滴男（handy-man），诸多麻烦没有吓退他，他看重的是地段和房价。我们交了首付，办妥银行贷款，按期拿房，之后自己换了屋顶，磨了地板，揭掉厨房老旧的地板革，铺上瓷砖，平整了后院。在人工昂贵的加拿大，只花了有限的材料费，相继完成了几个大工程。

住进来之后，我在客厅的窗前安置了一个活动电脑桌，不用上班的日子，早饭后冲一杯咖啡，泡一壶清茶，在绸缎一般的阳光里或伏案写作，或收心阅读，身暖如春。我又把邻居搬家送我们的一张高腿酒吧桌放在餐厅靠窗处，每日在夕照的余晖里泼墨涂鸦，自得其乐。

我这人对生活无甚要求，随遇而安，吃饱穿暖足矣，唯对阳光贪心至极。在我看来，生活中的各种匮乏与粗陋都可以忍受，唯有阳光不可或缺。当年跟北京老公谈朋友，多是在他的住处，一杯热茶，一碟瓜子，东拉西扯，现在想来全是些闲言废语，倒是那个只有一室、不足50平方米的单元房让我一见倾心。

房间很大，可兼做卧室和书房，外接全玻璃封闭的阳台，房间和阳台之间原本有落地窗隔开，重新装修的时候，这个唯一的藩篱也被拆除了。阳台这一面朝南，天气晴好的日子，阳光一股脑地倾泻进来，能在房间里足足盘桓好几个时辰。早晨躺在床上，整个人会被阳光包裹起来，心也变得异常柔软。我至今仍不确定自己到底是爱上了那个房间，还是爱上了房间的男主人。

当时我在地处北京西郊的一所大学任助教，薪水很少，因为专业冷门，年底连奖金都发不出。但是那两年是我人生中最幸福的一段时光。北京那个洒满阳光的蜗居，彻底俘虏了我的心。住在这样的房间里，有种人生目标提前实现的感觉，无欲无求。

儿时我最大的愿望，就是拥有一个有着大大的落地窗的房间，这个房间一定要朝阳，最好在楼的高层，早上醒来时，阳光能直直地照在脸上。那时，身为中学教师的父亲带着我们住在老街上的一个大杂院里，院子由几排老式平房围成。破旧低矮的平房不只四处透风，采光性也极差。我家房门朝西，冬天时只在中午时有一米左右的阳光从门口照进来。那些年，每天的这个时候电台里都播放"跟我学"节目，我就搬一把椅子和矮凳到那一小片阳光里，抱着收音机学英语。有时候听着听着，就趴在椅子上睡着了。醒来时那点可怜的阳光已经挪移，越发让人伤感。南方的冬天阴湿寒冷，室内又不供暖，年幼的我不止手上生满冻疮，心里更是充满了对阳光的渴望。这种求而不得的心理阴影导致我对房屋的朝向格外敏感。

加国冬季漫长，而且经常一连数天阴云密布，风雪交加，所以一旦天气放晴，我就不失时机地洗衣晾被。在冬日的暖阳里晒了一整天的被子和衣物会散发一种淡淡的、干净的香味儿，这是阳光的味道。我猜一定是紫外线杀死了滋生在布纹棉孔里的霉菌和尘螨，只留下独属于它的明朗与干爽的气息。

我固执地认为，阳光是世间至美，它温暖人间，催生万物，给人类带来希望，是寒岁里的锦时。每晒一次被子，阳光都会被收进被子的空隙里，继续温暖我的身体与灵魂。我相信，每一个夜晚，收进被子里的阳光，都可以点亮我的梦。

（原载《世界日报》副刊 2021.2.17）

4. 神　洞

夜吞噬了世间的一切，我也在一个接一个的哈欠中沉沉睡去。

穿过黑暗之谷，我进入了梦境。梦中，我来到一个广场。这是一个有着中世纪古堡的广场，很多游人在拍照留念，他们都很开心，只有我在努力回忆。我需要坐车回我父母的住处，可是我忘了街道名和门牌号，不知道该坐几路车，在哪一站下车，而且也没办法问别人，因为没有具体地址。我站在公交车站牌下发呆，然后我突然醒了，发现躺在温莎自己家的床上，然后莫名惊喜：幸亏是个梦！

这个场景曾经反复出现在我的梦里。有时候是走进了一个住宅小区，里面全部是一模一样的高楼，我忘了自己的楼号和单元号。所有人都回家了，只有我在昏暗的小路上徘徊。过去我以为是因为自己在异国他乡漂泊得太久了，潜意识里有"找不到回家的路"的焦虑。今年，88 岁的老母亲得了阿尔茨海默症，在家陪着父母的哥哥说，老母亲中午趁大家熟睡偷偷溜了出去，然后就找不着家了，最后被一干人在小区大门外"抓获"。我听了吓出一身冷汗，原来那个梦是暗示我会得老年痴呆症！

　　我一直对人睡着了之后去了哪里心怀恐惧。我不相信梦只是意识深处的欲望和焦虑，它绝对不是一个单纯的心理活动，更不是人脑释放的神经脉冲，梦被科学家和心理学家们概念化了。我觉得梦境很可能是在另一个时空真实发生的事情，对现实有神秘的预警作用。如果说白天是人间的活动，梦则是人在灵界的活动，虽然不至于像庄周梦蝶那么玄幻。两河流域的美索不达米亚人相信，在睡梦中，人的灵魂或者灵魂的一部分会离开身体，而灵魂真实去过的地方和发生的事情就形成了梦。中国古人有相似说法：做梦时，人的魂会分为两部分，一部分离开身体四处游荡，另一部分留在体内。古埃及人则笃信梦是某种神谕，传递来自神的信息，他们认为接近神意最好的途径就是梦。最早的希腊人宣称，神会在梦中亲自造访做梦者，他从钥匙孔中进入，留下信息后从同一条路径离开。

　　所有这些似乎都印证了我的猜测：梦是灵魂的真实活动。而且我知道在活动过程中，身体是有相应生理反应的。记得有一次，我在梦中哭得很伤心，哭醒了，发现眼角全是眼泪。

　　我的睡眠一向很好。年轻时经常熬夜，睡眠就像自来水，招之即来。后来年龄大了，入睡没那么容易了，晚上只要保证11点之前睡觉，基本没有大问题。但是自从开始写作，每过一段时间，总会有那么一两天，我会在凌晨3点多钟突然惊醒过来。这个时间点很尴尬，起床吧，似乎太早了，外面天还是黑的。接着睡吧，又不能很快入睡，就只能躺在床上胡思乱想。常常是翻来覆去一个多小时后又迷迷糊糊地睡过去，早上7点多完全清醒。虽然看上去睡足了8小时，实质我的夜像被戳了一个洞，变得不完整了。

　　我上网搜了一下，想为这个现象找个说法。有一种理论是，按人体的自然节律，正常睡眠到 3 点多就结束了，过去古人日出而作日落而息，这时候就可以起床了。而中医经络学则给出另一种解释：人身体五脏六腑的经络的排毒修复时间与 12 时辰存在一一对应的关系。夜间几点醒就说明对应这个点儿的经脉不通，3 点到 5 点寅时正好对应肺经，肺主气，寅时肺主分配气血给其他脏器，这个时辰人要进入深度睡眠才能完成分配。这段时间醒是最不好的。

　　虽然这个短暂的睡眠中断对我的身体造成某种隐患，我却有点乐在其中。因为我发现，一天 24 小时，我的脑细胞在这个时间段最活跃，几乎所有的灵光一现都发生在这个时候。它让我想到神笔马良，白胡子老人给连颜料都买不起的穷孩子马良一支神笔，莫非上帝见我酷爱写作却天资愚钝，动了恻隐之心，送了我一个装满灵感的"黑洞"？夜晚是属于神灵的，我把夜间 3 点多的这个睡眠漏洞定义为"神洞"，它像宇宙黑洞一样，聚集了来自造物主的神秘能量。他老人家是不是从钥匙孔里进来我不知道，但我知道他一定在凌晨 3 点造访我。我对此深信不疑。

　　比如上个月，我所在的北美中文作家协会发起了一个"东西文学奖"征文活动，大赛的主题比较特别，是"一件不可思议的事"。我思来想去觉得自己没办法参加，出了校门进校门，最后一次出校门后进了研究所，然后就几十年如一日地在体制里混。一切按部就班，像我的属相一样，一分耕耘一分收获。这样平淡无奇的人生能有什么不可思议的事呢？

　　但是昨天凌晨 3 点的"神洞"时间，我突然想起了发生在 15 年前的一件事。那次经历，完全可以用"惊魂"二字形容。

那是 2006 年暑假，儿子小学毕业。我们想到他上了高中就该开始忙了，不如趁这个机会带他回中国好好玩玩。我们首先去了云南的丽江古城。

到达丽江古城的当天，我们没有安排活动。稍稍休整一下，便去吃晚饭。

从住处出来，一家三口信步来到一家小餐馆，点了过桥米线和素炒青笋。吃完饭后，儿子要回客栈，我和老公想去逛四方街和酒吧一条街，就同意他自己先回去。我交代他遇到第一个岔道向右拐，老公怀疑地说，是往左拐吧？我说没错，就是往右拐。儿子走后，我和老公把瓶子里剩下的啤酒喝完，决定先回去看看儿子是否已经平安回到客栈。

凭记忆，我们沿着来路往回走，右拐后又左拐，照理说就是我们住的那家挂有"果留香"牌子的客栈了。可走了好远，也不见"果留香"的踪影。这时候，我们才意识到，我们迷路了。

老公是北京人，早就习惯了北京街道中规中矩的布局。北京连胡同都南北东西地走向清晰。而古城的街道就像孩子信手涂抹的线条画，歪歪斜斜，极为写意。街道两旁是门脸一模一样的客栈或店铺。店铺里卖的东西只有 5 种，玉石、银器、皮具，少数民族服饰和手工艺品。没有任何能唤醒我们记忆的特殊标志。在转了几圈又转回原地之后，我和老公真的有点慌了神。突然想到独自一人回客栈的儿子，我们俩不由吓出一身冷汗：两个生于斯长于斯的成年人都能迷路的地方，对一个只有 13 岁、中国话都说不利索的孩子意味着什么？我突然想起来吃饭的时候，我曾经说过，大家记住了，咱们住的地方叫果留香。现在，我们把希望完全压在吃饭时顺口说的这句话上。

但很快，我的这点希望也破灭了。因为我们问了几个当地人，都说不知道"果留香"客栈。后来我们才知道，其实"果留香"并不是客栈的名字。当时我们预定的旅馆是古悦客栈。可到那里之后，老板娘说里面正在装修，临时把我们带到她朋友开的另一家客栈。因此，我们连现在住的这家客栈的名字都不知道。只是出门的时候，看到门脸上挂了一个"果留香"的牌子，便以为这就是客栈的名字。而事实上，这只是楼下一个水果吧的名字。难怪人家不知道。这时候，我们基本已经肯定，儿子也迷路了。

这时已是晚上 11 点多钟，很多商店都在准备打烊关门了。想到这一条条窄窄的街道即将空无一人，迷宫一样的古城漆黑一团，我们的儿子在这个陌生的地方无助地游荡，万一再碰上个坏人，我的心被恐惧深深攫住。一向宽心的老公显然也急了，他问站在路边招呼客人的纳西族女孩：要是有孩子丢了怎么办？这里有警察吗？那女孩说，古城里没有警察，孩子丢了只有自己一条一条街地去找。我和老公彻底绝望了。

突然，我眼前一亮，这不是我们下午来过的古悦客栈吗？赶紧拉老公进去。老板娘听了我们结结巴巴的描述，说了句"这好办"，就让一个服务员带我们回客栈。路上，我对老公说，要是儿子自己摸了回来，我会佩服他。

跨进门，我几乎是颤抖着声音问迎上来的女服务员，那个跟我们在一起的男孩儿回来了吗？女服务员说，早回来了。我的一颗心这才落了地。那一刻，我爱死了这个 13 岁的少年。

至今我都不知道他是如何回客栈的，我只知道从那时起，我不再因为自己的身份而自以为比他聪明。

　　在这个世界上，总会有一些事情处在我们认知的盲点区。它们存在的意义，就是提醒人类对造物主、对大自然、对世间万物，存有敬畏之心，对身边的人和事保持应有的尊重和谦卑。

5. 生命的宽度

看到一篇介绍倪萍的文章，说她 2004 年辞去央视主持人职务，转入影视界发展，因主演《美丽的大脚》赢得金鸡影后，之后又拍了多部电视剧。后来，在名人出书的大潮流下，她出版了《日子》《姥姥语录》两部书，两部书虽然时隔 15 年，但都引起不小的反响。《姥姥语录》被称为"充满朴素的力量"，还获得冰心散文奖。在不当主持人也不拍戏的空当，倪萍又当起了画家。2011 年 10 月，"和姥姥一起画画——倪萍水墨画作品展"在深圳美术馆展出，此次画展展出了倪萍的水墨画新作 100 余幅。其中一幅《韵》曾拍得 118 万元。据说，不久她将再次以节目主持人的身份回归央视荧屏，主持大型公益寻人节目《等着我》。

这通折腾！真应了国内时兴的一句话：不折腾怎么知道我还活着。

爱折腾的倪萍让我想起家乡的姐姐。姐姐的社会角色是公务员，工作之余，她写小楷，每天早上起来第一件事就是练字，然后才吃饭上班。这个习惯已经坚持了很多年。她的小楷作品在省级比赛得过奖，目前是省书法家协会会员。近两年，她爱上了摄影，得空就跟着摄影人挂着长枪短炮出去采风。去年，她的摄影作品获得全国"罗布泊金秋胡杨"摄影展奖。她还参加了家乡的自行车队，常与人结伴沿着运河大堤一骑就是几十公里。

极端天气和长途跋涉大大改善了姐姐的体质。寒冷的早晨，她会兴致勃勃地去湖边拍顶着雪的枯荷。炎炎夏日，她能绑上裤腿随自行车队友去几十公里外的农村郊游，带回一相机的野花、村景。为攒钱买长镜头和支付路费，她甚至改变了消费习惯，成为一个简单朴素的人。

姐姐因着这些爱好结交了各路侠客。她的朋友圈很杂，有书画界国宝级别的大师，也有才华横溢愤世嫉俗的文人，还有篆刻、摄影、单车骑行爱好者。闲时，姐姐组织书画家笔会，为他们裁纸、磨墨，观摩大师们现场作画题字。有时候，她把摄影界的朋友请到家里，回放各自的采风作品，切磋交流。这样的聚会很高雅，是精神的聚餐。

前几天，刚从云南采风回来的姐姐告诉我，她正在做进藏准备。我说你不是去过西藏了吗？她说那是秋天，这次去拍春天的西藏。她和她的队友们每个景点至少去4次，贪心地要把四季风景揽入镜头。

倪萍和我姐姐，一个当了一辈子主持人，退休后客串了"演员""作家"和"画家"；一个一边干着公务员，一边做起了"书法家""摄影人"和"单车客"，都是跨界高手。对这种人，我们家乡有句土话：想起一出是一出。就是太随性的意思，带有贬义。我倒觉得，她们敢于尝试未知的领域，任由自己的兴趣之苗恣意疯长，把一辈子过成了几辈子，人生很宽。

很多年来，我一直安分守己地做理科生。直到40岁时，生活、事业尘埃落定，方记起自己若干年前是很钟情文学的。于是在工作之余开始了我的"文学女中年"之梦。这之后，用笔记本电脑"码字"成了我等候儿子上钢琴课和足球训练以及乘飞机长途旅行时的首选。写作像一根丝线穿起我的时间碎片，我成了一个惜时如命的"吝啬鬼"。

最近，受姐姐影响，我开始爱上摄影，亲历按下快门时屏息凝神、心跳加速的感觉。如果说文字承载了作者思考的深度，是人脑的功能，那摄影作品则来自摄影者独特的视角和敏锐的观察力，是眼睛的作用。捕捉光影水色的瞬间变幻，摄影人最能体会大自然的美丽馈赠。

人类不能预知，更无法决定生命的长度，它是由上帝控制的。但生命的宽度在很大程度上是由我们自己把握。

梁启超说，我是学问趣味方面极多的人。我的生活内容，异常丰富，能够永久保持不厌不倦的精神，亦未始不在此。我每历若干时候，趣味转过新方面，便觉得像换个新生命，如朝旭升天，如新荷出水。我自觉这种生活是极可爱的，极有价值的。

涉足一个新领域，就打开了一扇未知之门。门里的世界原本并不在设定的运行轨迹上，因了一段偶遇，一个奇缘，而闯了进来。沉迷其中，浑然忘时，不知不觉，理性的脑子里开出了感性之花，思考模式从原来的单线变成了多维。

涉足一个新领域，就把自己放入一批新朋友中间。认识一个人就是翻开一本书。要是遇到像线装书那样古朴、真实而又渊博的人，你的视野会变得开阔，甚至你的那本书都会重写。

人一生遭遇的挑战中，跨界属自选动作，无功利之心，是最随缘的选择。人一生的努力中，跨界是兴趣使然，无名声之累，是最快乐的选择。在经历中体验，在体验中感悟，在感悟中成长。跨出这一步，眼界更广，生命更宽。

（原载《侨报》副刊 2014.5.27）

6. 散步的路上遇到狼

我任职的研究所后面有一大片试验田，地里种着大豆、玉米、西红柿等作物。今年，某位研究员申请了新项目，于是，我的视野里多了赏心悦目的向日葵。葵花盘上不时有蜜蜂和蝴蝶驻足，验证了"你若盛开，蝴蝶自来"的说法。

环绕这片试验田，有一条可供三人并行的水泥路。一圈走下来需要 30 分钟左右。在农田和小路之间有一长条草坪，为缓冲区。这个设计大大方便了这个百年老所历代爱好走路的职员。加入了走路一族近 10 年来，我每天的咖啡休息时间，都与小路一起领略大自然的四季风景。直到最近，一个偶然事件改变了一切。

同是中国人的女同事玲，在走路的时候看到一只狼。玲像祥林嫂一样向所有人描述那只离她只有几米之遥的狼和她对望好几分钟，然后钻进一人多高的玉米地的情景。玲说，尾巴朝地，肯定是狼，我跺足大叫，它看着我，毫不慌张，然后大摇大摆地走进玉米地。玲还说，狼攻击人的时候是对准喉咙，从后面扑上来。这真的吓倒了我。我这人连狗都怕，更别提狼了。

从此，我再也不敢一个人走路了，一定要找个伴儿。实在不得已自己去走，也是诚惶诚恐、瞻前顾后的，完全没了往日的轻快。同样的景致，就因为心里有了恐惧，那些原本极具美感的玉米地、葵花田成了"卧虎藏狼"的据点。

虽然走路条件很好，所里同事用咖啡休息时间出来走路的并不多。仅有的几个由于试验安排不同，时间很难整齐划一，常常是今天你早两分钟，明天他晚五分钟的。大家为了节省等候时间，很少成群结队地走路。狼的出现给我出了一个难题。我跟玲约好一起走，彼此壮胆。玲不在的时候我就约瑞。瑞是当地人，走路历史比我还悠久，高高的个子步子迈得很大，我要小跑才跟得上。

瑞也听玲说过有关狼的传说，他先是表示怀疑，说是土狼吧？经玲再三证实后，才勉强接受现实。瑞告诉我，见到狼千万不能逃，那样它一定会穷追不舍，应该站定，做出迎战的姿势。呵呵，狼也怕人吗？我问。这是因为你若逃跑，狼能嗅出你心里的恐惧。谁都怕勇者嘛。瑞从地上捡起一根树枝，说，狼来了，我们就跟它斗。不过，不必担心，我走了十几年了，从来没见过狼，倒是见过鹿、狗、狐狸和松鼠。我跟他讲我们中国人家喻户晓的"狼来了"的故事，他说难怪你们中国人这么怕狼。他说他在多伦多北部湖边买的别墅附近，常有狼和黑熊出没。大自然就是由各种动物组成的，小心点就是了。

有时候，瑞在前面大踏步走，我和玲紧跟其后。瑞开玩笑地说，要是我遇见狼，我就对它说，后面两位女士的肉好吃，你把胃口留着。受他感染，慢慢地，我们也不那么紧张了。毕竟是小概率事件，总是草木皆兵的神经也受不了。虽然我们还会拿狼来吓唬彼此，但多了开玩笑的成分。有一次，我和玲走路回来，看到瑞正要回家，他那天提前下班，没走路。我说，狼问我们为什么没见瑞，我们告诉它，他明天来见你，把胃口留着。说完，大家哈哈大笑。

尽管经过那片高高的玉米地时，我们的心还会扑通扑通地跳，也还会警觉地睁大眼睛，但瑞对狼的不屑确实给了我们勇气。我们没有忘掉狼的存在，但是我们正在试着忘掉恐惧。生活中的狼来可以赶走，要是让狼在心里住下来，问题就大了。

（原载《侨报》副刊 2013.10.28）

7. 北京　北京

　　北京是很多人心之向往的地方。年复一年，都有人怀揣梦想，背井离乡来到这里，期望在这个国际大都市中觅得方寸立足之地。他们之中有的人活出了想要的人生，有的打拼数年之后不得不黯然离场。相比之下，我当年进京之路则平坦得多。校领导的一纸分配令我就被"北漂"，而且是北京户口，顶着大学助教头衔，一夜之间，已是名正言顺的北京人。

　　但真正认识这座城市，我用了 30 年的漫长岁月。

　　大学毕业分配工作时，我们江苏籍学生无一例外全部希望留在南京、上海、苏州等南方城市，北京是无奈之下的次选。当年的我们对北京并无好感，据说这个北方城市每年秋天要冬储大白菜，整个冬天餐桌上只有白菜和土豆。4 月，这个江南最美的季节，在北京却是风沙弥漫，纱巾是北京姑娘的标配。

　　但在北京过了一冬一夏，我就喜欢上了这里，忘掉了烟雨江南的小桥流水和街道上法国梧桐的斑驳光影。北京的冬天虽说彻骨寒冷，但城市有统一供暖，房间的暖气烧得又热又足。相比阴冷的、屋里屋外同感的南方，简直就是天堂。在北京的第一个冬天，我生了 22 年冻疮的手不治而愈。北京的夏天也热情洋溢，但早晨和夜晚会适时恢复理性，让人有一个安稳的睡眠，不像南方的火炉那么不管不顾。北京的饮食也不似想象中那么不堪。南方的茭白、上海青、豇豆自然是没有的，但黄瓜、茄子、西红柿等大路菜倒也不缺。北京的大馒头鲜白松软，抹上红果酱、苹果酱、芝麻酱，味道并不比南方的小笼包差。

任教的大学距颐和园仅有三站路。泛舟昆明湖，登临万寿山，这些外地人千里迢迢赶赴的旅游项目，就是我和学生一次心血来潮的班活动之地。颐和园里，我最喜欢的地方是后山的苏州街。这里林木葱茏，山路曲折，优雅恬静，与前山的华丽形成鲜明对比。街道的两边一间挨着一间，全是一些结构雅致的店铺。玉器古玩店、绸缎店、点心铺、茶楼、金银首饰楼，逛起来非常过瘾。碰上精致又不贵的小工艺品，买一两件回学校，更是满心欢喜。有时候父母亲戚来京，我带他们去逛故宫、前门、毛主席纪念堂、历史博物馆，俨然一个北京人，虚荣心得到极大满足。

有一年冬天，初雪飘落的清晨，我和朋友踩着地上的积雪去了圆明园。断壁残垣耸立在漫天白雪中，凄美而惊心。冰凉的雪花在青春的脸颊上融化，我的心为这片苦难的土地伤感。当时正值改革开放初期，公派出国的大潮席卷神州。学校的年轻助教都在忙着培训英语，去西方发达国家留学深造。学成归来，报效祖国，我在圆明园里萌发的那点对祖国母亲浅薄的爱很快有了着落点。那一年，我被学校派到加拿大攻读硕士学位。硕士毕业后，读博、求职、入籍、生子，我像一棵生了根的树，留在了这个国家。北京也在仓促之中成了我人生的一个仅仅逗留了 4 年的驿站。

对北京萌生出一种特别的情感源自汪峰的《北京 北京》：

"我在这迷惘/我在这寻找/也在这儿失去……"在北京工作的几年，我住着学校分配的宿舍，享受着食堂、浴室、班车等便利。工会还不定期组织各种旅游和娱乐活动，生怕我们这些单身教师会想家。国门打开之后，学校送我去广州半年全日学英语，之后公派出国深造，给我这个没有任何背景与人脉的外地人最大发展空间。在北京，我拥有了人生的第一份职业，第一次爱情，并成为北京的媳妇。北京像母亲一样无条件地接纳了我。北京是我走出校门、迈入社会的第一站，更是给我人生的底气和自信的地方。

据统计，北京18~35岁的青年人中有87%是外来人口。虽然初衷各不相同，他们都像当年的我一样喜欢上了北京。喜欢它带来的自由和年轻的感觉，喜欢它的繁华、多元和便利。北京是博大与包容的，它像大海，将来自全国各地乃至世界各地的寻梦者揽入怀中。以至多年之后，我还在想，如果当年没有被出国潮裹挟出国，或者学成按期回国，会不会也是不错的人生？

尽管如此，真正读懂北京，还是近几年的事。

这些年我回国比较频繁。每次回北京，去的最多的地方是景山公园。景山并不是很高，拾级而上不一会儿便到达山顶。我喜欢站在山顶向南眺望。从这里看过去，整个故宫建筑群一览无余。阳光下，错落铺陈的黄色琉璃瓦顶与朱红色的柱子与门窗相间，流光溢彩，金碧辉煌。

紫禁城有4座城门：南面午门，北面神武门，东西面东华门、西华门。景山面对北门神武门，在整体布局上，可说是故宫建筑群的屏障。故宫的宫殿是沿着一条南北向中轴线排列，三大殿、后三宫、御花园都位于这条中轴线上，并向两旁展开，南北取直，左右对称。这条中轴线不仅贯穿在紫禁城内，而且南达永定门，北到鼓楼、钟楼，贯穿了整个城市，极为壮观。在景山上远眺故宫，最能体会北京的皇家气派，庄严、华丽、至尊。

景山的东麓有一株低矮的老槐树，这是明崇祯皇帝朱由检自缢的地方。史书记载，明末时李自成起义军攻入北京，崇祯一路被追赶逃到了景山，自觉有愧于祖先基业，以腰带自尽于歪脖槐树之上。每次经过这里，我都要驻足端详，心生感慨。从山顶俯瞰紫禁城恢宏全貌，到妙观亭下皇帝自缢的古槐，景山公园就是一部帝王兴衰的教科书。

在北京时，我的另一项乐此不疲的活动是骑着共享单车游胡同。如果说故宫建筑群彰显的是北京的皇城特质，老北京的胡同则自带浓浓的民间烟火味儿。胡同宽窄不一，宽的可容三人并肩而行，窄只能让一个人侧身通过。据说北京有6000多条胡同，连起来，那就又是一条万里长城了。胡同历经数百年的风雨，即便是在今天，也占据着市中心的主要面积，居住着市区内的三分之一的人口。胡同，记录着这个城市的历史变迁。

比如东城区灯市口附近的史家胡同，有700多年的历史，被称"一条胡同，半个中国"。这条胡同里大大小小的四合宅院有80多个，其中两进院甚至三进院的深宅大院就有30多个。整条胡同随处可见青砖灰瓦、如意雕窗、亭台阁榭、古色游廊、朱漆大门、石刻照壁，可说是老北京四合院最经典的建筑。这里曾经的住户更是如雷贯耳，比如史可法、洪钧、李莲英、张治中、章士钊……

如今，胡同内的居民们仍保留着许多旧有的生活方式。一大早，胡同在晨曦中醒来，我和老公把小黄车锁在胡同口，买瓶老式酸奶，走走看看。遇到早起遛弯儿、遛鸟的老人，就聊几句。这些老人知书晓理，人情练达，上至房市股市，下至菜价金价，都门儿清，活得散淡自在。同住在一胡同里的左邻右舍，见了面总要打个招呼问个安。对胡同里的老北京而言，这里不再是简简单单的街巷，而是夹杂了太多复杂的情感和太多的文化在里面，他们之间的亲切和善是伴随着胡同而生的。

胡同的两边是一扇扇的门，每扇门里都藏着一个悲欢离合的故事。那天逛到什刹海后面的胡同时，天已经完全黑下来了。迎面走来一个女子，正在打手机："这也太过分了，孩子一不在家他就加班到这个点儿。"一路上我和老公就在猜测这句话背后是怎样的故事。出了胡同眼前突然一片灯海，原来到了后海的酒吧一条街上了。走过烤肉季的时候老公指着不远处的银锭桥说：当年李莲英就是出了烤肉季走到银锭桥上时被人暗杀的。听着这个，联想到刚才听到的那一句没头没尾的话，我灵光一闪。这就是后来写成的微型小说《银锭桥的诅咒》。

这时我才似乎真的读懂了北京，读懂它的百年历史和现代脉动。

因为一个人，爱上一座城。我常常会想，我对北京的眷念是因为同一屋檐下的这个北京人吗？是，也不是。北京给了我一个家，更给了我提升的空间和心灵的滋养。这其实也是城市存在的意义。城市，汇集了各种物质的和精神的资源，为居住在这里的人提供无限可能性。它是人类智慧的结晶。有了城市，人类才真正进入高品质的生活模式。

（本文收入浙江文艺出版社《故乡的云》一书）

8. 君子之交　其美若茶

去浙江湖州的长兴旅游，住在山里的农家乐客栈，目光所及，漫山遍野皆竹林。我问老板娘，长兴可是茶圣陆羽写成《茶经》的地方呢，怎么我一片茶园也没见到？问的时候我的手上就拎着一袋刚从农贸市场买的紫笋茶。她说要看茶园还要往高走，茶园都在山顶上，高山云雾出好茶嘛。

随着年龄增长，我爱上了喝茶，近几年几乎每次回国都要背一大包当年出的新茶回到加拿大慢慢品。我对茶不挑剔，清茶、绿茶、白茶皆可，铁观音、碧螺春、西湖龙井、安吉白茶都是我中意的茶种。大红袍口味略嫌重，茉莉花茶的香味也稍显刻意，喝得不多。夏天饮茶，放一两粒母亲给的小菊花，还可清火解毒。我喜欢用玻璃杯泡茶，看着干枯的茶叶被开水唤醒，变得温润、舒展，心里会涌上一丝感动，为茶叶在水里的复活，也为水因茶叶而获得的升华。

年轻时一直对茶无感，嫌它太清淡。当时正值改革开放初期，神州大地风行可口可乐，这种甜蜜凛冽的饮料带着大洋彼岸的摇滚气息捕获了成千上万枚年轻的味蕾。那时候跟男友逛街，路边便利店买一瓶冰镇汽水或者可乐，再来块松软的面包，边走边吃，花钱不多却幸福感满溢。来到加拿大后，发现在可乐的产地北美，这种罐装饮料并非如我们想象的那么高大上，它更多时候是跟麦当劳快餐店的低档食物搭配，因为富含色素和糖，讲究一点的人都不喝。倒是咖啡，店铺众多，无处不在。小资们去星巴克，大众去蒂姆霍顿，称得上国民饮品。

咖啡与茶叶、可可并称为世界三大饮料，它那浓郁的香气让无数人着迷。有报道称，咖啡是世界排名第二的商品，仅次于石油。于是我的融入主流之路就以学喝咖啡起步了。我注意到国内时兴的雀巢速溶咖啡在这里极少有人问津。咖啡店里一大杯现磨咖啡仅售 1 块多加元，星巴克的焦煳咖啡稍贵一些，也只 2 加元左右。而且都是地道的巴西、哥伦比亚优品咖啡豆研磨的。工作场所大都备有咖啡冲泡机，上午 10 点，下午 3 点，一天两次咖啡休息时间。不少加拿大人家里还备有小型咖啡机，几乎一整天咖啡不离手。超市里，大包装的咖啡豆、磨好的咖啡粉、一次性冲泡袋装咖啡，众多选择且品质高位，价格亲民，根本没必要喝口感差很多的速溶咖啡。

有一次计划回国两周，实验室的一位加拿大同事祝我旅途愉快，我顺口问了一句，需不需要帮你带什么？她竟然张口就说，请帮我带几包中国的叶子茶。之所以强调叶子，是因为加拿大市场上只有英式的袋装茶。我这才知道在加拿大，还有一批 tea drinker（饮茶者），只不过他们饮的是英国袋装红茶粉，浓浓的茶汤里还要加上牛奶和方糖。如此一折腾，茶的清雅早已消失殆尽。而中国的茶叶，虽经过杀青、揉捻、干燥三道工序，依然保持了茶叶的原始形态和天然香气，相比之下，中国的茶叶制作和冲泡似乎才是茶最恰当的打开方式。

茶，采集天地之精华，既不像可乐那么甜腻，也不似咖啡那么苦涩，它给人的感觉就一个淡字。非甜非苦，茶色清澈，口干舌燥时只需轻轻抿上一口，便唇齿留香，舌底生津，润及肺腑。一杯茶，无论续多少次水，本质都不会变，口感有别于白开水。茶虽然味淡，却有独特功效，《神农·食经》之中有"茶茗久服，令人有力悦志"之说。从成分上说，绿茶有抗癌功效，红茶则能养胃。因此，淡而丰富者，唯茶是也。

好茶大都孕育在云雾缭绕、水汽氤氲的高海拔地区。这里阳光充足，富含水汽，白天和夜间的温差大，最适宜茶树生长。在远离尘世的地方，与山石相伴，沐浴清风明月，难怪茶出落得这么清新脱俗。大雪封门，三五好友围炉夜话，一杯热茶捧在手心，不时啜上一口，融融暖意能把彻骨的寒气驱散。阅读写作时，泡上一壶好茶，就像置身在山间溪边，连笔下的文字都带着一股清香。茶是饮品中的君子，习惯了喝茶人也会在不知不觉中变得静雅恬淡，君子般平和超脱。

茶，是古代文人雅士追求禅意生活的象征。中国人的饮茶之风始于西汉。魏晋南北朝时期，茶叶的流行有阶层和地域之分。当时茶叶产量少，只有王公贵族、官僚和世家子弟能够喝到，普通百姓是无缘得见的。因为茶树多生长于山区丘陵地带，且喜温暖湿润的气候，因此南方产茶而北方罕见。南朝时，老庄的隐逸、淡泊和静观之思在整个社会蔚然成风，茶叶清淡苦涩的口感恰好符合时人以清雅恬淡为美的审美趣味，于是便在文人墨客、官僚士大夫之间流行起来。

宋朝是中国茶文化登峰造极的时期。宋朝的茶人特别多，茶风特别兴盛，上至文武百官，下至平头百姓，几乎人人都喜欢喝茶。宋朝人过日子，无论是消愁解闷，还是走亲访友，无论是起房盖屋，还是谈婚论嫁，都离不开茶。宋茶讲究，他们用一整套的加工程序使得茶汤几乎没有了苦涩，只留下甘甜厚滑的芳香。宋人把茶喝成了诗。

《庄子·山木》曰："君子之交淡若水。"崇尚淡泊明志的君子，彼此的交往自然多了几分茶的清逸。淡则久，君子之间纯粹无利益，虽淡而心地亲近，所以持久。淡则信，君子之谊，谈笑皆鸿儒，往来无白丁，因为懂得而相知，相知才能不相疑。君子之交，美在超然物外，美在淡而丰富，美在彼此成全。君子之交美若茶矣。

（原载《侨报》副刊"文学时代"2020.1.30）

9. 爱玉说

　　一直不是很热衷珠宝首饰，反而喜欢素面朝天、简衣布衫，用母亲的话说，浑身上下没一件值钱东西。后来连上帝都看不下去了，一介女子，如此粗陋，有愧于这个美丽的世界。于是有一天，机缘巧合，我跟玉产生了联系。

　　那天陪姐姐去给一位同姓本家的远房亲戚送家谱。这位老先生是一位收藏家，见我们姐妹拜访，又带来他朝思暮想的家谱，一时兴起，跟我们大侃古物鉴赏。说到玉器鉴别，他拿出两个手镯，指着其中一个说，这个是玻璃的，很易碎。说着拿起在桌子上一击，果然碎了。然后小心地拿起另一只：这个是真玉，和田玉。这只手镯介于半白半透之间，表面并不太亮，但非常滑润，似抹上一层薄油，还有一处黄色的瑕疵，比一般手镯粗，看上去有种憨态。我接过来仔细端详，越看越喜欢，有种放不下的感觉。那位老先生可能看出了我的心思，说，送你了。我喜不自禁，连句推辞的客气话都不敢说，当即收下。

　　这个玉镯偏小，试了几次都戴不进去，甚是遗憾。回到加拿大之后，想想总是不甘心。有一天晚上打算最后一搏，在手上涂满肥皂，做好吃苦的准备。谁知呼的一下就戴进去了，有如神助。但仅此一次，现在想脱下来，大概只能剁手了。孔老夫子说过"君子无故，玉不去身"，可能就是为了安慰我这种人的。

有一次在北京逛玉器店，店员看到我手上的镯子，说："你这个可是好东西，和田玉分山玉和水玉，你这个是水里的玉。"还说镯子上的那个我以为是瑕疵的地方其实是皮，就是玉在未雕前外面包着的一层包裹物，称为"玉皮"，有人做玉器的时候特意留下一点皮，显示它是真的玉。这个说法很有意思，我对玉从此多了几分关注。

在加拿大珠宝店，很少看到有玉制品。西方文化崇尚钻石，一粒小小的钻石，嵌在戒指或者项链坠子上，让佩者身价倍增，我对它却怎么也爱不起来。印度人则偏爱黄金首饰，我一个来自巴基斯坦的女同事，手腕、脖子上都是黄澄澄的金首饰，把个原本天生丽质的美人装扮得像个村妇。玉不似钻石那么冷艳，也不像黄金那么媚俗，它清丽雅致，有一种低调的高贵。这比较符合我做人的原则。

儒家文化倡导的中庸，在玉的身上得到最大体现。玉的摩氏硬度为6~9，比普通石头硬，却又不似钻石那么硬，玉主体多为白色、青色，有时带有绿色游丝或黄色的沁，而钻石依所含杂质呈现蓝、粉、紫、棕等亮丽色彩。就色彩和硬度而言，玉绝不似钻石那么咄咄逼人。它是中国出产的大家闺秀，沉静内敛，粉腮泛红，凤眼含情，一副流而不露、秘而不宣的样子。

玉出身卑微。美石为玉，玉就是石头。所以玉吊坠一般用红丝线系挂，保持它在民间时的传统形象。但玉又不是普通的石头，有明确的品质标准，要温润有光泽，内外纹理一致，声音清越舒扬，坚硬细密，色纯而洁净。

在今人眼里，玉就是自然界中一种优美的矿材，但在远古时代，玉是天地之圣物，是精灵的化身。石头作为人类最早利用的自然物质，伴随人类走过上百万年的生存之旅，在人类的心灵上留下了深刻的印迹。世界各地的许多民族，都赋予石头种种魔力和品德。玉作为温润坚韧之美石，除在外观和质地上优于一般石头外，之所以几千年来为人们所珍视，也是因为古人认为它有一定的巫术效力。

古人以佩玉为美，认为黄金有价玉无价。玉埋藏地下几千年或上亿年，是石头的精华，佛家雅称它为大地舍利子，是具有祛邪避凶的灵石。地下的漫长岁月不只成就了玉的坚韧和通透，更丰富了玉的生命。科学研究发现，和田玉含有大量铁、锌、硒、铜等人体必需的微量元素，所以中国民间认为戴玉可以养人，《本草纲目》记载：和田玉滋养五脏，安魂魄、疏血脉、柔筋强骨。而且这种滋养是双向的，人也可以养玉，如果人的身体好，长期佩玉可以滋润玉，玉的水头也就是折光度会越来越好，越来越亮。所谓人养玉三月，玉养人一生。

对玉了解越多，我对它的喜爱就越深。中国素有"玉之国度"的美誉，是世界上用玉最早的国家。从新石器时代起，匠人们就习惯使用这种最坚硬的矿物制成武器、工具、装饰品和仪式用具。不同朝代出土的玉器也因此成为人们解读各个历史时期独特的人文生活和民间习俗的重要线索。比如远古时期，红山文化的动物图腾和良渚文化的祭祀用品玉琮与玉璧，说明那是一个以玉通神的时代。夏商周，社会矛盾加剧，出土的玉制品大多为兵器。到了春秋战国时期，由于孔子人格化的演绎，玉逐渐走入民间，形成德玉文化。汉代出现了葬玉制度，认为玉能使人不朽，比如陕西咸阳汉昭帝遗址出土的、神秘而浪漫的仙人骑马玉摆件。明清时期，开始热衷文化中的谐音现象，人们雕刻玉蝙蝠祈求幸福，玉蝴蝶祈求长寿，玉龙祈求力量、繁荣和美德，玉桃象征不朽，玉璧象征天堂。这些习俗，一直延续至今。

　　《诗经》云"言念君子，温如其玉"，在中国，说一个人温润如玉是对他最高的嘉奖。一个男人若如玉一般温和、亲切、博学、儒雅，该捕获多少少女的心，跟这样的人交往又该多么的舒适。一个女子若如玉一般贴心、精致、忠诚，该有多少男子为之倾倒。看看历史上的大学问家，哪个不是谦谦君子，扫扫身边的淑女良母，哪个不是温婉贤淑。君子与玉，我中有你，你中有我，早已浑然一体。

　　数千年来，人们从来没有失去对玉的迷恋。它是纯洁和持久的象征，它的美丽、坚固、稀有，富于感性和豪华，足可满足尘世的渴望。人们用美好的词语去赞美它，它是中国人对本民族美好人格的期许。我和玉的缘分起于玉镯，我对玉的喜爱将绵绵无绝期。

10. 泰瑞和安德烈

　　家乡有位算命先生，据说算得特别准，人称"半仙"。那天得高人指点，跟着姐姐走了很远的路，在一个幽深小巷的尽头寻到"仙窟"。"半仙"是一个盲人，脸黑黑的，还有几分木讷，至少在年幼的我看来没有一丝仙气。听到我们的来意，先客套了几句："这些都是封建迷信的四旧糟粕，算着玩玩，不能当真的。"然后就开始给我们算。他要了我的生辰八字，给我看了手相，说了一段话，具体记不清了，比较重要的有两点：一是将来离家会比较远，二是遭遇困难时会有贵人相助，逢凶化吉。

　　这两点后来都应验了。在加拿大定居，离家万里之遥，直飞还需 13 小时，可谓极远。贵人更是一助再助。这其中就有泰瑞和安德烈。

　　所谓贵人，不遇到过不去的坎儿是看不出来的。平日帮买个菜，修个车的，最多算好人。泰瑞和安德烈不同，他们是我遭遇人生最大的困境时伸出援手之人。

　　我来加读硕是公派，读博有奖学金，读书期间还是过得比较逍遥的，端盘子、洗碗之类的活儿一天都没干过。而且农学是实验性科学，理论不很高深，只要不是太笨或者太懒，混个博士学位是没问题的。至于这个博士学位能否为你谋到一个饭碗，就是另外一回事了。

我的师兄就是博士毕业后，一直找不到专业对口的工作，最后只好在老城区买了个杂货店，赚点辛苦钱养家糊口。师兄告诉我，西方发达国家的职业市场从来都是由供求关系决定的。农学不面向社会，属冷门，工作机会非常有限，所以当地人学农的并不多。而且我们还是高学历。在加拿大，除了大学和研究所，一般的用人单位并不需要高学历的人，所以当地人通常大学毕业就去找工作，他们很清楚，读书是为了工作，只有找不到工作才继续读硕、读博。

读博最后一学期，我一边准备论文答辩，一边天女散花般发出去很多份简历。原本以为自己在加拿大拿了两个学位，G大是加拿大首屈一指的农学院，L大的园艺专业也名声在外，找工作还是有优势的，谁知收到的几乎全是婉拒。我一下子傻眼了，问自己：如果找不到工作，我能步师兄后尘，在杂货店的货柜间走完一生吗？

回答是不能。我清楚地记得学工时去的机床车间，一成不变的姿势，机械重复的动作，令我触目惊心：在这样的地方工作一辈子，枉生为人。努力读书，考大学，就是为了远离那样的人生。

但现实就是这么残酷。我满怀希望，根据职位要求制造出的简历，一封封飞出去，却没一封衔回我期待的橄榄枝。毕业的日子一天天临近，我的心一点点往下沉。但我没有退路，当年出国时，国内连户口都注销了。

论文答辩完，已经没有理由赖着不毕业了。我去系里查看信箱，遇见安德烈，他见我手上拿着几封信，随口问道："找工作的事儿进行得怎样了？"我当时眼泪就流出来了，前段时间所有的辛酸都涌上心头。安德烈是我在 L 大的博士生导师，可能履历写得不好，我的求职申请连面试的程序都没达到，也不需要安德烈写推荐信，所以他对我的情况并不知晓。现在见我眼泪鼻涕一把抓，不用多说他就明白了。

不久，安德烈拿给我一个招工广告。这是一个农业部下属研究所的博士后机会，地点在安省南部的一个小城。对方对我的教育背景挺满意，要求我去面试。因为是第一次参加面试，我认为这次希望挺大，就拖家带口一起去见证这个重要时刻。开了十几个小时的车，找到一家小旅馆住下。谁知当时不满一岁的儿子到了一个新环境，特别兴奋，不肯睡觉，我被他折腾得一夜没眼。面试时脑子里一片空白，表现得像个白痴。

回程路上，想到自己高考时百里挑一被录取，读大学有助学金，毕业国家包分配，从不知失业为何物，如今却成了一个滞销品，为了一个饭碗，放下自尊，任人挑拣。西方文化重自我表现，大到总统竞选，小到用人单位的面试，全看口头表达。我本来就口拙，用非母语的英语推销自己无异于赶鸭子上架。我有点赌气地想：是骡子是马拉出来遛遛，这个只看重三寸之舌的国家并不适合我，当初出国就是错的。

接下来几个月，求职的事毫无进展。几近绝望时，突然接到泰瑞的电话。泰瑞是我在 G 大读硕时的导师。当年刚到加拿大，是他到机场接我，把我送到预定的住处安顿下来。这个爱尔兰人后裔，机智幽默，有种与生俱来的善良。读硕的两年，怕我想家，节日他常常邀请我去他家跟他的太太和孩子们一起过。硕士毕业时，得知我想继续读博，推荐了他的学生，正在 L 大任教的安德烈。我几乎没费什么周折就直接从 G 大来到 L 大。

泰瑞告诉我，如果工作的事儿还没定，有一个博士后的机会让我不妨试试。我一听几乎不敢相信自己的耳朵：这个职位跟上次安德烈介绍的竟是同一个研究所！难怪师兄说农业是冷门，转来转去就是这几所大学和研究所。作为同行，泰瑞和安德烈跟他们应该都有来往的，有了招人的消息，当然不约而同地想到我。不过这次我见的是另一位科学家。我吸取上次教训，只身乘长途车前往，而且上网搜索了这位研究员的所有论文，预想了可能的提问和答案。有了上次的见习走场，这回我一点都不紧张，顺利通过了面试。

我在这个研究所一干就是 20 多年，衣食无忧。儿子在稳定的环境里长大成人，积极阳光，现在也有了自己心仪的工作。而这一切都因了泰瑞和安德烈。我毫不怀疑，他们就是那个算命先生所说的我生命中的贵人。这两个加拿大人，不只为来自中国的我装上翅膀，还给了我一片天空。

11. 永久地址

填表的时候，常常会遇到"永久地址"一栏。

18 岁之前未成年，只有家庭住址一项用心填写，其他地址一概大笔一挥"同上"。那个年龄的孩子，有父母的家是唯一值得正式填到表格里的信息，不懂那些做表格的人为什么要问"通讯地址""永久地址"这些莫名其妙的问题。

最早不得不对这个问题认真是离家去外地上大学之后。虽然有了学校分配的邮箱，但时效只有 4 年，比较重要的信件就要送到父母住处这个"永久地址"了。毕业后工作了，某公司，某研究所，某院某系，都是可用的通信地址，但依然会在永久地址填上父母的住址，总觉得那里才是自己的家。

不记得是从什么时候开始不再把父母的住址作为永久地址了。好像来加拿大读书的那几年，还总是在永久地址栏目填上父母国内的住址。那时经常搬家，居无定所，父母那里是最稳妥的邮址。后来工作相对稳定了，又买了房子，想想似乎也不可能再搬家了，才慢慢习惯了把自己的住处当成永远的家。永久地址就像连接我们和父母的脐带，割断它，我们才成为独立的个体。

上个月家乡的《淮海晚报》做了一期对我的访谈，索要一张我小时候的照片。我在自己的家里翻了半天没找到。这些年只顾往前赶，很多记忆中的东西都被减负了。我让他们找我的父母。我知道父母那里有几大本相册，完好地保存着我们兄妹五个从小到大的照片。我不得不承认，远走他乡的我带走的只有我自己，而且只有现在和未来的我。童年的岁月和欢笑已经永远留在了这个曾经的永久地址上，留在了父母的身边。无论这一生走了多少路，第一步是从这里迈出去的。

如今，儿子已经像当年的我一样离家去外地上大学。作为CO-OP项目的学生，他的课程安排是一学期上课，一学期工作。所以他几乎是在不断搬家。从一个城市搬到另一个城市，从一栋公寓楼搬到另一栋公寓楼。儿子因此养成了简约的习惯，所有随身物品不超过两个包。一学期完，他一定会回来过几天，拿走一些衣服和物品，不用的东西，也会带回来，存放在柜子里。那些住处，都是临时住所，只有这里才是他的家。

他的卧室和书房，我都保持原样，怕改变了他会不习惯。每次他说要回来，几天前我和老公就商议那几天里做什么拿手菜给他吃。还有小城新开了一家中餐馆，菜做得很地道，就盘算着带儿子去尝鲜。似乎为了证明这个养育他长大的家依然具备为他遮风挡雨的功能，这个给了他童年的城市仍然是他倦游的栖息地。

偶尔会收到寄给儿子的信件，有的是税务局来的，有的是银行来的，有的是学校校长办公室来的。连他上了系里教务长名誉单的通知都寄到家里来。我因此知道，在表格的"永久地址"一栏，他一直沿用我们的住址。我把收到的信件整整齐齐地放在儿子的书桌上，然后向儿子通报。有时候，儿子会要求我把信件扫描一下发给他。我很乐于做这些事，为儿子还需要我而沾沾自喜。

我知道，未来的某一天，我们这个"永久地址"终将被某个城市、某条街道的某个数字所取代。那就是儿子剪断脐带的日子。但我相信，就算儿子有了他的永久地址，脐带剪断了，亲情也割不断，因为他的身上留着我们的神秘印记。在这个世界上我们是他最亲的人，我们见证了他成长的每一个细节，教会他怎样立世成人。我们对他的爱一直在那里，从未改变。而且这份无条件的爱会一直延续下去，给所有爱他的人。

我自信儿子还会飞回来，带着他的小鸟和鸟妈妈。因为我也曾是那只飞离鸟巢的鸟儿，向往外面的天空。现在人到中年，一旦有了假期，最想去的地方还是父母的家，我人生的出发地。为慰藉父母多年对我的守望，更为自己的心找一个永久地址。

（原载《侨报》副刊 2013. 11. 14）

12. 永远有多远

据说 2013～2014 年跨年的谐音是"一生一世"，一起度过 2013 年和 2014 年新年之交的人可以相守一生一世。这种说法赋予 2014 年元旦特别的含义，记得当时很多人用更大的热情、更隆重的仪式迎接这个寄托美好寓意的日子。

对于我，"一生一世"之说更具讽刺意味，因为 2014 年是我的失去之年。

4 月份，我的同事苏珊退休。一头金发的加拿大妇女苏珊是我的恩师。刚到研究所的时候，由于从事的工作并非所学专业，很多具体的技术都是苏珊手把手教我的，她有让人钦佩的耐心和条理。比如昆虫的表面消毒，苏珊先把操作步骤详细写好打印出来，然后演示一遍，再让我做给她看，做得不那么准确的地方当时就纠正了。这么多年，这一直是我培训学生的"三部曲"。

苏珊还是我们所多年不变的传统"百家餐"和"资助贫困家庭圣诞礼物烧烤"的发起人和组织者。每过一段时间，布告栏上就会出现苏珊打印出来的精美"广告"：春天到了，让我们来一次 Potluck（百家餐）吧，带上你的拿手菜，大家一起分享。或者是：厌烦了千篇一律的三明治了吗？本周四我们为您准备了肉肠和热狗烧烤。苏珊用烧烤赚的钱去商店挑选资助家庭孩子想要的

礼物和衣服，还不厌其烦地拍了照片贴到布告栏里。接受资助的
是镇子上几户贫困家庭，这个项目是研究所支持当地居民的一种
方式。

年复一年，我们习以为常，以为有苏珊的日子会永远这么过
下去。直到今年4月份的一天，苏珊告诉我们她要退休了，我们
这才意识到原来苏珊已经老了，老了的苏珊就要离开我们了。大
家互相询问，那以后百家餐谁管？苏珊微微一笑，我交代安妮
了。苏珊的退休送别会上，她和她的先生和子女、她的家庭医
生，以及她的导师坐在一桌，怀里始终抱着她的外孙——一个可
爱的小男孩。我们知道知性女人苏珊要回归家庭了，这是她今后
的人生定位。

我对苏珊说，我会想你的。苏珊说我将常回来看看。一周
后，我收到苏珊的电邮：我正在彻底收拾我们的住处，虽然我告
诫自己不必急着做完，明天不用上班，但还是忍不住干了一整
天。我打算报一个瑜伽班，开始练习瑜伽，据说这项运动对关节
很有益。

还没从失去苏珊的打击中恢复，5月初，全体员工开会，所
长盖瑞宣布：6月底退休。他已经工作了33年，按目前的计算
法，丰足的退休金够他安度晚年了。对盖瑞的离开，我不可能无
动于衷。说起来，这个个子不高、面色红润的老人是我们这一批
"转正"的技术员的"恩人"呢。20年前，盖瑞做出了一个大胆
的决定：根据预测，未来20年内我们研究所将有一大批技术人
员退休，为了避免青黄不接，增开20个技术员的位置。我和其
他10多名合同工就是那一批成为永久雇员。之后，政府部门人
员冻结，这样大尺度的招聘成为不可复制的历史。

看似亲民，却不语自威的盖瑞是一位称职的所长。这些年，

他独自承担了农业部 3 个研究所的所长重任，每周都在安省的几个不同城市之间奔波，妻子也因为他的不顾家而离开了他。如今他的使命完成，即将离任，不知其他因为他的恩惠混进公务员队伍的技术员作何想法，起码我是很伤感的。女儿已经成家，退休的他如何独自面对大片空白的日子呢？

　　似乎还嫌不够，5 月底，我的导师莱斯找我谈话，说他已决定 8 月中退休。在研究所干了 20 年，莱斯是我唯一的顶头上司。先做他的博士后，然后做他的技术员，我把人生最富于创造力的 20 年，每天最好的 8 小时，我的才华和热情，倾注在莱斯的实验中。由于我们的共同努力，莱斯升到了研究员五级，这是我们所研究员的最高级别。

　　勤奋的莱斯每年都有很多项目，这让我上班的时候要比别人忙很多。我曾对此牢骚满腹。由于保守党政府的冻结和裁员，政府部门的职员取消了升级和涨工资，付出和回报不成正比。退休前几个月，莱斯动用他所有资源——6 间温室做一个 8 个处理，每个处理 2 个重复，总共 16 个采样点的大实验，说要为他脑子里的悬念找到答案。别人快退休时基本处在不作为状态，莱斯的职场生涯却有一个轰轰烈烈的句号。为了这个"戛然而止"的效果，我带着学生又将投入紧张的实验。那天订购实验需要的温度探头，我问这次实验需要 4 个，要不要多买几个做备用？莱斯说，买 8 个吧，以后还需要。说到这里，他意识到什么停住了，我也愣住了：是啊，再过两个月就走人了，还有以后吗？

　　说实话，莱斯不是一个好老板。他霸道，不通人情，做他的下属，需要很多学问：变通、迂回、据理力争。跟他合作，我最大的体会是，改变中国式的逆来顺受、忠君思想，用西方的思维方式和表达方式才能跟当地人有效沟通，否则就是事倍功半。退休之前，作为对我多年任劳任怨的报答，莱斯花费 2000 多加元为我争取了一个培训的机会。回首往事，这个主观固执的老人，是否生出几许感慨？

2014 年，我最大的失去是梅。梅是我做社区义工时结识的朋友。在这个人们为自己考虑越来越多的时代，找一个有能力、同时有公益意识和热情的人简直就像挖金寻宝那么难了。梅的出现让我欣喜不已：领袖气质和务实精神在她身上结合得如此完美。梅主张普通人都有责任繁荣社区，一个人生命的重量取决于他对社会的贡献。梅思路清晰，原则性强，上任之后兴学办班，轻重缓急，把个以传播中国文化为使命的社区文化学院打理得井井有条。可是，今年 6 月份，梅告诉我她的博士论文通过了，与此同时，她得到美国一所大学的教职。

这个消息是这么突然，我的心像被掏空了一般，半天醒不过神来。我对她说，得知这个消息，最高兴的人是我，最伤感的人也是我。我为你事业前途高兴，更为学院失去你这样一位领路人而抱憾。我说，我会用我的余生来想念你，想念我们一起为社区奔忙的日子。

下周，梅就要离开我们居住的小城去美国南部赴职了，她在忙着申请签证、找房子、安排孩子入学，而我则在艰难地适应没有梅的日子，思考"永远"这个词的真实含义。

岁月以它固有的速度流逝，我们以为永远拥有的东西在未来的某一天会突然离我们而去。无论我们多么不舍，无论科学多么发达，"永远"都只是一个神话，唯有珍惜当下才是留住身边人、身边事的最好方式。

（原载《侨报》副刊 2014.6.30）

时光的花朵
SHI GUANG
DE
HUA DUO

第二章

蒲公英

　　一阵风吹过，蒲公英飘扬而起，以最轻柔的姿态，划过生命的痕迹。为了新生，为了寻找那一片适合的土地，它舞得如此恣意，飞得如此坚定。行走，是它的宿命。

1. 罗克格伦山地历险

感恩节，周末气温回升，天空澄清高远。我和夫君一致认为，是时候出去看看了。因为疫情，我们蛰伏在家大半年，错过了春的芳菲与夏的繁盛，万不可再跟灼灼其华的秋失之交臂了。

驱车两个多小时到达同属安省的罗克格伦保护区（Rock Glen Conservation Area）。这是一处占地 27 英亩的景区，北衔五大湖的圣劳伦斯河域，南接卡罗琳森林带，两种地貌在这里过渡，有林木覆盖的山峦，亦有岩石浅滩、瀑布溪流，高高低低，跌宕起伏。站在木质观景台上远眺，枫树、橡树、水曲柳、松树多类树种，深深浅浅，红、黄、绿相间，斑斓缤纷似一片花海。沿着小溪湿地，散落着带着孩子寻找化石的家庭。介绍上说，这里可发现距今 3 亿 5000 万年的泥盆纪化石。

起初，一切都很顺利。我们随着人流观赏了主要景点瀑布，又到溪边捡到几块海百合化石，便寻思着上山转转，来个游玩健身两不误。

事情的发展就在这时开始转向。我们俩同时发现上山的路有点过于拥挤。节日嘛，天公又如此作美。按说疫期，为安全起见，人与人之间应保持 2 米之距，但是人一多，便很难做到。加上是在户外，大家都心存侥幸，不愿戴口罩。眼下加国正面临新冠肺炎病毒的第二波侵袭，安省又是重灾区，如果真的像某些新闻里说的擦肩而过都可能感染的话，那现在真的是身处险境了。我们决定，马上另抄小路上山，避开人群。

环顾四周，发现有一条小道，蜿蜒上山，路虽狭窄，从地上踏平的杂草看，明显有人走过。我们没多想就离开众人，沿这条小路拾级而上。走着走着，发现路上的足迹越来越稀少，然后彻底没了足迹，路也没了。这时候我们有两个选择，一是原路返回，二是继续向上。原路返回当然是心有不甘，而且也不可行。因为此时山路已很难走，可能是林木过密，日光很难穿透的缘故，脚下泥泞不堪。上山时借助树木和野草，手脚并用，亦步亦趋，勉强可行，下山该当如何？继续攀缘则举步艰难，不光脚底打滑，还有一些不知名的小飞虫在眼前乱舞，空气阴湿，像沼泽地一样污浊，感觉非常不好。所幸山似乎并不很高，仰头可见山顶。老公说，再坚持一会儿，到了山顶就好了，山顶肯定有路。

好不容易攀到山顶，举目望去，遍地枯草足有一米多深，根本没有路。而且那些杂木也跟山下的不同，很多枝条上都带着刺，走过时，衣服常常被钩住。枯败的果实粘在裤子和袜子上，浑身有说不出的难受。老公顺手从地上捡起一根树枝给我。树枝很直，粗细适中，我戏称它为打狗棍，说此时若有野兽出现，该棍或许可以救命呢。想到野兽，我又是一阵心悸，这山荒无人迹，应该是一座野山，会不会有野兽出没？

之后，每走一步先用打狗棍拨开面前的荆棘，再用眼睛的余光警觉地打量前后左右。此时，我多么希望有个人影出现在我的视野里，心里开始怀念在山下时置身人群中的那份安全感，后悔不该任性离队，不知深浅地盲目进山。

在山顶上走了一圈，没发现任何下山的路。莫非真的要从原路下山？事实上，眼前除了杂木就是草丛，根本也找不到原路了。此时已是下午2点，日头开始转西。我彻底绝望，带着哭腔说："这可怎么办呀？天一黑咱俩真的要喂狼了！"

先生说："要不就从山涧下山？"他说的是两峰之间的沟壑，这里高高低低，主要由石块构成，雨季时估计是有水的，现在基本裸露。从这里下山，至少可以躲开荆棘和泥泞，不失为一条捷径。我们一路攀升纵跳，到了山下。

老公告诉我，其实这么走是有很大风险的，如果遇到一处瀑布断崖，不光无法继续往下，还可能前功尽弃。身边不时有三三两两的游人走过，我只想唱"见到你们总觉得格外亲"，之前那种"他人即地狱"的念头早就烟消云散。

人是群居动物，可是疫情使得我们彼此疏远。现在，连热情友善、习惯拥抱、行贴面礼的加拿大人都对迎面走过的人避之不及了。再过些时日，这个社交距离会不会成为人与人之间的心理距离？

2. 七里山塘　我只记得惜字炉

　　10 月中旬去了山塘。今年是中国改革开放 40 年，侨办邀请我们 13 位海外作者回家看看祖国的变化。苏州是我们这次江南采风第三站。

　　时值深秋，山塘街上游人不是很多。临河的街道两旁基本见不到盛开的花儿了，只有一种橘色的不知名小花艳艳地开在房檐上。老屋墙上爬满了常春藤，有些叶子正在变红，远远望去颇有"霜叶红于二月花"的效果。

　　古街依河而建，两边的建筑是江南风格，也就是人们常说的粉砖黛瓦。由于是多云天气，光线柔和，水面平静无波，高低不等连成一片的房屋倒映在水中，俨然一幅吴冠中笔下的水墨画。路用青石铺就，经过几百年的脚踩水磨，坑坑洼洼的，全是岁月走过的痕迹。河水微微泛绿，两旁浸水的石阶布满青苔，似在讲述久远的往事。偶尔几只改新的乌篷游船匆匆驶过，带出一道道水波，冲刷着河岸，打破这河的静谧，算是一段小插曲。沿路而行，可以见到许多座有年头的石桥，桥上栏杆的石头已经被风雨吹打得有点斑驳。站在桥上，眺望远方，弯弯的河道在蜿蜒的屋舍的陪伴下伸向远方。

我们一行人就这样走走停停，过了通贵桥又往南走了100多米，就来到了玉涵堂。

玉涵堂是吴一鹏故居。《二十四史·吴一鹏传》载：吴一鹏，字南夫，长洲（今苏州）人，明弘治六年（1493）进士，累官至大学士，出为南京吏部尚书。故居前靠河滨，在古代是吴家官船进出的水码头，现在河中停满了山塘河上的游船。大门很简单，临街一道石库门，门前立有一块"江苏省文物保护单位：玉涵堂"碑刻。走进门厅，墙上挂着一幅吴一鹏故居简介。上称：吴一鹏故居是苏州城外体量最大、保存最完好的明代民居建筑。玉涵堂始建于明嘉靖十年（1532），已有近500年历史，占地4896平方米。

故居是典型的江南大户人家的建筑格局。房屋四路五进，有后花园。主厅玉涵堂为明代遗构，其余房屋则为清代至民国时的建筑。一进为门厅，二进为轿厅。轿厅与里屋由一个屏风隔开。讲解人员说到"古代的大户人家通常把轿子停在轿厅，主人从屏风的右侧进入里屋，轿夫则留在轿厅等候"时，我正跟着人流绕过屏风打算到后面参观，突然瞥见屏风后右侧靠墙立有一座铁炉子，上书"惜字炉"三个大字。

我心里一热，不由停下了脚步。作为一个生活在英语国家，有着全日工作，却坚持汉语写作10多年的作者，我对方块字有特别的热爱。加拿大的图书馆中文藏书很少，查资料极为不便，但我从未想到过放弃母语创作。端庄典雅、形意皆美的汉字，已经融入我的血液。"惜字炉"触动了我。

定睛一看，炉子两边还有一副对联："惜字当从敬字生，敬心不当惜难诚；可知因敬方成惜，岂是寻常爱惜情。"旁边木板上写有"惜字炉"简介：惜字炉是中国古代重视文化的物证。中国古代文字是用毛笔写成的，具有较高的艺术欣赏价值。在科举制度下，若字不好，成绩定然不会很好，所以当时读书人在写字上都花费极大的工夫。字因此变成一种艺术品。"仓颉造字，鬼夜哭"，字又造得很美，所以不能糟蹋。苏州人自古以来就非常崇尚文化，对写有字的纸特别敬重，不仅不许亵渎，而且也不许随意撕毁。看到字纸一定要恭敬地捡起来，然后交到专门机构"惜字局"，放入这类"惜字炉"里焚烧。惜字局还专门派人穿行在大街小巷中捡拾字纸。苏州的最后一个探花吴荫培就自己出钱，雇人去捡废纸，把它们全部集中焚烧。

一字不漏地读完木牌上的字，我很感动，也对苏州这个城市多了几分敬重。过去常听人说"宁和苏州人吵架，不和宁波人说话"，看来这里说的不只是吴侬软语，还有软语背后的教养。一个地区的民风与教化真的就是细微的习惯使然。忽然想起小时候大人禁止小孩将字纸当手纸使用的事。那时候大人常会说："糟蹋纸上的字，今后就不会识字。"小孩听了，便生出对字纸的敬畏之心。

据说惜字炉从宋朝就开始了，明清最为盛行。尤其在一些人口聚居、读书人比较多的村落，都会建有惜字焚纸炉。有些地方还成立了"纸炉会"，每到年底，"纸炉会"的成员就四处收集字纸，挑选吉日集中到焚纸炉焚烧，以表达对文字、对知识的敬重。古人认为字是有灵性的，写过字的纸随地乱丢是罪过，是对孔圣人的不敬，践踏地上的字纸会遭到报应。凡是写过字的废纸不能扔在地上，不能用脚踩，不能用于裱糊、包裹，更不能用来当厕纸，必须要送到"惜字炉"焚化。这种行为被称为"敬惜字纸"，后来渐渐成了风俗。听一位退休的老师说，过去只要有学校的地方，都建"惜字炉"，放在学校的礼堂里。古人其实是以这种形式，让后代敬重文化和思想，认识到知识的宝贵与重要。

我对字的惜用也是近几年才稍有领悟。15 年前开始写作的时候，一篇文章常常是洋洋洒洒几大页。向报刊投稿，登出来的只有区区三五段，便有点责怪编辑太无情。后来结交了一些文学专业的文友，发现他们真的是惜字如金，通篇挑不出一个废字。

2018 年 10 月那个寻常的午后，我站在苏州山塘街玉涵堂的惜字炉前，突然明白了为什么好作家用字那么吝啬。因为他们知道文字一旦发表，传达的就是思想，就是文化。善待手中的笔，慎用每一个字，是作者的文学修养，更是为文者的责任。

（原载《华文月刊》2018.11）

3. 阳光里的建德

己亥暮秋，应杭州侨办之邀走访了建德。较之诗人们偏爱的桃红柳绿、烟花三月的江南，秋日暖阳里的建德更为清澈明丽，通透高远。

在建德，我看到一湖清水，也看到水上的1000多个岛屿，更看到水天相接处那绵延不绝、由浓渐淡的山群。就像一幅唯美的水墨画，让所有行走的人与舟都成了点缀。当地人告诉我，千岛湖里藏着一座古城——中国的亚特兰蒂斯，这些岛屿其实是19世纪50年代建造新安江大坝时淹没的山峦。这真是一个神秘又有故事的地方！

从任何意义上来讲，建德对于浙江都是不可忽略的存在。

建德隶属于杭州市，位于浙西钱塘江上游。建德这个城市很特别，三国时期置县，至今有1800年的历史。但同时，经考古鉴定，有"中华文明之光"之称的"建德人"就诞生在这片古老的土地上，"建德人"生活的年代距今已有5万多年。这些"建德人"，就是浙江人类的先祖。而且，正是古老的"建德人"从新安江走向"良渚"，走向"河姆渡"，走向大海边，才有了中华民族的海洋文明。

　　水清、风凉、雾奇，这些大自然的恩赐，使得建德独具东方的山水田园风韵，每年都要吸引大批游人来此观光。由于新安江水坝对当地小气候的调节作用，建德冬暖夏凉，湖水的水温常年恒定在 17 摄氏度，成为城市居民避暑过冬、养生疗伤的绝佳去处。在建德，我们住进开元芳草地乡村酒店。这家酒店坐落在富春江畔，一座座小木屋围绕烟渚湖依山而建。我们枕山而眠，傍水而居，在鸟鸣声中晨醒，推窗便是水天一色的国画长卷，感叹天堂也不过如此。据说这里是黄公望《富春山居图》的核心，真正的人间秘境。

　　由于新安江、富春江、兰江三江在境内交汇，建德市水网密布，水域面积占境域总面积的 3.69%。除了少量的耕地，建德的大部分地区是山地和丘陵，森林覆盖达到了 75.4%。正是这种特殊的地貌环境，使建德成为重要的茶叶、蚕桑、柑橘、板栗、生漆产地。而水质极佳的淡水资源，又使得大水面网箱养鱼成为可能。

　　在新安江和兰江交汇处有一古镇，称作梅花城，简称梅城。这里原是古严州的知府，1938 年才作为建德县城的正式地名确定下来。孟浩然诗"野旷天低树，江清月近人"所描述的就是此地景色。有关梅花城的来历，比较公认的是民国《建德县志》的一段记载："建德城即严洲城，俗称梅花城，以临江一段雉堞半作梅花形故也。"著名学者戴不凡先生在《梅城漫话》一文中写道："跑过不少国内古代名城，留心观察过，雉堞成梅花形的，除南京、北京外，我亲眼见的，的确只有建德这半座，缺正北及东北角。"

　　在梅城古镇的石板路上漫步，每走一段路便惊见一牌坊横在面前。秋日纯净的蓝天下耸立的这一座座古意盎然的牌坊，似乎在提醒人们古城曾经的辉煌。牌坊是中华特色建筑文化之一，是封建社会为表彰功勋、科第、德政以及忠孝节义所立的建筑物，滥觞于汉阙，唐、宋时趋于成熟，至明、清时期达到极致，它的功能也逐渐从实用衍化为一种纪念碑式的建筑，用于旌表功德标榜荣耀。所以，古时一个城市的牌坊数量最能显示出城市的人文历史。

梅城镇有一座刻有"建德侯"三个字的牌坊，是古镇的标志性建筑。它讲述的故事是：汉献帝延康元年，曹丕称汉帝，刘备在四川建立了蜀汉政权，孙权在江东受封为吴王，历史上的三国时代正式开场。这一年，32岁的孙韶被孙权封为建德侯。从此，"建德"这个词与建德这块土地和人民紧紧地联系在了一起。

如今，因新安江水电站的建立而沉寂已久的梅城古城如潜龙入海，正在努力打造"全国知名活态府城"，以再现严州的荣光。整个建德市目前有三条高速穿城而过，三条高铁交汇，出行便捷畅通，真正成为浙西的综合交通枢纽。一座同时兼有山水田园之美和高新产业之优势的城市正在形成。

（原载《大运河文学报》2019.11.18）

4. 凤凰木般的传奇

　　第一眼见到它时，就被那密密匝匝的一片艳红醉倒了。那天，我们一群人刚刚结束在雅加达的第 12 届世界华文微型小说研讨会，正赶往日惹参拜著名的婆罗浮屠。透过机场国内出发通道的玻璃墙，我看到院子里有一棵树。树并不很高大，上部枝条横出，形成一个完美的树冠。树冠有三分之二的面积被大红色的花朵覆盖着，远远望去，一片火红，极为震撼。这是我第一次见到花儿如此浓密的树，而且叶子是羽状的。在我有限的植物学知识里，羽状叶子大多出自灌木或藤类植物，而眼前这棵无疑是树。

　　我拿着拍下的图片问印尼华协的老师，得知这就是凤凰木。她说在雅加达，有一条路两边种的全部是凤凰木，下雨的时候，整条路树上水中朦朦胧胧，红彻肺腑，美极了！

　　"凤凰木是印尼的国树吗？"我问。

　　"不是。"她说。凤凰木属热带树种，喜高温多湿，亦需阳光充足，东南亚一带很常见，中国的南方城市也多有种植。凤凰木的花期很长，每年 2 月初冬芽萌发，5 月始凤凰花绽放，直至夏末。通常 12 月份开始落叶。现在虽然已经是 12 月了，但雅加达的气温依然居高不下，所以花开得还很旺。因"叶如飞凰之羽，花若丹凤之冠"，故得名凤凰木。凤凰木树干随时会长出枝叶，因而枝繁叶茂，常被用作行道树、庭荫树。"如你所愿，凤凰木是厦门市的市树，凤凰花是台南市的市花。"似乎为了安慰我，她补充道。

她哪里知道，我之所以希望凤凰木是印尼的国树，是因为璀璨如火的凤凰花让我想起非梧不栖的凤凰，想起遍布印尼的客家人。印尼有1000多万华人，华人是印尼第三大族群，仅次于爪哇族和巽达族。华人中有三四百万人是客家人。这些客家人分布的地区很广，可谓有人烟处就有客家人。西加里曼丹岛有一个叫"百富院"的小镇，居住在这一带的华人九成是客家人。住在城市的从商做生意，开杂货店、金铺、鞋业、小五金兼建筑原料，住在乡下的以务农、割橡胶、管理椰园等为生。这些客家人虽然远离故土，却世世代代一直保留着讲客家话的传统。他们坚韧旺盛，跟凤凰木甚为相似。

凤凰木对土壤要求不高，在土质较瘠薄的地段也能生长良好。它的根部有根瘤菌，能固氮增加土壤肥力。印尼这个国家，宗派林立，200多族群杂居，20多年前甚至发生过大规模排华事件，绝非世外桃源。但印尼的客家人像凤凰木的种子一样落土生根，在这块贫瘠的土地上辛勤耕耘，终有所获。

有史书记载，从中国广东、福建迁移到印尼的客家人首先来自文天祥旧部。南宋右丞相文天祥兵败崖山，南宋灭亡，参加抗元义军的梅县士兵乘木筏随季风漂流到印尼加里曼丹定居。第二波来自郑和七下西洋时留在婆罗洲停留站的管理人员。第三波来自明末清初逃亡的天地会成员，为逃避清朝官府的追捕，远渡重洋来到婆罗洲。第四波来自"兰芳公司"创始人罗芳伯带领的一批梅县同乡，以及之后的大批追随者。这些客家人大多以开采金矿为业。19世纪初中期，荷兰殖民当局多次到香港、澳门、广州、汕头招募"契约华工"，其中相当多的是客家人。他们或被送到邦加岛开采锡矿，或被送到苏门答腊岛种植园当苦力。

700多年过去，这些漂洋过海的客家人在各个行业都有建树，成为掌控印尼经济举足轻重的人物。"兰芳公司"自创立到结束达107年之久。在雅加达印尼客家博物馆，我看到整整一个展厅的杰出人物介绍。除了被称为客家人的大伯公的罗芳伯，还有经营商业、米业、银行业的联兴公司创始人丘燮亭，报界名人李耘荒，粮农大亨张弼士，客家史学家罗香林，发迹于印尼棉兰的梅州籍侨商张榕轩，因教授华文被杀害的女校长宋竹清，等等。

凤凰鸣矣，于彼高冈。凤凰木似树非树，似花非花，春季无语，夏季盛开，花开花落，似凤凰涅槃。印尼的华人像凤凰木一样，在异乡的土地上，蓬勃繁衍，绚烂绽放，诠释着这亘古不变的神话。

（原载《北京晚报》2019.1.19"知味"专栏）

5. 辣感成都

8 月中旬去成都参加一个培训。去之前，组织者再三强调：这个季节成都闷热多雨，请各位老师千万做好思想上的准备和衣物上的准备。

从底特律上飞机，辗转了 3 座城市，历经 24 小时颠簸，终于到达成都双流机场。一出机场，一股热浪扑面而来，湿腻腻的，好似迈进了一个巨大的桑拿房。如此闷热的夏天，连我这个曾在"三大火炉"里生长过的人都有点难以招架。

更没想到的是，这种天气一过就是 3 周，无一天例外。每天早上起床，拉开窗帘就见外面阳光晃眼，G20 蓝张扬夺目，树梢纹丝不动。18 天的培训，主办方承诺的闷热毫不打折地兑现，可说好的多雨呢？

好在上课地点和住处都有空调。上课是在川大一个很大的阶梯教室里，门大开着，空调照转不误。看得我都心疼，不知这一夏天的空调花销会不会是天价账单。住处是那种悬挂式的小空调，制冷效果却很好，进门插卡开空调，5 分钟不到，气温就降到舒适温度了。有几天阶梯教室有他用，改在宾馆的会议室上课。这间会议室大概有些日子没用了，空调正在休假。拜托，这

样的天气，空调是必需品好吗。结果那几天的课上得三心二意
的，大伙儿忙着争取空调待遇，估计都没听进几句。环境对学习
效果的影响真不可小瞧。

跟我成都的一位学生联系，得知他一家已远赴西藏避暑。看
来这位仁兄早知道这个时候成都的气候不那么宜人，抽身逃离
了。只是不知四川大学的项目负责人作何考虑，把培训定在这么
一个炎热的季节。是因为大学暑期闲置教室和宾馆房间比较多
呢，还是以此突显对远道而来的客人一番似火情怀？总之这些
天，那几个老实巴交的学生志愿者一直不断地为成都的桑拿天向
与会者致歉。搞得我只想对他们说，孩子们，别内疚了，老天发
威，不是你们的错。

也是因了天气的原因，在长达 3 周的逗留里我没敢尝试风靡
全国的四川火锅。尽管我知道在这里，四川火锅会更地道。但既
然来到了天府之国，火辣辣的美食是绕不过去的。第一次组织外
出，我们就被带到武侯祠附近的一家名为"老房子"的餐馆，品
尝了大名鼎鼎的毛血旺。那充满喜庆色彩的中国红被成都大厨们
运用得如此美妙，让人叹为观止。

事实上，即便不外出就餐，宾馆的三餐也是充满地域特色
的。热火朝天的水煮鱼、水煮牛肉在这里就是家常菜，还有与肺
无关的夫妻肺片、麻辣粉都是餐桌上的主菜。有时候，善解人意
的大师傅为了兼顾来自全国各地又被西餐异化多年的这群人的饮
食习惯，做了松鼠鳜鱼等颇为温和的菜肴，吃起来反而有点不伦
不类的感觉。似乎才几天，我们的舌头已经被四川的红辣椒收
买了。

培训结束后，离开成都前的最后一餐，我和先生来到宾馆附

近的一家小餐馆，被承包了 18 天的胃终于可以自由择菜了。我们俩不约而同地点了清淡的鲜笋炒肉丝和莴苣烩肚片。那一餐我们吃得很香，虽然佐餐的只有两道不那么高大上的小炒。看来入乡随俗也不是那么容易的，胃的记忆力比我们想象的要强大得多。

记得几位美女导游介绍成都时最爱说的一句话是："我们成都是来了就不想走的城市。"根据我的个人经验，感觉此说欠妥。我在这里过了 18 天，吃了 18 天的麻辣川菜，我就想走了。因为川菜虽然美味，我的胃却开始怀念淮扬菜，那是我儿时养成的终生不变的口味。虽然加拿大的大师傅只会做川菜和粤菜，我家饭桌上的家常便饭绝对是淮扬菜路数的。所以，18 天，是我的胃能够忍受麻辣的极限。

我们可以欣赏甚至热爱某个城市，但来了就不想走，确实不像导游小姐们说得那么轻飘飘，它的内容极为丰富复杂。因为在有选择的情况下，认可某个城市为长期居住地，是一个很大的决定。风景的美好、气候的适宜、生活的便利、民风的淳朴与否，甚至中小学教学质量的高低都是理性的考虑。

事实上，很多时候，我们居住在某个城市，并非完全出于喜欢，而是有着这样那样的不得已和无奈。比如在这个城市找到了一份不错的工作，遇到一个可以携手一生的人，觅得一个大好商机，或者收入卑微在大城市买不起房，这里离家乡比较近便于照顾父母，等等。一个在真正意义上让你来了就不想走的，大概只有自己的家乡吧。因为唯有这里，有你家族亲人，儿时玩伴，和毫无距离感的风土人情、饮食习惯，跟你从心理到生理高度契合。

所以，我建议导游小姐把这句他们奉为至宝的导游词改为："成都是来了还想来的城市。"就宣传力度来讲，这句话并不亚于原句，语义却比原句更准确和客观，少了些一厢情愿的自夸。起码就我个人而言，成都我肯定还要来的。

首先，在这里我经历了又一次跨界，成功完成学业，荣幸地被川大文学与新闻系的前辈认作川大校友。常回母校看看不是一个校友该做的事情吗。

其次，这次成都之行忙于学业，只抽空去了青城山、都江堰、乐山大佛和熊猫养殖基地，还有很多该去的地方没去，近的有三星堆、杜甫草堂、宽窄街，远的有峨眉山、九寨沟，等等。条件许可当然应该再来一次，补上缺憾。

最重要的是，我真的喜欢上了成都，打心底里还想再来。我喜欢它浓浓的烟火味儿，成都的 8 月流火和麻辣川菜用它的滚烫温暖了我的记忆。我看见这个曾经一夜之间榕花遍开的西南小城，戴着金沙王国的神秘面纱，穿越 3000 年的时光尘埃从远古走来，在百姓的袅袅炊烟中，支起火锅灶与麻将桌，在现代的灯红酒绿里，扭臀转腰，活力四射。

成都，辣感十足。

6. 树上挂满红灯笼

　　山东省青州县王坟镇的文里村及其周边村子因为山上长满了柿子树被人称作柿子沟。

　　这里是中国有名的柿子产地。山沟里到处生长着野生的柿子，有的已有几百年的历史。站在山顶往下看，一串串的柿子像喜庆的红灯笼挂在枝干遒劲的树上。

　　山里的人家以采摘和加工柿子、山楂、核桃为生。山楂一般是切片晒干，柿子则加工成柿饼出售，销往韩国、日本等食用柿饼的国家。村里人告诉我，山里的每一棵柿子树都是有主人的，至于每家有几棵树，是根据家里的人口和每棵柿子树的产量按照每个人 200 斤柿子的数量来计算。现在，年轻人大都到山外闯世界，留在村里的几乎都是 50 岁以上的中老年人。闲时，人们也会去村里的果品加工厂打工。

　　柿子树通常长在山沟里或者半山腰。柿子树很高，人们需要架一个很长的梯子爬上去，因此这项工作通常由家里比较年轻的男性完成。采摘柿子需要一套特别的装置，这包括一个装柿子的篮子，篮子的提手上系着一根长长的、足以从树顶延伸到地面的绳子。往上爬的时候，男人把绳子的一端系在裤带上，这样他爬到树顶之后篮子也巧妙地带到了树上。另一件非常重要的工具是一根长竹竿。长竹竿的一头装有一个金属制成的叉子，叉子的下端连着一个布袋子，这样被叉子摘离树枝的柿子就落入了袋子里。人们把采摘下的柿子盛在篮子里用绳子放回到地面。

在村子里走，随处可见加工柿子饼的妇女和老人。他们削去柿子的皮，然后用绳子串起来挂在外面晒。大约一个月左右，这些柿子就成了柿饼。晒干后的柿饼表面会有一层白色的粉末，现代研究表明，这些粉末有很好的抗癌作用。这个结果还是比较可信的，因为柿子的维生素 C 的含量非常高。

逛集市，我们发现一个有趣的现象。有人卖的柿饼上有厚厚的一层白霜，另一家卖的颜色鲜艳但上面的白粉很淡。我们问卖主这是为什么，她说那些是裹了面粉的，这是天然的样子。可是，我们又遇到一个两种柿饼都有的摊位，摊主告诉我们，这其实是两个不同的品种。他还教我们识别真假白粉的办法，就是把柿饼拍几下，有白色的粉末落下的是假的，天然分泌的白粉是不会掉落的。

住处前的路上，我们遇见一位拄着拐杖的驼背老人，背着一袋重物往家走。他的背非常驼，走路时眼睛几乎只能看着地。我们跟着到了他家。这是一间非常小的房间，凌乱不堪，落满灰尘。门前的柱子上挂着几串玉米，不大的院子堆满了空的矿泉水瓶子。我们断定这是一个没有女主人的家。一问，果然如此。老人今年 80 岁了，年轻时由于父母早逝，他作为家中老大，因为照顾年幼的弟妹，耽误了自己的婚事，一辈子孤苦无依。

老人拿起一根玉米棒，把玉米粒搓下来撒在地上，一只老母鸡跑了过来。老人一边喂鸡一边跟我们聊天，刻满愁苦纹的脸上显出温暖的笑容。我的心里有种说不出的滋味，生活如此不易，依然坚强地活着，那些衣食无忧还缺乏幸福感的城里人真该来这里看看。

7. 延安行短思

2015 年 5 月 20 日，恰逢毛主席"在延安文艺座谈会上的讲话"纪念日，跟随家乡淮安作协采风团从淮安出发，驱车西安，后赴延安，途径壶口瀑布和普救寺，一行 35 人，行程五天四夜。在路上，有温暖，有友情，有笑声，当然也有思考和感动，简记于此，以为念。

黄帝陵

相传三朝古都，拥有多座帝王陵的西安是一块风水宝地。沿途所见水源丰泽，树木葱茏，似印证了这种说法。听闻 72 座帝王陵有 69 座被盗过，唯黄帝陵因为是衣冠冢而幸运逃过一劫。盗墓者不知，宝物易盗，气势难取，黄帝陵背枕群山，前临龙池，无宝物却无一处不宝。洞察子孙的贪婪和短视，轩辕用"无价"保全了自己。

壶口瀑布

说你是中国最大的金色瀑布，似有"名不符实"之嫌。水量充沛的 5 月，你清澈汹涌，涛声依旧。是雨水洗清了你的妆颜，还是满坡的绿树留住了注入母亲河的泥沙？我只知，山上那些"政府机关党建林""县委机关党建林"是为你而种。

延安窑洞

据说唯有陕北特殊的土质才能开出这冬暖夏凉的窑洞。干燥、易定型、不塌方，成就了延安低成本的"老屋"。现如今，当地人即便有条件盖房了，盖出来的房子看上去依然像窑洞。窑洞，已形成文化，被一代一代传了下来。难怪从杨家岭到枣园，先辈们住过的窑洞看上去那么亲切。低成本、低能耗，粗而不糙、浑然天成，延安的"窑洞精神"与遍布全球、催化中国经济腾飞的"中国制造"有着多么相似的特质。

普救寺

枯灯与诵经声，挡不住香客眉来眼去、秋波婉转。这座灰色的寺庙，因为一段美丽的爱情，添上几抹桃红。寂静古庙代之喧闹名寺，元人王实甫功也，过也？元稹一日求取功名，便迎娶他人，张生、崔莺莺地下有知，应悔风流在此。为姻缘而来的男女，坐坐请回吧，爱情圣地长驻于心，何必来此惊扰出家人的一帘清梦。

第三章

合

欢

粉红色细丝般的花瓣，远远望去像一团团红雾，在中国，合欢花是吉祥之花，夫妻间起了争执，和好后要共饮合欢花茶。西方一些国家，婚礼上新娘含戴着合欢花编织的花环举行婚礼，寓意与丈夫永远合欢。合欢是家的灵魂。

1. 生活的仪式感

母亲是个热爱生活的人，对仪式感有种宗教般的虔诚。大到年夜饭的八碗八碟，小到农历六月初六吃炒面，年复一年，从形式到内容她都一丝不苟。

为了年三十的那顿团年饭，母亲提前半个多月就开始拟定菜单、备料。冷盘、热炒、红烧、汤，一道道，都有讲究。最先上的是冷盘，冷盘吃到一半时，热炒就上桌了，这两样是男人们的下酒菜。红烧是为吃米饭准备的，这时酒喝得差不多了，口味厚重的红烧肉、红烧鱼、红烧狮子头最适合就饭吃。母亲擅长用山药丁、瘦肉丁做山药羹汤。吃到八成饱，一碗热气腾腾的山药羹汤端上来，浓香扑面，既滋补又好喝，每次我都要喝好几碗。

收拾停当，母亲便带着我们，一边守岁，一边包饺子和汤圆，这些是为年初一早上准备的。饺子弯弯的，合了"万万顺"的谐音，汤圆代表"团团圆圆"，这是一整年的祝福。

年初一的一大早，父亲就把母亲准备好的鞭炮拿到楼下燃放，新的一年就在噼里啪啦声中开始了。一家人吃完饺子和元宵，我们穿着母亲赶制的新衣裳，由父亲领着去给家族的长辈拜年。母亲则留在家里，备好云片糕、瓜子、花生、芝麻糖，接待来拜年的客人。这一整套程序，年年如此，伴随我们长大成人。在我们童年的记忆里，过节时大人脸上的笑容，以及伴着节日而来的尽情吃喝，和带着喜气的月饼、粽子、鸭蛋、汤圆，是平常日子里最大的盼望。

除此而外，父母还给我们过生日。那时还不时兴生日蛋糕，但一碗长寿面总是能吃到的。长大后，我们像鸟儿离家，散落在各处，但每年生日前，总会收到父母的信或电话，嘱咐做几个好菜，为自己过生日。兄妹中，四姐一直在家乡生活工作。每到生日这一天，四姐便代表父母给我们寄来生日贺卡，上面写着"生日快乐"之类祝福的话。

成家后，先生说他家人从不过生日。他父母结婚时就约定，从此两人不再过各自的生日，只过结婚纪念日。起初我不甘心，总会在他生日这天安排出去吃饭，或者送他一个小礼物，但是从来没收到过他买给我的生日礼物。问他为什么，他说不送礼物但顾家心里有你，和给你送花送礼物对你不好，你选哪个？我愕然，原来在此公那里，送花送礼物跟爱人顾家不可兼得。

生日不过也罢，节日还是要过的。为了给家人过一个地地道道的淮扬风味端午节，我特意从华人超市买了糯米、粽叶，用回国时跟母亲学的几招，包了一大锅"陈氏"小脚粽，光是煮就用了3个小时。谁知家里的北京人和假洋鬼子象征性地吃了两筷头就搁下了。儿子说，不就是把米包在叶子里嘛。元宵节做的实心汤圆也遭遇同样命运。从此，这两个儿时带给我最美好记忆的节日彻底变成我"一个人的狂欢"。

后来偶然发现，家里的北方佬不买糯米制品的账，却全盘接纳藕夹和春卷。于是每逢农历大年三十，我都会花半天工夫精心制作两大盘，让他们吃个够。还告诉儿子，这是妈妈家乡的"年菜"，今天这顿就是我们家的"年夜饭"。之后每次吃到藕夹和春卷，儿子就开心地说，今天过春节啦。

生活在西方国家，别的节日可以忽略掉，圣诞节是无论如何要过的。儿子小的时候，节前我跟他一起装扮圣诞树，平安夜待他睡下后，再在树下放几盒礼物，假装是圣诞老人送来的。大概因为我总是试探他想要什么礼物，上初中时儿子终于识破了我的伪装：我已经知道那些东西是你买的，根本就没有圣诞老人。我长舒一口气，从此连这点样子也不必做了。

慢慢地，我在原生家庭培养起来的"仪式感"意识也就淡了，基本上只在儿子的生日这天，买一块生日蛋糕，请几个小朋友来家里热闹一下。唱首生日歌，留几张照片，仅此而已。

自从我放弃了"仪式感"的执念，同一屋檐下的一家三口，各取所需，各随其好，轻松自然。当地人圣诞节吃的火鸡，我不会烤，也没觉得好吃，所以我家的圣诞大餐，还是藕夹春卷唱主角。长达10多天的圣诞新年假期，把门一锁，或者去多伦多北部的山里滑雪，体验雪地运动的快感，或者去加勒比海邮轮彻底放松，享受极乐世界。回来时，一家人都像充足了电。

自从儿子去了外地读大学、工作生活，我和老公周末起码有两顿饭是不必迁就对方的"自助餐"。胃是怀旧的，如此，他在他的面条里，我在我的糍粑里，各自找到了童年的滋味。但每周五下班回来，老公都要备足了料，做一个自制的二人火锅。他自己调配底料，既不似四川火锅那么辛辣，又比"小肥牛"味道浓厚一点，是我们俩的最爱，也是一周的"大餐"，佐以啤酒，一边吃一边聊，能吃一个多小时。学会做馒头之后，每个周末，他还会蒸一锅馒头，作为我下周的早餐。

积久成习，10 多年过去，这些固定节目成了我家的"仪式感"。

"仪式感"一词应该来自人类的"礼仪"意识。传统礼仪是古老文明的标志，影响和制约着一代又一代人的思想观念和行为习惯。《诗经》中"相鼠有体，人而无礼"，说的就是老鼠还有它的样子，人怎能没有礼仪呢。《大戴礼记·本命》有："冠、婚、朝、聘、丧、祭、宾主、乡饮酒、军旅，此之谓九礼也。"礼的教育对人起到节制作用，让人的内心忠正无邪。

到了现代，节庆生庆、祖先祭祀都成为家庭生活礼仪的一部分。而且随着物质生活的丰富，东西方文化的渗透，需要"仪式"之处越来越多。传统节日之外，凭空添加了国庆节、劳动节、妇女节、儿童节、父亲节、母亲节、圣诞节、感恩节、复活节、情人节、万圣节……过生日，寿面之外，多了蛋糕、生日派对、寿宴、游乐场、游艺室、诗和远方，等等。

前几天看到一则新闻：国庆长假，一个男子在上海迪斯尼乐园内，排队等候创极速光轮项目时猝死。众人猜测该男子是为孩子排队这个项目的。节假日里，迪斯尼的任何一个项目，至少都要排队一两个小时以上，更不要说火爆的创极速光轮项目。而且当天上海的天气潮湿闷热，最高温度甚至超过 30 摄氏度。现代家长，为了"仪式感"也是拼了。可惜这个渴望带给孩子快乐的父亲留给孩子的是终生不可痊愈的丧父之痛。

这让我想起一件事。有一年我的生日，父母破例大大操办了一回，在家请了好几桌，做了不少好菜。只是那天可能客人太多，大家忙得把我给忘了。我饿着肚子等人请我这个寿星上桌，左等不来右等不来，直等到客人散去，父母方才记起我来。我委屈得号啕大哭，以绝食抗议。

相信现在的很多家长，都像我的母亲一样，想让每一个风过无痕的日子留下多一些值得回忆的东西。那些"仪式感"里，有着对岁月的眷念，对孩子快乐童年的责任，和对孩子漫长人生的期许。只是在追求完美"仪式感"的过程中，忘掉了初衷。其实孩子想要的，无非就是在他认为重要的时刻，有父母陪伴在身边。一起包饺子，一起守岁，一起围炉夜话，一起读书，一起成长。与生活的内容相比，仪式并没有想象的那么重要。

在琐碎平凡的生活中体会生而为人的神圣，学会敬畏，懂得感恩，培养孩子仁、义、礼、智、信，博爱、勇敢、谦逊，才是"仪式感"真正的意义所在。

有人考证，古时"礼"字通"履"，意为鞋子。鞋穿上后更好走路，但大了不行，小了也不行，因此，"礼"一定要简约适度。

"仪式感"一事，为自己寻到适足之履，不必从众。

（原载《人民日报海外版》2022.1.1，《世界日报》副刊2022.1.31）

2. 醅酒干肉　不亦乐乎

民以食为天，小城的华人族群越来越热衷于舌尖上的享受了。

开始是到别人家做客，发现餐桌上多了自家产的梅子酒、葡萄酒。有一次，喝了主人自酿的葡萄酒之后，参观了他们的葡萄藤，和花大价钱买的大玻璃瓶，猛然记起多年前我家后院原本也有一棵葡萄树的。这棵老葡萄树藤枝粗壮，果实众多，可惜汁多而肉酸，口感很差。每年秋天，熟透了的葡萄会自行脱落，地上液汁斑斓，一片狼藉，引来成群的蜜蜂和蚂蚁，烦不胜烦。我们一气之下把它砍掉了。清理储藏间，发现很多玻璃瓶，同一规格，思来想去不知派何用场，也被我们随手扔进了垃圾桶。此时恍然大悟：原来那个意大利前房主在酿葡萄酒！朋友告诉我，我家的那棵葡萄树是最适合酿酒的品种，连后院那棵只有主杆的柳树都是用来特供扎葡萄藤的枝条的。可惜前房主精心积攒的家当被我们的无知毁于一旦。

后来，不知从何时起，微信群里的豪宅图片渐渐被后院木架上一条条的干肉取代了。才知道不少能干的主妇都在自制腊肉、香肠。这些曾挂在农人屋檐下风餐沐露的食物漂洋过海，在加国独立屋阔大的后院闪亮登场，成为主人的新宠。

美团、饿了么供养下的国人大概不会知道海外同胞过的是怎样的日子。这些主流社会之外的少数族裔，不光享受不到美团那样快捷、周全的送餐服务，由于工作单位没有食堂，又不习惯吃滋味寡淡的三明治，连午饭都是用前一天晚饭时盛出来的隔夜菜打发（据说富含有损健康的亚硝酸盐）。花钱去餐馆也只能吃到适合洋人胃口的"改良中餐"。华人超市里的广式月饼、广式香肠、天价腊肉等更是与来自全国 34 个省市、口味各异的华人同胞渐行渐远。相比国内人的生活便利度，海外华人大概要落后 30 年都不止。忍无可忍之下，主妇们出手了。

食不厌精，吃这件事是可以无限制讲究的。在微信视频的推波助澜下，小城华人从饺子、馄饨、春卷、年糕起步，到有些技术含量的馒头、包子、炸油条、苏式月饼、冰皮月饼，很快过渡到了专业化程度较高的腊肉、香肠。人们亲力亲为，精心制作各类风味小吃，讨好自己的味蕾，满足口腹之欲。尤其是腊味，不光晒在自家后院，还晒在微信朋友圈。那些其貌不扬的风干肉条，裹在肠衣里的猪后腿肉，仪态万方地沐浴着加国的冬日暖阳，神色傲骄，在左邻右舍贪婪或木然的目光中迎风招展。

由于父母教育理念有误，我在厨艺方面的训练极为有限，虽然从未有"君子远庖厨"的想法，一日三餐一直停留在吃饱阶段。对于这些类似炫富的行为，起初我还只是仰慕一下，心里说一句：不会做饭的飘过。直到新冠肺炎病毒从天而降，诗和远方凭空消失，日子只剩下了柴米油盐酱醋茶。宅家的某日，一向做饭超难吃的老公突然宣布：我要钻研厨艺了。让我大跌眼镜的是，此公首先挑战的竟然就是做腊肉，而且一试而成！

吃着老公的实验成果，方记起古人也多是自己酿酒、自己做腊肉的。白居易《问刘十九》："绿蚁新醅酒，红泥小火炉。晚来天欲雪，能饮一杯无？"新酿的酒还未滤清，表面浮起细如绿蚁的酒渣，烫酒用的红泥小火炉烧得正旺。天色阴沉，看样子晚上要下雪，你能来这里共饮一杯吗？杜甫在《客至》中写道："盘飧市远无兼味，樽酒家贫只旧醅。肯与邻翁相对饮，隔篱呼取尽余杯。"杜甫一生久经离乱，50岁时，在成都西郊浣花溪头盖了一座草堂，定居下来。草堂落成后，杜甫请来好友饮酒，还客气地说：远离街市买东西不方便，菜肴简单，买不起高档酒，只好用家酿的陈酒招待你了。或者我们把邻居也叫过来，一醉方休？多么温馨的场景，想想都醉了。

孔子更过分，他在《论语·乡党》中曾斩钉截铁地说："沽酒市脯，不食。"意思是"市场上买来的酒和肉干，不吃"。有人质疑，孔丘出身贫寒，周游列国时也吃了不少苦，不至于这么讲究吧？何况《诗经·小雅·伐木》里就已经出现了"无酒酤我"的句子。据《汉书·食货志》载羲和鲁匡言："《论语》孔子当周衰乱，酒酤在民，薄恶不诚，是以疑而弗食。"原来，孔老夫子生活的年代，市面上的酒已经不像周朝那样由官方制作了，礼崩乐坏，人心不诚，买来的酒或有掺假，买来的脯不确定是什么肉，所以他要求学生最好别吃，尤其不能用于祭祀。

如此说来，自己酿酒做腊肉倒有些像机器工业时代里的手工打磨呢。现代社会，市场上这类Homemade（自制）、Handcrafted（家庭手工）的个性产品，因为费工费时，又有温度和有代入感，相比工厂的批量生产的产品，价格昂贵很多。"盘飧市远无兼味"的海外华人们，阴差阳错把日子过成了"个别定制"。

（原载《人民日报海外版》2021.5.26）

3. 家门口的风景

疫情期间居家上班，不串门不聚会无社交，戒掉旅游，生活节奏一下子慢了下来。我把凭空多出的时间消磨在住宅区的小路上，每天快走40~45分钟，美其名曰增强免疫力。习惯了出门开车已经多年不穿雨鞋，特意网购了一双，打算全天候健行抗疫。为了避免单调，我设计了几条不同的线路，具体走那条路视当天心情而定。时间定在午后太阳将落未落之时，此时日头西斜，阳光已不似中午那样锋芒毕露，但强度足以补充身体所需的维生素D。夕照里的房屋、道路、树木，柔和温暖，能抚平一切忧伤。

北美的住宅多为前庭后院的独立屋。后院阳台、烧烤炉、花园、菜地，是家庭活动空间，用围栏与外界隔开。大门沿街，前面的草坪是敞开的。加拿大人生性与自然亲近，房屋的边墙下和草坪的边角处种满了各种多年生花木，一旦冰雪消融，就发芽抽条。很多人家还在门廊前搭建一个小花圃，铺上表层土，开春时从超市买来草本花苗种上。到了夏天，一簇簇的小花苗便蓬蓬勃勃地生发开来，连成一片，甚是好看。花圃有圆的、方的、高台、围栏，各种样式。而且他们会根据花期来选择品种，你方唱罢我登场，园子里高低参差，整个夏天花团锦簇，春意盎然。

在小区里漫步，眼中的风景随着季节的转换在悄悄地变化。每过一段时间，就发现一些花儿谢幕退场了，又有一些开始含苞欲放。花期短的一两个月，长的能持续整个夏天。一年下来，等于观赏了一场动态的四季花卉展。

"春风如贵客，一到便繁华。"在温莎，玉兰是开花最早的花树。它入冬前就把养分攒好了，先开花后出叶。我健行的路上有两家门前种有玉兰树，树龄应该很大了，树冠硕大如盖，一棵开白色花，一棵开粉色花，花瓣厚实饱满，粉雕玉琢，姿态雍容，有少妇之美，可惜花期太短。不过玉兰落了之后郁金香就开花了。或许是因为加拿大跟荷兰郁金香的历史渊源，不少人家的花园里都能看到它的身影，首都渥太华的议会大厦前更是种满了郁金香。温莎的河畔公园所有的绿植里，郁金香占了80%，每年刚开春，它们就从土里冒出来，齐齐地站在地上，每天举着色彩明艳的酒杯邀太阳干杯，天真可爱。

樱花也是早春的花树，只是加拿大人对它似乎无感，基本见不到。有个华人在城中的一片废地上巧遇几棵樱花树，喜不自禁，一通狂拍，发在微信朋友圈。没几日，那片樱花树下就挤满了各种摆拍的同胞。

春意渐浓，牡丹、芍药、绣球、合欢、凌霄相继吐蕊绽放。到了盛夏之时，已是遍地姹紫嫣红、芬芳袭人的景象了。绣球是一种有魔性的花，会随着土壤的酸碱度而呈现由红到蓝、深浅不一、如梦似幻的色彩。小区有一户人家偏爱绣球，房前屋后种了好几株。其中有一棵的颜色很怪异，估计是在尝试施肥改变颜色，而分寸没把握好。牡丹花的花瓣繁复华美，是富贵之花。芍药和牡丹花型相似，只是芍药的茎细细的撑不起硕大的花头，如果不搭架子，只能倒伏在地。合欢和凌霄都是我走路时遇到的花树，我喜欢它们的名字胜过花朵本身。

入秋之后，就是桂花与菊花的天下。国内南方的很多城市，偏爱在住宅小区里遍植桂花，八九月份，在院子里走，随时有一阵香气扑鼻而来，抬眼望去，浓荫之间隐约露出一簇簇碎金般的小花。江浙一带有用桂花腌制糖桂花的习俗，腌好的糖桂花可以用来做桂花元宵、桂花年糕、桂花酒酿，桂花的生命已经无限延伸。加拿大见不到桂花，每逢秋风送爽的季节，我的乡愁便格外浓烈，那里面就有对桂花的思念。

有一天，我像往常一样在小区里快走，突然一股淡淡的香味随风飘过，扭头一看，发现了不远处的丁香花。花朵淡紫色，五瓣，非常小，路过时如果不是被香气吸引，未必会注意到它。这家一定特别喜欢丁香，他们在边墙下种了一长排，屋前又加上两棵，都修剪成圆球状。这处房子正好处在两条街的拐角，边墙近街，和人行道之间隔着一长条公用草坪。我凑上去用手机远景近景、顺光逆光拍了个遍。

丁香花有四瓣和五瓣之分，国内五瓣丁香并不常见，人们认为只有真心相爱的人才能一起寻觅到五瓣丁香。这里丁香还有白色和淡粉品种，也都是四瓣。丁香的出现带给我莫大惊喜，我想，这里虽没桂花，有丁香也凑合了。

菊花是中国的花中四君子之一，秋季开花。这个时候，大多数的花儿都已经凋零枯萎，满城黄金甲般的菊花，使得原本有几分萧瑟的秋景多了豪迈之气，菊花因此有了"我花开后百花杀"的美名。加拿大菊花品种不多，路边常见成片的小黄菊和雏菊像野花一样疯长。在当地人心目中，傲霜之花大概要数在秋风中挺立的"园中最后一朵玫瑰"了。玫瑰的花期很长,我家后院前房主留下的玫瑰,每年从春天开始,不断结骨朵开花,直到真正的寒冬降临。玫瑰是多年生木本花卉,来年暖风吹过,又是一树的繁枝绿叶。

在中国,为了给春节增添几分喜庆,讲究的人家会提前一个月养一盆水仙,放在客厅里阳光最充足的地方。春节前后,水仙便会抽穗开花,亭亭玉立于叶端。来加之后,从未见过水仙,但长在土里的地仙花却极普遍,很多人家会都在墙角种上几棵。地仙花和郁金香一样是多年生球根植物,极易存活,一颗不知何处飞来的种子都能落地生根,每年一开春便破土而出。因其单株站立,花型简单而典雅,深得绿手指们的宠爱。

北美今年兴起插枝梅花风。从商店买几枝活的梅枝条,插在花瓶里,养得好,寒冬腊月不出家门便可赏梅了。后来发现,在旧金山,梅花是实实在在地在户外生长的,树干粗壮,花开满枝。不只是梅花,那里简直就是花儿们的天堂。我家有一盆君子兰,养了几年不见开花,情急之下搬到后院暴晒了一下午,谁知竟得了病,好长时间才恢复。可在旧金山,君子兰长在户外,在加州的阳光下蓬蓬勃勃地开着花,像个野姑娘。真是一方水土养一方花木啊。

我一直以为百花是造物主创世后意犹未尽的产物。按照《圣经》记载,上帝造了青草喂养爬行类动物,造了结种子的菜蔬和结果子的树木供人类果腹,花并不在其中。那么花存在的理由是什么?

从生物学的角度,花朵是植物有性繁殖的器官,它的整个生命期就是一个繁衍后代的过程。花朵之所以妖娆芬芳,是为了招蜂惹蝶，帮助它的雄蕊和雌蕊完成受精。作为草木结实前的一个生长阶段，植物的花期就像女性的芳华，只为吸引异性，完成做母亲的蜕变。

但我觉得，如果对世间万物的理解仅限于生物学意义，未免辜负了造物主的一番美意。那些千姿百态、艳丽纷繁的花儿绝不仅仅是植物的一个器官，于人类而言，四季更替，花开花落，生生不息，是生命的美好和希望。在遭遇天灾人祸的艰难时期，它是有慰藉与疗愈功效的。至少对于我，病毒肆虐的两年，花儿们已成为晦暗的宅家岁月里最温情、最不可缺少的陪伴。

这几年，我这个崇尚"诗与远方"的人终于学会欣赏家门口的风景。其实家门口的风景才是最不该忽略的。虽然这里的风花雪月已像一日三餐一样习以为常，大多数时候触而不觉，视而不见，却实实在在地滋养五脏，抚慰心灵，融入我们生命的每一天，用"花期有限花无限"的警示点燃我们生的热情。

（原载《世界日报》副刊2022.5.5，《人民日报海外版》2022.5.14）

4. 慢些走，过精致生活

最近读了一篇文章，说喝水最好的容器是玻璃杯。过了几天，又读到一篇文章，"如何正确使用塑料制品"，上面提到在每一个塑料瓶的底部都有一些数字，这些数字是它们的回收参数，只有 2、4、5、7 是可以重复使用的，其中 2、7 只能低温使用，高温不可。下面的一句话让我心惊肉跳：#I（PRPE）最广泛使用在瓶装水瓶和苏打水瓶。当暴露在高温或阳光下时，会开始降解。虽然肉眼看不见，但有害化学物质会进入内容物。

我一直在喝瓶装矿泉水！我听信了矿泉水含多种人体必需矿物质的话，虔诚地一瓶又一瓶地把这种液体喂给我的身体。现在他们告诉我，装这种水的瓶子在高温或阳光下时会降解，有害物质会进入里面的水。受到了刺激，我决定回归经典，自己烧水喝。又把塑料餐盒、冷水杯、托盘全部束之高阁，代之玻璃或白瓷器皿。

换了之后，感觉非常妙。玻璃杯子透明，喝茶时不光品其清香，还看到里面的茶叶由憔悴灰暗变得滋润碧绿，或站立水中，或旋转着从杯底升至水面。瓷制的饭盒光滑厚重，手感极佳，连盛在里面的食物都似乎变得精致了。相比之下，那些色彩鲜艳的塑料制品显得浅薄廉价。

这多少让我觉得这些年愧对自己的人生，也想起身边几位热衷精致生活的朋友。女友 A 一直有化妆的习惯，她说顶着一张素面见人就像裸着会客般尴尬。当然这是她做全职太太时的习惯，后来跟老公来我们单位上班，早上只能在车上对着反光镜粗粗涂一下，车子在晃动，想细描也不可能。她因此挺失落的，对我说，精致是贵族式的慵懒里长出来的花朵，而自己正在为了一张饭票远离那种优雅、闲适的生活，成为风风火火的职场人。

她说得不完全对。我的另一位女友 B，一直在职场打拼，而且从事的是最不轻松的 IT 行业，但这丝毫没有影响她对"精致生活"的热情。她身上的每一件衣服、每一件饰物都是逛了无数次商场，精挑细选出来的品牌。她酷爱厨艺，烹饪是她除去逛街之外最愿意花心思去做的事情。周末，为做几样别致的菜肴，她可以花上一整天的时间。

女同事 C，穿着无论是面料还是式样都极为普通，烹饪手法更是单调，只蒸煮，不煎炸。但她坚信"人是他所吃的食物"，对食物的品质讲究得近于苛刻。她家的蔬菜全部来自自家后院的温室，纯绿色。同为奶制品，她只吃酸奶不食奶酪，因为奶酪里的脂肪含量太高，而酸奶里的乳酸则为人体所需要。肉类除了鱼、虾、鸡，其他一概不上门。她生活非常有规律，每晚 10 点准时入睡，早上 5 点起床，要是哪天 4 点醒了，必得找出原因才放心。要是因为活动量不够，健身房时间就要延长。

事实上，出门之前化个淡妆，给自己买一个式样别致的玻璃杯子，照着菜谱做一顿可口的晚餐，去高档店选一件可心的服饰，买一张健身房会员卡，并不是很大的开销，无论是财力还是时间都消费得起。如我之类的懒人之所以不屑效仿，还是因为没有体会其中的妙处。用了玻璃杯和瓷饭盒之后，我突然明白了，这些我过去一直不以为然的，看似烦琐的讲究有一个好处，那就是强迫自己从匆忙的生活中放慢脚步。

慢，是精致的精髓。行走太快，不光有失风度，还会错过许多值得一看的风景和值得回味的心情。尽管于快中慢下来，就像急刹车，不是件容易的事，但从玻璃杯做起，并非多么困难。精致生活尤适中年人，因为这个时候，事业成败已不靠早到那么几分钟，而是拼脑力了。何况到这个年龄，即便是资深美女也得靠优雅赚取回头率了吧。

精致生活亦有不同境界。对有些人，它是一种行事风格。不化妆不见人，喝咖啡去星巴克，喝茶先洗后醒再观而后才饮，A女是也。对另一些人，是一种生存状态，衣带渐宽终不悔，为伊消得人憔悴，不精致毋宁死，此为 B 女。在某些人那里，则已升格为一种人生哲学，她们的生活容不下丝毫的粗陋和疏忽，比如C女一族，精致到了骨子里。

（原载《侨报》副刊 2012. 11. 12）

5. 都市新时尚

"采菊东篱下，悠然见南山"是淡泊名利的古代文人憧憬的人生境界。现代社会，生活节奏快，有实力的没闲心，有闲心的无闲地，"阳台"常见而"东篱"不常有，这样的境界更加不易抵达。来到地广人稀的加拿大，我发现"见南山"或许要受地理位置的局限，但"采菊东篱下"并非什么难事。这里，从国际大都市到乡村小镇，见到最多的民居便是前庭后院的独立屋。而且，加拿大人内敛、喜静，邻里之交淡如水，久而久之，华人同胞也就稍安勿躁了。如此，有闲适的心态，又有可供种植的闲地，海外精英们纷纷效仿古代圣贤，过一把业余农民的瘾。

我买的第一栋房是老房子，老房子的特点是前后院都特别宽敞。一眼看去，后院很适合种花种菜，正中的一棵梨树枝节修剪得很规范，像一把遮阳伞，其他区域没有任何遮掩，阳光充足。而且，从疯长过膝的草坪可以判断土质还是比较肥沃的。想象一下，在加拿大的蓝天白云下，在自家后院收获纯绿色有机蔬菜，那是多么大的诱惑啊。

事实证明，看上去特别美好的愿望就像玻璃制品，一旦实施起来常常会碎得很惨。我的古代文人理想外加现代小资梦想在第一个生长季结束的时候，彻底输给了现实。

开春的时候我先试种了小青菜，这是我最爱吃的蔬菜。我极其虔诚地把种子种到后园新开出的一小块菜地里，然后每天准时浇水，绿色的苗子顺利破土而出。过了几个星期我发现不对，叶子小小的青菜已经开始长苔开花了。这就完了？我还等着吃青菜呢。问了朋友，才知道是播种期没掌握好，温度不对。我赶紧拔掉青菜，然后从中国杂货店买了几颗茄子苗补上，心想从秧苗开始肯定应该比从种子开始容易一些，能吃上自家种的茄子也不错。谁知道过了一个星期不到，这几颗苗子就被啃得七零八落，全喂了兔子。我这才知道，从播种到收获，仅仅浇水是不够的，这其中的管理知识和劳动付出，对我这个城市长大、又比较懒惰的人简直不亚于一门研究生课程。

从此，我断了后园耕种的浪漫想法，做起了本分的城市居民。这样的日子一直延续了十几年，直到今年夏天，朋友邀我去采蓝莓。把刚摘下的蓝莓送入口的那一刹那，我的思维产生了飞跃：既然新鲜的水果可以去果园摘，新鲜的蔬菜为什么一定要来自家的后院？记起上班经过的那些乡村公路边上一闪而过"Pick your own"（自己选吧）、"U-pick"（随你挑）标牌。摘我的果子，让别人种去，太妙了！

我去的第一家提供自采的农场种的是青椒、茄子和西红柿，由一对中年白人夫妇经营。从入口的小路开进去，出现在眼前的是一大片菜地，边上一间超高的库房里停着一辆巨大的拖拉机，女主人上来招呼，让我稍等片刻，她丈夫会领我去田里。过了一会儿，一位皮肤黝黑、清瘦结实的男人开着小场车回来了，问清我要摘什么后示意我跟着他。来到地里，给了我一把剪刀，再三交待我摘的时候要小心，不要折断苗子。似乎那些匍匐在地的绿苗苗是他的孩子。

那是一片茄子地，紫色的茄子光滑油亮，垂至地面，甚是可爱。田头有一只绿色的塑料桶，不多一会儿，贪心的我就摘了满满一大桶茄子、青椒、西红柿。交款的时候，女主人已经开着场车去照看顾客了，男主人正吃着妻子准备的三明治，接待新来的客人。

看着男主人心满意足的样子，我羡慕起他们的生活，男耕女织，各尽所长，无失业之忧，亦无来自上司的压力。终日相守，生活目标和关注点高度一致，省去无端猜疑和摩擦。日出而作，日落而息，吃得香睡得着，忧郁症肯定与他们无缘。

受他脸上明朗的笑容感染，我决定整个夏天忘掉超市，寻遍城市周边的菜农兄弟，做一个善于"借力"、不"劳"而"获"的聪明人。

自采蔬菜瓜果有诸多好处，新鲜自不必说，品质也相差极大。一般在超市买的瓜果，为了避免运输过程中腐烂，常常是在七成熟的时候就摘下来，这样的果子口感会大打折扣。加上运输过程的滞后和损伤，或者为了延长保鲜期喷上的防腐剂，摆在超市货柜上的远不是最佳、最适食用状态。从超市购买果蔬，实属冬季的无奈之举。

按照中医"天人合一"的观点，应该尽量食用时令蔬果。这是因为大自然在这个季节成熟的蔬菜和水果是最适合人身体在这个特定天时和气候条件下的需要。比如初夏樱桃成熟，樱桃性温，味甘微酸，入脾、肝经，补中益气，祛风胜湿。盛夏气温炎热，这时成熟的西瓜具有很强的清火解毒功效，正是为了配合人的身体去暑解热利尿的需要。

每个地区因气候、地理的不同，都生长着不同的食物，最明显的就是炎热之地多盛产寒冷性质的水果，如香蕉、西瓜、甘蔗等，而寒冷地区多生长洋葱、大葱、大蒜以及土豆、大豆等性平、性温的食物。这是老天爷给人们准备好了的食物，是完全顺应他们身体的东西，这就是"一方水土养一方人"的道理。而我们去附近农民那里采摘的蔬菜水果恰好符合这样的选择。

去田里或果园采摘蔬菜水果还是一种非常有益健康的休闲活动，它让习惯"宅"在家里的现代人走出空调房间，步入充满花香鸟语的旷野，让终日与电脑游戏为伴的"塑料儿童"看到一个神奇的植物世界。在这里，一粒小小的种子可以长成结满果子的大树，也可以成为餐桌上的美味。亲历收获，在他们幼小的心里播下热爱自然的种子。

而且，随着生活节奏的加快、网络的盛行、水电费用的涨价，都市人在自家后院种植蔬菜水果的兴趣也会大打折扣，"自种"必将会被省时省力省能源的自采所取代。

我相信，不久的将来，即便是在"时有闲，种有地"的加拿大，U-pick 也将风行开来，成为人们喜爱的都市新时尚。

（原载《世界日报》副刊 2012.9.25）

6. 君子之约

　　我家的君子兰终于开花了！

　　这盆君子兰是朋友分根时给我的，来我家已经整整 5 年了，一直只长叶不开花。朋友同时给别人的那盆两年前就开花了。

　　说起来，我家这盆君子兰算是受到过伤害的。那是别人家的那盆开花后不久，我眼见自己这盆没动静心里着急，于是在某个艳阳高照的午后，把它放到后院整整暴晒了一下午。以为这么一加餐，它会很快开花。谁知过了几天发现，原本墨绿色的叶子变成了灰白色，像失血了一样。这才知道君子兰竟真的是谦谦君子，它喜欢若明若暗、若有若无的阳光，强光直射会生病，苍白失色。

　　我为自己的无知懊恼了好一阵子，然后怀着赎罪的心情诚惶诚恐地把它安置到客厅窗前。客厅的大玻璃窗朝东，每天早上都会有差不多两个小时的光透进来，早上的光线比较柔和，而且入射角度低，应该符合该君子的口味。过了一段时间，受伤的叶片渐渐被新长出来的叶片代替了，但依然没有开花的征兆。我静候花开的希望越来越渺茫，除了每周一次浇浇水，不再"一日看三回"了。

有一天，无意中发现君子兰的根部夹在两片叶子之间冒出了一排小花苞，像小孩子一样探着脑袋向外张望，可爱极了。我欣喜若狂，花儿终于决定原谅我无心的过失了。

花苞慢慢长高了。所有花苞都站在一根粗茎上，勾肩搭背，很抱团的一簇。后面几乎每天一个样儿，花苞越来越大，渐渐憋红了脸，似乎开放也是个力气活儿呢。然后，一朵接一朵，总共13朵花全都开了。从花苞露头到全部开花前后有一个月的时间。这段时间，朋友圈里晒君子兰的突然多了起来，我于是知道每年2~4月就是君子兰的花期。它要么不开，要开就在这时候开。

查了一下，这段时间恰好有一个如今已被人淡忘的传统节日——花朝节。农历二月二十二的花朝节是百花的生日，旧时每逢这一天人们要去花神庙摆上花糕点香进供。古人相信万物有灵，美好的日子将随着花开而来。我家的君子兰今年可能就是来赶赴花朝节的。

花朝节的庆祝仪式盛唐时尤为隆重，据《唐文拾遗》记载，每遇良辰美景，月夕花朝，张弦管以追欢，启盘筵而招侣，周旋有礼，揖让无哗，樽酒不空，座客常满……花糕则是武则天的首创。每逢花朝节，武则天要游园赏花，并采集百花做成花糕与众人一起品尝。宋人对花朝的热情有增无减，"国中罢市、红翠出游"。除了踏青、赏花、雅集，还流行种花、挑菜、扑蝶各种很小资的活动。

大自然是很守信的，一年四季，周而复始。春天一到，各种花草如约而生，姚黄魏紫，一片芳菲，你方唱罢我登场，绵延整个夏天。百花之中，君子兰算比较沉闷的。剑状叶片厚实坚挺，排列整齐有序，严肃有余，活泼不足。它不爱凑热闹，还任性，不似其他花卉到点儿就开。很多人在养殖君子兰的过程中，几乎一次也没见过它开花。要想让它开花，需要特别细心地养护。光线要半阴半晴，浇水要半湿半干，就连施肥都不能过量，严格秉持咱老祖宗的中庸哲学。

但就是这么一个"老夫子"，开起花来也是萌态可掬。君子兰的花茎像旗杆一样从左右叶分开处立起，上顶一簇花朵。花是6片单瓣，呈橘红色，明艳夺目，一组十几朵亲密相拥，很是温暖可爱。据说君子兰甚至能感知主人的思想，如果家庭成员不够和睦，君子兰就不爱开花，反之，如家中有喜事将近，君子兰也会提前开花"报喜"。

世间万物，天有日月星辰，主四季昼夜，地有五谷树林、山川河流，供人衣食栖息，唯有这些花草，应时而生，随风飘零，似乎一无所用。我猜草木花卉是上天创世纪完工后，意犹未尽，撒向人间的一把种子，意在用它的亮丽驱散人们心中的黑暗，点亮爱和希望。它是上天对人类的祝福。

花朝将至；百花竞开，邀三五好友，走进大自然，方不负上天美意，不负时光，不负生命。

（原载《北京晚报》"知味"栏目 2019.4.27）

7. 家，最浪漫的度假村

"婚姻是爱情的坟墓"的说法颇值玩味。

这句话大约是想说，一旦结婚，爱情便被彻底葬送了。只是接下来便可以追问：两个没有爱情的人生活在一起，会是什么样子？按常理推测，就是与爱无关的两个人大致公平地分下工，搭帮过日子。就像解放初期的互助组和合作社，或者小学校里的一帮一、一对红，各司其职，相安无事。

可我们都知道实际情形不是这样的。在这个被人称作坟墓的家里，并没有坟墓般的太平，相反充满了俗世的喧闹，甚至硝烟。

这一切都是因为什么？我以为根本原因是爱情没死。从恋爱到婚姻，爱情就像植株从温暖湿润的育苗床移栽到了花盆里，根须难免有些折损，但只要土质适宜，浇水及时，存活率还是很高的。之所以不得安生，大抵是因了水土不服。角色变换，生活方式和内容的改变，让原本单纯的卿卿我我变成过居家活，养育孩子，和对方父母相处，外加维系感情，防备情敌入侵等复杂的事务处理，水土不服导致冲突频发，险象环生。究其根本，应该还是由于爱没死，所以不能忍受分歧、冷落、欺骗、不忠。

但是，结婚的时候爱情没死，不代表以后不会死。如果当事人不适时调整心态，婚姻就真的成了爱情的坟墓。

每当看到那些曾经相爱、婚后不久便如冤家般不共戴天的男女，我都很想提醒他们问自己一个问题：我为什么结婚？回答当然是：我希望跟她/他在一起，每天早晨睁开眼就看到她/他，我们一起按照我们的品位布置我们的房间，并购买与之匹配的家具。我们买来新鲜的食物一起做好吃的，然后健康自信地走出家门扮演好各自在社会上的角色。我们分享彼此的人生，一起成长。家是我们抵御外面风雨和伤害的地方。

初衷如此美好，为何结局却让人沮丧？说一个听来的故事：一个老和尚养了一盆兰花。兰花在老和尚悉心照料下长得十分健壮。有一次，老和尚出门会友，便把这盆兰花托付给小和尚。小和尚很负责，像老和尚一样用心呵护兰花，兰花茁壮地成长着。一天，小和尚给兰花浇过水后放在窗台上，就出门办事了。不料天降暴雨，狂风把兰花打翻砸坏了。小和尚赶回来，看到一地的残枝败叶，十分心痛，很害怕老和尚责怪他。过几天老和尚回来了，小和尚讲述了兰花的事情，并准备接受他的责怪。可老和尚什么也没说。小和尚感到很意外，因为它毕竟是老和尚心爱的兰花呀。老和尚淡淡一笑，说道："我养兰花，不是为了生气的。"

重述这个故事，是说生活总有不尽人意处，婚姻亦如是，所幸人在感性之外，尚有理性和智慧。仿照老和尚的思维模式，想想"我结婚不是找个人来吵架的"，再想想"连上帝都说人有罪性，凭什么要求他/她是完人"，是不是可以原谅对方的不完美，和偶尔的不冷静？事实上，我们大可不必对婚姻期待过高。婚姻这玩意儿说穿了，就是干什么事都有个伴儿。笑的时候有人跟你一起笑，哭的时候有人给你递毛巾，闷的时候有人陪你说说话，犯懒的时候有人为你替替班，想调情的时候身边有个现成的候着，想发火不用憋着，有了事不用一个人扛。上帝造人的时候，先造了男人，然后说这人独处不好，取下男人的一条肋骨造了女人。男人和女人其实就是玩伴关系，结婚就是找个人一起游戏人生，很简单。

步入"爱情坟墓"的男女，倘若以此种轻松的心态享受家庭生活，允许对方和自己不一样，达到"和而不同"的境界，那么这个叫作"家"的地方，就是不出屋就可享受的度假地。

（原载《侨报》副刊 2013.8.7）

8. 精致的味蕾

　　我家兄弟姊妹多，又都生长在物资匮乏的年代，当中小学教师的父母，拿着很低的薪水，不光要喂饱全家七张嘴，还要赡养双方的老人，生活捉襟见肘。

　　那些年父母忙于工作，每天很晚才回家，外婆便搬过来跟我们一起住，看护年幼的我们。外婆是个老式妇女，裹小脚，一辈子没工作过。虽然不必上班，外婆却并不懒散。她每天很早起床，把自己拾掇得干净利索。然后清扫院子，生火做饭，伺候一家老小的吃喝。到我家来了之后，还要帮我们女孩子梳头。我家除了哥哥，其他都是女孩子，外婆却不嫌烦，帮我们都留了长发，每天早上要梳四对长辫儿。

　　中饭和晚饭也都是外婆帮我们做好。放学回家洗好手，外婆的饭菜就已经上桌了。那些廉价的大路菜，经外婆的巧手做出来，却是非常的有滋有味。多年之后，我才知道家乡的酱油采用古法酿制，要经过 3 个月的日晒夜露才能做成，因此格外鲜美。有时候来不及煮汤，外婆会滴几滴酱油和麻油，倒入开水一冲，为我们每人做一碗"神仙汤"。这两种调味料是绝配，放在一起有一加一大于二的效果。后来我发现，"神仙汤"其实就是南方小餐馆里最大众的饭食——阳春面的汤料，被聪明的外婆移植过来了。

过年时，外婆会把宝贵的猪肉剁成馅儿，用姜葱、酱油、麻油调味，然后拌上切得很小的山药丁，做成大大的圆子放在油锅里炸，然后再跟青菜或者白菜一起烧一下，去除油腻。这就是淮扬菜的传统年菜红烧狮子头。没有多余的钱买年糕、麻花之类的零食，外婆就自己做。她用糖精水和了一块面，切成指甲大小的小丁，然后放在锅里炒，并把它命名为“榧子”。榧子甜甜脆脆的，可解馋了。

外婆卸任前，把这些招式毫无保留地传给了母亲。而此时中国已进入小康社会。物产的丰富，使得母亲的家常菜更加“食不厌精”。这样的直接后果就是，我家五兄妹虽然出身寒门，说起来也是过过苦日子的，在吃的方面却都很挑剔。我们可以接受满桌子没有一丁点儿山珍海味，甚至连肉都没有，但不能忍受本该清炖的菜因为加了老抽变成卖相很差的一锅端，或者本该锦上添花的热炒勾芡被弄成满盘浆糊。粗茶淡饭和制作粗糙是两个概念。

结婚后，开始是老公掌勺的。后来我发现他做菜的原则就是能合则并，能快则省。比如蔬菜类，他最擅长的是炒杂菜，就是把各种蔬菜一起炒。这也是我最抗拒的一道菜。在外婆和母亲的菜谱里，小青菜本身有一股清香，只需清炒，再放几枚香菇或一撮虾米提提味儿就可以了。大白菜喜荤，常被用作狮子头衬底，或者跟五花肉一起红烧，或者切丝做成糖醋的味道也不错。

其实，老公的家庭条件比我家优越得多。他的父母是中央部委的干部，他父亲在商业部。在粮油限量、肉奶蛋凭票供应的年代，商业部意味着肉库和粮仓。可惜他母亲似乎对烹饪没有兴趣，总之，他对于厨艺的记忆仅限于商业部食堂大师傅做的木须肉和熘肉片。

老公还有一个坏习惯，就是每次做菜前切一堆蒜、葱和姜，然后每样菜里都放上一撮这三样东西。于是，他做出来的每道菜，我只吃到一个味道：葱姜蒜。我对他说，姜是主热的，肉类海鲜类多属性寒凉，所以做荤菜一定要放葱姜，既可去除腥味，又可调整寒热平衡，而炒蔬菜类的菜，只需放一些蒜蓉提提味儿就可以了。这么对他讲，当然收效甚微。我想应该是他的味蕾觉察不到这些细小的差别，当然也就没必要做任何调整了。

老公甚至跟我辩论说，你的所谓"味道正"，不过就是你家乡淮扬菜的口味。那中国还有八大菜系呢，你说红烧肉不应该放辣椒，人家湖南人做红烧肉就放辣椒，毛主席还说"不吃辣椒不革命"呢。我说同样是辣，我能接受四川的"水煮鱼""麻婆豆腐"，或者"鱼香肉丝""宫保鸡丁"，可就是不能接受你什么菜里都放"老干妈"和洋葱，什么菜适合做成什么味儿，这是有讲究的，毫无章法地乱放，就是浪费食材。

多番抗议无效之后，我这个一直自认不会做饭的人揭竿而起。我对老公说，你把菜洗净切好便可，最后一道工序就不劳烦你了。于是，每天下了班衣服都来不及换，我便系上围裙就上锅台。虽然从未认真学过做饭，但老话说了"没吃过猪肉还没见过猪跑吗"，想当年，外婆和母亲做好吃的时候，站在旁边那个流着哈喇子的我不经意之间已经全程目击了。我掌厨之后最大的改变是，原本一到吃饭就哼哼唧唧的儿子对中餐不再抗拒，甚至对我做的藕夹之类的"高档菜"生出几许期待。自此，家里三分之二的成员结束了吃饭如吃药的日子。后来，老公也半推半就地接受了我的煮妇地位。虽说过一段时间，他还会短时间篡下位，做一锅说不上什么菜系，却能唤醒童年食堂大锅菜温馨记忆的劳什子。

我不能说老公那样的人生就是灾难，他或许也很享受他做出来的在我看来超难吃的东西。只不过在我的生命里，外婆和母亲把我的胃口调教得过于挑剔，使得我这个"土"得掉渣的女人，能够享受制作得体的食物带来的美好。为此，我对这两位热爱家庭的伟大女性充满敬意和感激。想想自己也像她们一样，让儿子对食材的新鲜度和搭配，以及调味料的选择有较高品位，自觉远离加工过度的"垃圾食品"，就感到无比欣慰。

朋友给我讲了这么一件事：他家邻居是个女医生，一有时间就看书，不会做饭。女医生家的孩子常常来他家蹭饭。据说这个医生妈妈连煮面条都不会，水还是冷的，她就把面条下进去了，而且是从商店买来的整整的一包挂面全部入锅。有一次，孩子们说想吃泥鳅，医生妈妈买了一斤回来，但又不会杀。泥鳅还是活的，杀的时候乱动。怎么办呢？女医生灵机一动，横竖是要死的，杀死和煮死还不是一样的？就把所有泥鳅直接放在锅里煮。不难想象那些内脏都还在里面的泥鳅煮熟后会是什么滋味。她一定不知道，讲究的人吃虾连背部那根细细的肠线都要剔除的，吃龙虾更要切割尾部放尿。

朋友尚未成家，单身汉的一日三餐却不敷衍。早餐煎鸡蛋奶酪面包咖啡，正餐更不含糊，荤素搭配，蒸炒煎煮，很享受生活。他说他父母都擅长烹调，父亲的段位更高一些，一般有客人才出手。平时母亲做菜，吃饭时他父亲还会点评一下，年幼的他便会跟着父亲一起当评委，一家人享用美食的同时探讨做法，其乐融融。虽然父母只是医院的普通员工，经济条件远不如他家的医生邻居，但他感觉自己比那个女医生的孩子幸福。

我们小的时候，穿回纺布衣裤，还要糊信封、剥大蒜，去塑料厂做小工赚学费，就连哥哥这个家里唯一的男孩子，都要去酱醋厂扛酱缸。但现在我们在一起回忆童年，并不觉得悲苦，反而记起的全是一些美好的事情：每天上学时，外婆会在我们的书包里塞一个热乎乎、鲜松柔软的白面馒头；偶尔父母会给我们几分零钱，上学的路上买几颗蚕豆或者糖炒栗子；去罐头厂学工的三姐带回美味无比的猪心边料……我想，朋友和我一样，都有一个华丽的童年。

孩子本身对生活没有很高要求，温饱冷暖，父母的关注和爱，构成他们对世界的直观认识。而父母亲用心烹制的饭菜足以让他们的童年阳光般华丽。心理学家发现，有"华丽的童年"的人情感上富足，成年后更快乐。就像我的朋友，还在做博士后，前途未定，但活得自信而满足。我至今还记得朋友说邻居的孩子夸他妈妈做饭好吃时骄傲的神情。一个负责任的女主人，对家庭成员的幸福度的影响几乎是无法估量的。

谁能说烹饪不是艺术？烹饪是每一个普通人家的厨房里每天都在进行创作的、最实惠的艺术。西谚里有"You are what you eat（你就是你吃的）"的说法，吃得讲究才是骨子里的讲究。出色的厨艺，它的作品就是让我们拥有终身享受自然馈赠的精致味蕾。

（本文获 2016 年第二届全球华文散文大赛优秀奖，收入大赛文集《梦想照进心灵》）

9. 家有经济适用男

有一类男人各项指标都不出众，他们像夏天夜晚的萤火虫，发出微弱的光，没有热度更没气场，不走近都瞧不见，对生活要求不高，有份管饱的薪水，便乐得清闲，这就是经济适用男。

有的女孩，把姿色看作本钱，嫁人当成投资，遇到经适男，那绝对是要气得吐血的。这类男人在她们眼里就像糊不上墙的烂泥巴，软硬不吃，拳可挨，气可受，吃苦中苦做人上人的事儿绝对不干。你说要豪华婚礼、钻戒，他会说，那多俗气呀，你这么现代的女性，不至于吧。还有女孩儿，对爱情抱有幻想，遇到经适男，那肯定是会失望的。你说从没收到过鲜花，他会谆谆教诲，我对你一心一意就是对你最大的好，那些送花的男人今儿给你送花，明儿可能就跟你离了，让你选，你选哪个？这就是经济适用男，不花一分冤枉钱。

这样的日子笃定是不会安生的，结果是拜金女华丽转身，纯情妹移情别恋。不过世上的姻缘很奇妙，无豪宅亦无宝马的经济适用男偶尔也有中头彩的运气，那就是遇到了普相女。

普相女，无姿无色，不娇不媚，难入钻石男的法眼，又不愿屈尊随便把自己嫁了，被剩下是她们的宿命。幸好上帝造了经济适用男。普相女用她们在寂寞青春中练就的火眼金睛，看到了经适男身上的亮点：重视家庭，老婆至上，擅长家务活儿，是最适合拿来当老公的一族。

孤男寡女一相逢，组成家庭一个。嫁了经济适用男的普相女开始品尝平凡的幸福。经适男无权无位，应酬不多，每天按时回家，她因此不必哀怨地唱"爱上一个不回家的人"；经适男知道自己腰包不鼓，一分一毫都攒着，到了换房顶、添置家具大花销的场合，就派上了用场，等于家里开了个银行；下班回家，热饭热菜上桌，她的脸躲过了油烟的"洗礼"，比同龄女人多了几分滋润；经适男没人来抢，她也没回头率，日子过得很安静。

安静的日子像流水，几年后攒的钱够首付了，头房子了。经适男说，区好就成，不敢耽误孩子上好学校。全砖好，结实，六面顶好，地儿大。房顶旧点没啥，咱自己换，地板毛了小问题，咱自己磨。要不人房价能要这么低？孩子上学，公立学校挺好，私校培养贵族气质，咱娃一介平民，不花那冤枉钱。

最让经适男和普相女得意的是教出了普适子。普适子平均分在 92 分徘徊，问他为何不能努力一把尝尝在 95 分之巅一览众山小的滋味，答曰，为那 3 分，牺牲掉 30% 的玩乐时光不值。报考大学，家门口的挑一所上上，省都不出，说是节假日回家方便。专业那更是专拣实用的报，目标是大学毕业就挣钱，学费能少花就少花。学校有 CO-OP 的更好，读书时就开始赚钱。第一个工作学期，就对爸妈说，把手机费转我户头上吧。经济适用男拍一下儿子的肩，说，好小子，知道疼老爸老妈了，说的时候眼睛有点发潮。

　　朋友说晒幸福是很危险的，普相女笑笑，那里谈得上晒幸福，不过是给剩女们鼓鼓劲罢了。

　　好人一生平安，好女不会落单，要相信，众里寻他千百度，蓦然回首，那人却在灯火阑珊处。

（原载《侨报》副刊 2012.10.30）

10. 我家的内政与外务

我和老公过日子一直沿袭"男主外，女之内"的传统，10多年了，相安无事。当然了，这个"外"和"内"大体不会超过我家房子周围50米，属于实用型划分。

新年伊始，"内""外"的界定突然变得含糊不清起来。先是房顶老化，需要换瓦片了。屋顶是十几年前刚搬进来时换的，当时老公年轻，无知无畏，二话不说上屋揭瓦，花了一个星期时间，旧顶变新颜。现在年岁渐长，知道惜命了，他对我说经济不景气，也给别人一个赚钱的机会吧。很快联系了装修公司，甩出去4000加元，一天搞定。

换了屋顶之后，我发现一个现象：原来我家客厅有一处天花板一到大雨天就漏水，现在突然不漏了。跑去问老公，他说既然你问，咱就实话实说了，那是本人上次换瓦工程的后遗症。现在好了，到底是专业人员，手到病除。我说，这么说来，天花板问题可以解决啦？

这块天花板，因为里面总往外渗水，外面的漆沾不住，经老公多次的涂涂抹抹，已是狼藉一片，我早就盘算着来个旧顶换新颜。"那当然。"老公回答得很爽快。这之后，每天晚饭后散步回来，我耐着性子陪老公站在我家屋外，欣赏他的杰作：抬头看屋顶，低头见草坪。

转眼几个月过去，天花板工程仍不见动静，我有点急了，说你怎么回事啊，你的外务我那么配合，我的内政你就这么消极怠工吗？别忘了天花板成这样还是你的"外"务不给力造成的。老公说，这可不一样，我那外面的工程都系着咱家的脸面哪，这天花板埋汰点有啥关系嘛，谁进了屋别处不瞧专往头顶上看？一语泄露天机，原来他根本没打算刷客厅。我决定自行了断，他要政绩，咱也不能昏庸。我叫来室内装修公司，估下价，把客厅重新刷一遍竟然收费 1000 加元。

这么宰人的价格，我打造温馨环境的决心再大，也难免肉疼了。我对老公说，这活儿没危险，你这身板儿绝对可以，你就帮兄弟一把，要进步咱俩一起进步，对不？

老公一脸坏笑说，早就知道这个价儿了，一桶油漆多少钱你知道吗？咱家这实力，也就够一个面子工程的。你等明年吧。我一听彻底绝望，发狠道，你要不刷漆我就换房子，换不成房子就换人，找别人做你的内务大臣去吧。老公一看问题严重，收起笑，正色地说，那块地方我会帮你弄的，不过我打听了，家里尽量别刷油漆，对身体不好，不如用洗涤剂擦洗一遍，再用水底漆上点色更环保。我破涕为笑：依你的。

给了老公面子，也赢了我的里子，这就是我的治家之道。老公属经济适用男，说他有钱吧，也就落个吃穿不愁；说他勤快吧，跟上海男人没法儿比；更别指望他怜香惜玉，脑子压根儿没那程序。跟这样的人过日子，吵是不管用的，哭是没效果的，绵里藏针、软硬兼施才是王道。

可不敢小看了这些家务琐事的一地鸡毛，弄得好，扎条鸡毛掸除尘，家里窗明几净，要是让它们飞起来，也能遮住生活中的阳光呢。

（原载《家庭》2015 年第 16 期）

时光的花朵
SHI GUANG
DE
HUA DUO

第四章

广玉兰

　　广玉兰是早春的花卉，先开花，后出叶。广玉兰树体高大枝桠丛生，花朵雍容、冰清玉洁，盛开时一树的繁花相挤相拥，像一个多世同堂的大家庭。广玉兰因此被认为是带来家族兴旺的母性之花，代表着生生不息，世代繁衍。

1. 蜡翅膀

> 无畏飞翔的伊卡拉斯啊，
> 永远不要后悔你的坠落，
> 因为他们最大的悲剧，
> 乃是从未感受到熊熊燃烧的光芒。
>
> ——奥斯卡·王尔德

　　第一次听到奥斯卡·王尔德和他的这句格言是在餐桌上。当时我和老公正跟儿子在湾区一家海鲜餐馆等着上菜。儿子谈到他打工公司的老板 17 岁就开了第一家公司，现在这个公司是一年半以前刚成立的，只有 20 名员工，却已经接手了好几个项目，目前运作良好。老板开公司就像母鸡下蛋，开了公司就雇人管理，自己依旧逍遥。这人很牛，发达之后特意去大学拿了一个对他毫无用处的生物学博士学位，就为了证明自己也是可以读好书的。

　　就在保守党老公又像以往一样强调创业的风险时，儿子抛出了王尔德的这句格言。这句格言源自希腊神话里的一个故事：伊卡拉斯是工艺之神德达拉斯的儿子。伊卡拉斯父子计划借助德达拉斯用羽毛和蜡做的翅膀逃离克莱特岛。伊卡拉斯的父亲先起飞，起飞之前再三警告他不可飞得太低或太高，因为海水的湿气会阻塞，太阳的光热会融化他的翅膀。飞翔中，伊卡拉斯被天空迷住，忘掉了父亲"不要离太阳太近"的话，结果翅膀被烤化，跌落在海里被淹死了。

这个故事本意是告诫人们不要有超过自己能力的野心。但奥斯卡·王尔德说，从不后悔，伊卡拉斯勇敢地飞翔，最大的悲剧乃是从未感受过光的炙烤。儿子看上去很认可这个观点。

"我没冒蜡翅膀的风险，所以活到了五十几岁，现在不也飞上了天?"老公嬉皮笑脸地说。

"那是因为有冒蜡翅膀风险的人发明了飞机，你才有飞机可坐。你是在享受蜡翅膀人的成果。"儿子认真地坚持自己的观点。

听这爷儿俩的鸡同鸭讲，我选择沉默。我知道，儿子这只加拿大鹰，和老公这只中国鸡，注定不可能达成共识，虽然我更赞同儿子的观点。因为正是这种无惧风险崇尚成功的精神，让美国在短短的 200 多年的时间里，从一个新大陆发展成全球霸主，就像金门人桥的诞生过程。

金门海域风大，浪猛，雾重，依当时的条件，在这里建桥几乎不可能。但是 1930 年 11 月，距离股票市场崩盘、华尔街溃不成军仅仅 13 个月，北加州 6 个城镇的居民投票用他们的农场、家园、葡萄园以及生意做抵押，发行 3500 万债券建造金门大桥。为了获得资金，总设计师约塞夫·施特劳斯直接来到美洲银行主席杰恩尼尼面前，要他购买这 3500 万债券，让金门大桥工程得以实施。半小时过去，施特劳斯不停顿地介绍桥的获益，杰恩尼尼只提了一个问题:"这座桥能使用多久?""永远!"施特劳斯肯定地回答。终于，杰恩尼尼看着施特劳斯坚定的眼神，一字一句地说："加州需要那样的桥，我们购买这些债券。""金门大桥是变不可能为可能的神话"，所有来过金门大桥的游客都可以在入口处看到这句话。

我欣赏这种精神。在这个世界上，总是有这么一些人，像其祖先渴望飞近太阳那样追求卓越。也许除了一双蜡做的翅膀，他们一无所有，但这并不妨碍他们像伊卡拉斯那样无怨无悔地向目标飞去，感受那光和热的辉煌。我虽然自认不是这样的人，但我会为他们的勇敢和无畏喝彩。

儿子原本不是一个有野心的孩子。高中时，别的华人孩子热火朝天地参加数学竞赛，考 SAT 准备进常春藤，他却拒绝为把平均成绩提高 5 分而放弃一次足球训练和比赛，以及属于他的游戏时间。大学的第一个工作学期，他去了多伦多的一家小电脑公司。结束时说很喜欢，打算下学期还去那里，说不定毕业就去那里工作。事实是，第二个工作学期，他并没有回到那里，而是去了另一家媒体公司，独立设计手机网页。第三个工作学期，他去了硅谷，在这个每天在经历失败与奋斗、成功与挫折的地方工作了 4 个月后，他主动跟我们谈起奥斯卡·王尔德"不后悔伊卡拉斯勇敢地飞翔"的观点。

显然，硅谷的创新精神已经深深影响了他。他在思考，也在不断修改设计他的人生。尽管他还只是一个羽翼未丰的大学生。

(原载《侨报》副刊 2014.5.12)

2. 养儿育女三字经

为人父母，最大的期待莫过于希望孩子一生平安幸福。很多经典案例都告诉我们，这个幸福在很大程度并不来自别人，而是取决自身。那到底是自身的什么元素能成就一个幸福的人生呢？我是一个理科生，日常工作就是做实验。我们设计实验时常常要筛选影响因子，主要因子找对了，纲举目张，实验就成功了一大半。我觉得，相比孩子一生的幸福，上学时成绩如何，上没上名校，钢琴几级，英语几级，都是次要因子，甚至可以算是应变量。我把人们通常谈论教子方略的各类要素罗列了一下，发现养儿育女只要把握三个字，男孩一个勇字，女孩一个慈字，再共享一个智字。把这三个字做好了，他或她的一生不会太差。

对男孩子来说，勇是一个很可贵的品质。男人的担当是勇的完美演绎。一个勇于承担责任的男人在职场上会是一个值得信赖的员工，在家庭中会是一个值得妻儿倚靠的家长，他的事业和家庭都会比较圆满。

男孩子的勇来自父母的信任。在男孩子的成长过程中，若非事关人品，小到交什么朋友，假期跟同学去何处玩，大到在学校选什么课，上大学时选什么专业，父母应尽量放手让他自己决定。所以有人说，养儿要"野"，这个"野"就是尽可能地减少限制。这样做的好处是培养他独立判断的能力，增强自信心。只有自信的孩子才敢于尝试各种可能，并找出最适合自己的路。

男孩子的"勇"还需要父母的"弱"来滋养。我们常常看到一对众人眼中挺无能的夫妻，却有个精明能干的儿子，而一对堪称精英的夫妇，儿子反而无大的作为，很大一部分原因是父母太多"包办"和"逞能"，削弱了男孩子的"闯劲"，也就是勇。

事实上，一个未成年人努力学习除了兴趣，还需要动力。如果父母太优秀，又不懂得在孩子面前示弱，孩子容易产生"反正我怎么努力也不可能超过你们"的想法，而失去了努力的目标和动力。相反，平庸的父母的孩子有着强烈的改变生活的欲望，他知道自己想要的生活父母是不可能给他的，必须靠自己的努力才能实现。所以在心理层面上，他其实已经做好面对生活挑战的准备，这样的孩子是可以百折不挠的。勇，是一种不怕失败的心理素质。

人的一生，尤其是一个坚定、目标明确，而不是混生活的男人，一定会遇到很多的挫折和坎坷。这种时候，勇敢就显得格外重要。因为很多时候，他们需要做一个勇士，独自战斗，保护弱小的妻女和年迈的父母。

教养女孩子，则重在"慈"。这是因为女孩子长大之后，要做妻子和母亲。这两个人生角色对女性的要求首先是慈。好的爱情是可遇不可求的，阴差阳错，不是每一个女孩都会在对的时候遇上对的人，但这不妨碍她成为一个妻子和母亲。小孩子天性淘气、顽皮、任性，不知深浅，不懂是非，只有母亲能教会他们如何做人，怎样做事。这个教养的过程需要巨大的耐心，一个缺乏慈的母亲是无法胜任的。

经常看到文章，提醒母亲要轻言细语，不动辄对孩子发火，殊不知这个轻言细语不是想做就能做到的，慈是一种习惯，它的种子早在少女时期已深植于心。所以女孩子成长的过程中，"慈"的教育非常重要。西方人喜欢饲养宠物，其中有一个目的就是希望孩子在照顾动物的过程中学会关心别人，拥有一颗柔软的心。还可以有意识地带她们去老人院做做义工，培养她们对弱者的同情和对生命的尊重。

老话说，一代无好妻，五代无好女。在一个家庭中，女性的慈是家庭成员之间的黏合剂。妻子的慈，让丈夫如沐春风，母亲的慈，让年幼的子女充满安全感，健康长大。这也是为什么那些身价过亿的男人娶妻，会把性情放在首位。微软创始人比尔·盖茨的太太美琳达相貌平平，身材也一般，但绝顶聪明，毕业于美国杜克大学电脑系，在嫁给盖茨之前，已担任部门主管，手下有100多名员工。嫁给盖茨之后，便做起了专职的太太。几年来，她为盖茨生下一双儿女，还管理着盖茨豪宅的日常工作。美琳达把家里收拾得十分温馨，还建了一个家庭图书馆。北美最大的交际网站脸书CEO马克·扎克伯格的华人妻子普莉希拉·陈，姿色平平，背景普通，勤俭朴素。由于开餐馆的父母工作繁忙，普莉希拉主要由奶奶一手带大。奶奶知书达理，从小便灌输给孙女做人的道理，养成了普莉希拉自立、自信、自强的人生观。嫁给亿万富翁小扎也没有让她停止追逐自己的梦想，最终成为一名医生。据《福布斯》杂志报道，在硅谷有一批这样的亿万富豪妻子，她们不甘心只是"富豪人妻"或被称为"花瓶"，普莉希拉也是她们中的一员。

一个心怀仁慈之心的女性，无论她是在职场还是在家庭，都会让家成为丈夫和孩子最思念的地方。她的温和与爱意，是照进他们心灵的阳光。

无论男孩还是女孩，"智"的教育不可或缺。智，是一种理性分析的能力，是在人生关键点做出正确选择，决定一生幸福的金钥匙。智的培养，不必刻意为之，适当让未成年孩子参与家庭问题的处理，日常生活的每个选择、每个决定，跟孩子一起全面分析，权衡利弊。或者在孩子做出抉择时给予合理的建议，都是很好的影响。

读书，从书籍中吸取智慧是培养脑力最好的办法。小学三四年级时，孩子的词汇量会成等比级数增加，是养成孩子读书习惯的黄金时期。这个时期，家长可以挑选一些想象丰富、生动有趣、当时比较热门的大部头小说读给孩子听，每天一小节。进入情节后，孩子等不及就会自主阅读。

有人说，为人父母是最需要训练而又最缺乏训练的职业，此言极是。当小生命来到这个世界，他一定不缺婴儿床、小衣服、奶瓶，但心理层面，几乎所有的父母都是仓促上阵，从干中学。事实上，养育子女的知识才是送给宝宝最好的礼物。希望本文的"三字育儿法"给初为父母的朋友一点启示。

3. 播几颗无用却美好的种子

硅谷的 IT 大佬们正在让更多人失去饭碗。据说美国的某些现代化工厂全部是机器人在工作，偌大的厂房里面空无一人，让人毛骨悚然。谷歌的无人驾驶汽车一旦上市，出租车司机又该失业了。这与当政者"让所有美国人有工做有饭吃"的执政理念是相悖的。

作为美国仅剩的经济增长区，我一直对硅谷很膜拜，认为美国复兴的希望就在加州。但从民众的饭碗考虑，当政者的情绪化似乎也可理解。前不久儿子回来过圣诞节，跟他探讨了这个问题。这个硅谷的新生代是这么回答的：机械化的终极目标就是把人从枯燥无趣的工作中解放出来，去做音乐、艺术等有意思、有创造性的事情。工作并不是人活着的唯一目的。"可是，有工作，人才有钱养活自己呀。艺术只能满足精神上的需要，但人活着首先要吃饭的嘛。""机械化达到一定程度后，产出效益非常高，企业老板会非常富有。同时他们也需要人们去买他们的产品，因此他们肯定不在意分一些钱给别人。这样普通人无须工作也有足够的钱买生活所需。"

"这岂不是太好了！"我彻底被这个设想迷住了，无须工作，终日只做些琴棋书画的消遣是我的人生理想。我痴迷写作，全日写作是我的梦。除此之外，我还喜欢摄影和书法，正在临曹全碑和王羲之，最近有点爱上了国画，最痛苦的就是每天的黄金8小时浪费在与这些事情毫无关联的工作上。我相信，这个世界上，真正享受工作的人是很少的，大多数人上班只是为了果腹。原来我很羡慕那些做文字工作的文友，但他们告诉我，他们的处境还不如我，写那些程式化的八股文简直是对文学才华的摧残。

"好什么？人不工作，那么多时间干什么呢？"老公反对。是的哦，如果不工作，除了上网看时政新闻、军事消息，好像是没什么事情可做。所以此君打算一直干到80岁才退休。我愣愣地看着这个时间多得没处用的人，突然想到一个孩子教育中不被关注但很重要的问题：如何培养孩子自娱的能力。

其实人在年幼时，是有强烈的喜好的，只是在长大的过程中，这些喜好被认为无用不被鼓励，渐渐被另一些可能会带来人生成功的内容占据，直至后来，连他们自己都忘掉了曾经的梦。我们小的时候，正是"读书无用论"时代，孩子们有大把的时间可以挥霍。父亲让我们练毛笔字，带我们去校园里的水泥乒乓球台子打球，去学校图书室借书看，还送我们去少年之家学画画。对一个中学教师和小学教师组成的家庭，这可能是他们仅能支付得起的培养成本。他们不知道，玩乐之中，艺术的种子已经在我们幼小的心里扎下了根。成年之后，我家兄妹5个，有3个爱上了书法，一个痴迷写作，两个乒乓球获市级比赛冠军，一个退休之后学古筝，一个正在学唱歌。我们各自从事不同的职业，但一旦有了闲暇，这些事情很自然地就出现在时间表上，似乎它一直就在那里，不过现在捡起来而已。

　　儿子小时我们在家里的地下室安置了一个乒乓球桌，加拿大漫长的冬天里，大雪封门之时，打乒乓球是我们一家三口最乐于干的事。这边的孩子家庭作业少，我们随大流为他报了钢琴班、绘画班、足球俱乐部。每年暑假，我们会安排一个假期，一家人驱车沿着401横穿加拿大，游览千岛湖，在渥太华参加国庆节庆典，再去魁北克参加法国风情浓郁的夏日节，一路玩过去，全部露营。圣诞节新年假日季，还会去滑雪场住几日，滑雪、泡室外温泉。前不久儿子告诉我们，他工作的单位有一张乒乓球桌，休息时他经常和同事在那里厮杀，很开心。前两年他开始跑马拉松，每天早上都要出去跑步，到目前为止已经参加了旧金山和罗马两届马拉松比赛。他对我们说，将来他打算用参加马拉松的机会去看世界。周末他会约了朋友去踢足球，或者攀岩。在温暖的加州，他甚至发现一处滑雪之地。儿子从事电脑工作，每天坐的时间很多，科学界对久坐带来的危害已经早有定论，有了这些运动项目我就放心了。我庆幸当年他还在我们身边的时候，让他领略了远足与运动之美。

　　现在，越来越多的家长有能力送孩子去学绘画、音乐、滑冰、游泳各类才艺班，请专业的老师教导他们的孩子。孩子们有机会接触到许多学校课程之外的领域，大大阔宽的眼界。只不过这些本可以让孩子的生命更丰富的事情，很多时候被贴上了"特长"的标签。大部分家长们目标明确，为了比赛拿奖，进名校或者上大学时增加特长分，获得更多奖学金什么的。前段时间参观国内的某间艺术学校，很多孩子在学画画。人数之多让我吃惊，于是我问一个长得挺秀气的女孩，问她你来学画画，是因为她喜欢吗？她还没来得及说话，旁边好几个孩子抢着回答，他们是为了考特长生。高考时特长生的要求比普通考生要低一些。绘画，是他们敲开大学门的一块砖。相比我们童年时父母玩乐中带着我们学的那些知识，不知道到底是教育的目的变了，还是家长们变得功利了。

在孩子的生命里，父母是一个播种者。在孩子的成长过程中，父母会在孩子的心里播下各式各样的种子。这些种子，有的会发芽，有的不会发芽。播种是门技术活儿。就像我送儿子上的钢琴课，是成本最大的一颗种子。学费最贵，而且每天要督促他练琴，花的时间也最多。高中毕业前儿子完成了我交给他的任务：通过8级考试。然后课本就被束之高阁。今年圣诞节回来，他连钢琴的边都没沾。显然，这棵种子至今都没发芽。我常常在想，这会不会是因为我当时功利心作怪，逼他练琴所致。很多家长像我一样，不知道种子的生长有它特定的过程，这就好像一个农人，播下种子后，能做的除了松土、施肥，只有等待。如果他一定要提前收获，那只能揠苗助长。

如果家长们知道播下的是会给孩子带来生命快乐的种子，而不只是某项技能、某种知识，更非大学敲门砖，他们对待学习的过程一定会更加谨慎。其实，即便这些运动或艺术课程没有把孩子带进名校，那颗种子已经留在孩子心里，足以让我们欣慰。就像我们小时候学的书法、绘画、乒乓球，和我儿子小时候学的足球，这些种子一旦遇到适宜的气候和土壤，就会破土而出，长成我们生命中的快乐之树。千万不要小看这种美好的心情，美好的东西能抵抗生活中的沮丧与困顿，让人纳悦自己、滋养身心、重获希望。

在现代社会，随着工作时间的缩短和闲暇的增加，一个人的生活品质越来越取决于他如何消度闲暇。有人甚至提出，过去，教育的目标是为职业做准备，现在，教育应该为人们能够有意义地利用闲暇时间做准备，使人们有能力在闲暇时间过一种有头脑的生活。这种能力，就来自儿时父母不经意间在他/她心里播下的那颗感受美好的种子。

4. 行囊里的珍宝

一个人的成长过程中，总会遇到几个人几件事，对他产生重大影响，甚至改变他的人生轨迹。回望自己的半生为人，26 岁时负笈西行，面壁 7 年收获两个学位，之后在加拿大安身立足。虽没飞黄腾达，却也步步稳妥，未遇大的波折。我把这归功于三件宝物：父亲的镜子，撒切尔夫人传记，美国外教爱丽丝。

我的父母，一个是小学语文教师，一个是中学语文教师，都是极其普通的人。过去中小学教师要争升学率，早出晚归的，非常辛苦。由于工资不高，加上子女多，手头拮据，父母很少能顾及每个孩子的要求，但他们从来没有疏忽对我们的管教。

印象最深的一件事，有一次我因为饭桌上没一道我爱吃的菜而绝食抗议，趴在床上大哭不止。父母对我的任性挑食早习以为常，竟然连哄都不哄。我那厢哭得声嘶力竭，想停下来吧觉得没面子，继续哭吧，确实挺累的，而且似乎也没效果。正不知如何是好，父亲进来了。

我一听有人进来，顿时来了精神，愈加大声地号哭起来，好像受了天大的委屈。父亲在床边坐下，对我说："多大的事儿，这么哭。看看你现在的样子!"我好奇地抬起头，看到父亲手上拿着个小镜子，镜子里，自己脸上鼻涕眼泪地"花"着，嘴角往下"苦"着，丑极了。父亲接着说："难看吧？快别哭了，我们五子笑的时候可比这好看多了。"这一招很厉害，从此治好了我爱哭的毛病。父亲用一面小小的镜子，让我学会自省。

上小学的时候，有一段时间，我迷上了读闲书，《撒切尔夫人传》就在其中。这本书记录了这个号称"铁娘子"的女人生活中的一些细节。撒切尔夫人是一个非常勤奋的人，每天大量阅读和处理公务，只睡 3 小时。别人问她何以做到这样，她回答："把这一切变成习惯，就像你每天想都不用想就会去刷牙。"这句话给年轻的我极大震撼，原来从来就没有捷径，成功就是"把别人睡觉的时间用来做事"。

一直以来，"把值得做的事情变为习惯"都是我的座右铭。为了生存，要完成学业，为了瘦身，需要长期的健身房训练，为了实现作家梦，要不间断写作……坚持，已经成为我做事的习惯。而这一切，都源自撒切尔夫人教给我的自律。

大学毕业后被分配到北京工作。其间幸运地遇到了改革开放，我被任职的大学送去广州培训英语，为期半年，全日学习，课程包括语言学习的各个方面，口语课还专门请了外教。我的外教是位美国妇女，60 岁左右，据说是退休教师。爱丽丝脸色红润，讲一口发音纯正的美式英语。那时的我当然不会想到这个叫作爱丽丝的美国人会在我后来的家庭生活中扮演重要角色。

这事儿要从爱丽丝组织的一次班上女生聚会说起。爱丽丝虽说不再年轻，但活力四射，我们女同学都喜欢她。三八妇女节那天，爱丽丝说这是咱女人的节日，要好好庆祝一下。她邀请全班女生去她的住处玩。那天大家吃着爱丽丝精心准备的小零食，聊着女生的话题，爱丽丝兴致勃勃地加入其中，不动声色地纠正我们的英语。后来有人谈到妇女解放，爱丽丝说了一句："聪明的女人要教会她的丈夫做事，教会她的孩子做事。"几乎所有在场的女同学都听懂了这句话，并被它带来的理念感动。

为人妻母之后，我一直用这个新版"相夫教子"模式管理家庭，享受着它带来的极大实惠。在我家中，一日三餐，老公负责做饭，儿子负责洗碗，我负责扫地；周末，老公剪草坪时，我正在收拾室内；外出旅游，每个家庭成员各自带齐自己的随身衣物，我这个女主人形同虚设。这样做的结果是，老公学会了男人的担当，儿子学会了男人的独立，我多出了不少自己的时间。我用这些时间阅读、写作、健身、会朋友，日子过得优哉游哉。正是爱丽丝传授给我的女性"自爱"意识，让我成全他人又保全了自己，避免了"蜡炬成灰泪始干"的悲剧人生。

自省、自律、自爱，我人生行囊里的三件珍宝。

（原载《侨报》副刊 2013.4.12）

5. 父母的功力

从去年起，我开始每年至少回国一趟。古话说，子欲养而亲不待，父母都是 80 岁高龄了，常回家看看已从选修课升格为必修课。我和先生调整了旅行计划，这几年，我们的度假地只有一个——中国。

好在我很享受跟父母在一起的时光。很放松，很安逸。可能是到了怀旧的年龄了吧，我常常会想起一些小时候的事情，而回忆正是父母亲主要的日常话题，所以我们聊得很投机，很过瘾。我突然发现，做了这么多年的女儿，我其实并不了解我的父母。

过去我对父母的认识只限于：虽常拌嘴还算恩爱，宁愿委屈自己也要给孩子温饱无忧的童年。敬业，传统，为人厚道。现在，当我以一个妻子和母亲的目光，一个家庭情感写手的视角重新审视我那工资不高却养育了 5 个受过高等教育的子女，晚年生活风生水起的老爸老妈，竟生出几分"千里寻她千百度，蓦然回首，那人却在灯火阑珊处"之感。

从小到大，父母给了我们最大限度的自由。思想的自由，时间与空间的自由。印象里，他们从未逼着我学这学那，也从未限制过我的行动，家务更不必做，属于我的时间全部给了我。我用这些自由的时间阅读，学英语口语，准备高考，做梦。

大概是太自由了，有时候我甚至会想，有 5 个年龄相近的孩子，自知管不过来，他们是在放羊吧？但我知道不是。在一些重要时刻，父母自会动用特权干预。比如姐姐们初中毕业闹着要去工厂挣钱，父亲坚持让她们读高中，以致后来恢复高考，没费多大劲儿就考上了大学。据说复试前一天，三姐正在插队的地方带农民科学种田，不肯回来。母亲派父亲去将她"捉拿归案"，还下了一道死命令："倘若抗拒，捆着也要把她带回来。"父亲找到田里，说了句跟我回去复试，拉起三姐就走。三姐挣扎，行李还没拿呢。父亲说，行李不要了，先回去考完再说。三姐现在在市中级人民法院工作，一生衣食无忧。如今这件事已经过去很多年了，父母说起来仍然得意兴奋。

这让我想起，有一年父母来加拿大探望我。当时儿子上七年级。他们学校有个白先生，给孩子辅导八至十二年级的数学竞赛。很多望子成龙的中国人的孩子都在那里学。我听信了别人说的，都是非常规解题，孩子上几年级没关系，把儿子送去了。结果每次做题都成了我的噩梦，儿子不会做，急得直哭，我也为儿子不是天才恼羞成怒。这时候，当了一辈子教师的父母开口了：你别逼孩子了，什么都循序渐进，他还没学到，怎么可能做出来呢？你这不是拔苗助长吗？再这么下去，孩子对学习的兴趣都要毁掉了。我听从了父母的劝告，停掉了白先生的课，到九年级才给他报名。儿子对数学的兴趣一直保持至今，现在是数学系电脑专业享受学习的大学生。

很长一段时间，我对高考时父母为我选择了理科耿耿于怀。一考定终身，与我的作家梦擦肩而过成了我挥之不去的痛。但就是这个理科背景，让我走出国门看到了外面的世界，让我在异国他乡不用为五斗米折腰。还让我谋到一份稳定的工作，温饱之余气定神闲地写作。得益于理科背景，我写作时多了几分理性和逻辑。父母朴实的"学了数理化，走遍天下都不怕"的想法，即便不算英明，也还是称得上有前瞻性的。

我不得不承认，我的父母，他们在教育孩子方面颇见功力。

这么多年，我一直在思考，父母和子女到底应该是什么关系？东方式的恩威并施易造成孩子的反叛和逃离，西方式的无原则友好易造成孩子和父母亲情淡漠，似乎没有两全之策。我的父母用他们的行为告诉我，父母的功力不是教给孩子多少知识，把孩子送进怎样的大学，给孩子多少特权与财产，而在于适时调整好跟孩子的距离。

距离准确，是国与国相处、人与人相处，更是父母与孩子相处的重中之重。把握起来也是难中之难。

东方文化中父母与孩子太近了，近到不分你我。我的人生目标就是你的人生目标，我的幸福系在你身上，你的幸福系在我身上。重重叠叠，纠缠不清，成为走不出的怪圈。孩子们被要求做所有该做的事，而不能做自己想做的事。生长在这样家庭的孩子，从出生的那一刻起，就欠了一大笔债，穷尽一生，难以偿还。需要怎样巨大的孝心，才能活出父母的人生。

西方文化的父母与孩子太远了，客气有余，责任不足。他们和孩子的关系是人类和宠物的关系，多个伴儿，爱心得到释放即可。父母对孩子没有要求，孩子对父母没有义务。这样的关系看似一片和谐，实则非常脆弱。

事实上，父母与孩子的最适距离有点像选手和场下观赛人。

孩子是赛台上的选手，父母是观众席的观赛人。为他的精彩瞬间喝彩，为他的暂时失利加油。人生的赛场上，父母是那个不干扰他的表现又离他最近的人。

父母与孩子应该是骑手和马儿的关系。马儿走在正道的时候，几乎感觉不到他们的存在，马儿走偏了而不自知，骑手使多大劲儿也要把它拉回来。人生的战场上，父母是那个掌控全局、能助他驰骋疆场、成就一生辉煌的人。

在这个世界上，并非所有为人父母的人都有这样的功力，我遇我幸。老爸老妈，来世还做你们的女儿。

（原载《侨报》副刊 2013.6.21）

6. 说说孩子成长中的挫败感

儿子不是那种学习很努力的孩子。我曾认真跟他谈过："依我对你的了解，平均分还有向上空间，试试百分之百地投入学习一学期如何？看看你能不能进入班上前三名。"他说："你的意思是，为了成绩单上的几分之差，牺牲掉玩的时间？我才不会这么傻呢。"说实话，每周两次足球训练，一场足球比赛，留给他玩的时间也没多少了。可我的心里不是藏着"别人家的孩子"嘛，别人家的孩子为了单词比赛得奖口袋里都揣着英文单词，别人家的孩子为了奥数比赛得奖，每天做大量竞赛题，别人家的孩子为上名校组社团当领导，去非洲做义工……只有自己家的孩子小富即安，胸无大志。当妈的我恨铁不成钢。

儿子上九年级的时候，我和老公发现他明显变得用功了。每天的自由时间基本上在做正事。本母亲莫名诧异，后来得知这小子受刺激了。原来，儿子一直在温莎足球种子队训练。这个队由教练精心挑选的优秀队员组成。除冬天在室内，其他季节皆为全天候训练，经常去外地打比赛。法国教练很敬业，指导有方，载誉而归的时候居多。儿子从最初的替补队员一直踢到今天的主力中后卫，在班上一直以足球完胜其他同学而沾沾自喜。

但是那段时间，接二连三发生了几件事。先是他们队一次淘汰了3位小队员。为了增强竞争力，教练会不断去普通队挑好苗子。过去新队员进来，原有不那么优秀的队员只是上场机会少一点而已。但那次教练做了一个选拔赛后，一下子裁掉了3位老队员。儿子虽然侥幸逃过被裁，但惊吓不小。更有甚者，不知教练从哪儿挖来一位印度裔男孩，技术全面，足球感觉非常好，他很快取而代之成为主力中后卫。儿子则被挪到了右后卫的位置上。熟悉足球的人都知道，中后卫是全队的灵魂，是主导场上布局的，一个好的中后卫通常都是队长。右后卫的责任则小得多。可以想见，那段时间，儿子心里肯定不是滋味。

之后不久，教练又召集全体家长开会，队员们也都列席在场，强调孩子们不要因为训练耽误学习。这个队的副教练是一位小学老师，强调学习估计是他的主意。这在我们很自然，因为从来就没打算让儿子进专业队。而且足球不是加拿大社会的主流体育项目，即便进了也没多大出息的。但对他本人估计还是有所触动。

这样过了一段时间，教练突然被俱乐部安排去带小队了，来了一位新教练。新教练来了之后，马上调整用人方案，比赛时儿子竟然连主力阵容都上不了了。这个变化犹如一剂猛药，把儿子从足球梦中惊醒，他终于把主要注意力转移到了学习上。

反思自己这些年的教子经历，我时常庆幸当年把刚满6岁的他送到足球场上。它的意义不只限于室外全天候训练练就的强健体魄和耐受力，也不只限于与人合作的团队精神的培养，最为重要的还是这项运动把他放到了一个不进则退的竞争环境里。而竞争带来的挫败与羞耻的感觉，对于成长中的孩子是非常重要的体验，比任何来自家长的说教和催促都更有效。加拿大人比较热衷送孩子去各类运动项目，不知是否有这个考虑在里面。

运动场上的胜败是直接的，甚至是残忍的，有时还伴随淘汰，它带来的心理冲击比一次考试失误要强烈得多。同理，倘若获胜，荣誉感和成就感对孩子自信心的养成也更加有效。我注意到运动员的心理素质普遍比较好，不惧竞争，不怕失败，应该就是得益于赛场上的磨炼。这种素质在人生的竞技场上同样重要。

更为重要的是，挫败感和荣誉感可以成为孩子努力进取的动力。在优裕的物质条件下长大的孩子，尤其需要这种动力。为成长中的孩子创造更多遭遇打击与挫败的机会，让他们在独自面对这个充满挑战的世界之前，已经有一颗坚定的、打不败的心。这无疑是每一位负责任的家长为孩子所做的最好的准备。

时光的花朵
SHI GUANG
DE
HUA DUO

第五章

迷迭香

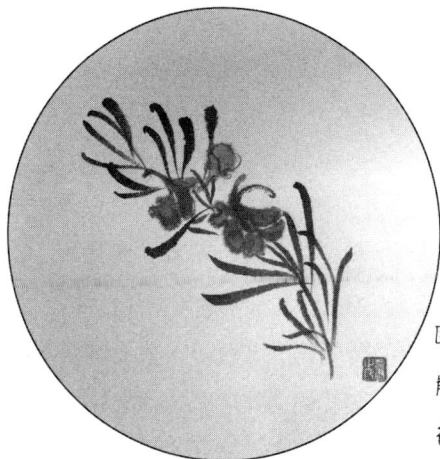

迷迭香原产于欧洲地区和非洲北部地中海沿岸，它的花呈淡淡的紫色，散发着迷人的香气。

人们认为迷迭香能增强人类的记忆力，是怀旧之花。它也被称为海上灯塔，每当船迷路时，水手们就会由它散发的气味来识别位置。《哈姆雷特》里有这样的经典句子："迷迭香，是为了帮助回想，亲爱的，请你牢记在心。"迷迭香是溪水对源头的思念，是岁月隔不断的亲情，是游子对故土无尽的牵挂。

1. 胃的记忆

据说，胃是有记忆的。我对此深信不疑。

哥哥一家在南京定居，如今女儿都已经为人妻母。每次父母去南京看儿子、媳妇、孙女、重孙子，手上都是大包小包的。大姐的女儿在北京安家，去年生了小宝宝，大姐去照料，偶尔回家乡一趟，总是忙着大采购。他们带去的东西，有沙家卤味店的酱牛肉、捆蹄，孙老爹的甜藕，母亲包的粽子，"扬州人"的豆干丝，淮安酱醋食品厂的浦楼牌酱油，等等。姐姐带的东西更多，春卷皮、茨菇、蒲菜，这些都是在北京有钱也买不到的东西。我开玩笑，全世界只有淮安是发达国家，其他都是发展中国家。

母亲告诉我，沙家卤味店的酱牛肉、酱肘子、猪头肉，不光味道好，而且干净，吃得放心，在其他卤味店买的猪头肉，吃了以后要吃生大蒜消毒，在沙家买的就不用。淮安酱醋食品厂的酱油是真正从粮食抽出来的，不是勾兑出来的。由于坚持传统配方，浦楼牌酱油不光淮安人在用，很多外地人都专程来淮安打酱油。孙老爹的甜藕不用糖，用蜂蜜，它的口味别人做不出来。四姐的儿子去美国读书，回来后独馋吃双桥巷的包子。哥哥的女儿回淮安第一件事就是带儿子和老公，去吃王奶奶的糖三角。

在淮安，几乎家家主妇都会烧一手地道的淮扬菜。到亲友家做客，主人系上围裙，在厨房忙活一上午，保管端出一桌子味道纯正的软兜长鱼、蒲菜烧肉、平桥豆腐、鱼汤茶馓。即使餐馆大小不一，这几道菜也永远不会变。淮扬菜独特的口味，让出去闯世界的淮安人，对其他地方的饮食怀有抗拒，他们的胃被能干的外婆惯坏了。

人有五脏六腑，胃不是那个最重要的，但是最感性的。人生数十载，一日三餐的滋养、浸润，胃受地域的影响最大。当地水土孕育的蔬菜、水果，当地湖河出产的鱼虾，当地谷物喂养的家畜，以及凝聚草根饮食智慧的风味小吃，皆最先与胃亲密接触。胃见证了这方水土这方人独特的生活与情感。

身体最重要的器官心脏有时也服从于胃。有人说，拴住了他的胃，就拴住了他的心。这是四两拨千斤的典型。胃用它求实、事无巨细的精神赢得了对心的控制。为什么要用胃来拴住心呢？因为心易变，而胃则比较怀旧，它是有记忆的。

一道菜，一种零食，常常跟某个人、某个场景、某段岁月联系在一起。我爱吃青菜烩油渣，这是困难时期我家的"大菜"。那时肉是稀罕物，父母托人从罐头厂买了大块的猪肥膘熬油之后的油渣，用小青菜烩一下，美味无比。现在这个菜已经绝迹了，也因此更加珍贵。红烧狮子头是我家春节的"保留节目"，因为它是外婆的拿手菜。外婆做的红烧狮子头，用手剁的猪前腿肉，肥瘦成特定比例，嫩酥不烂。时至今日，每当在餐馆吃到这道菜，仍然引发我对外婆的思念，这世上再也没人做出外婆的味道。

每次从加拿大回国探亲，妈妈总不忘煮一锅香喷喷的粽子。

吃着妈妈亲手包的小脚粽子，我总会回忆起小时候。端午节时，妈妈坐在小板凳上在院子里包粽子的情形，那是我最喜欢的时光。妈妈在学校是毕业班的班主任，升学率压力之下非常忙，常常天都黑了才拖着疲惫的身躯回来。晚上和周末，虽然人在家，也通常在备课和改作业。端午节时就不同了，前一天晚上，妈妈就会把去年收好的粽叶拿出来浸泡在木桶里，把糯米洗净泡上。包的那天，把所有备用物品拿到院子里，踏踏实实地包上一个下午。我总爱搬个小板凳，坐在妈妈身边帮忙。包好的粽子要放在大锅里煮一个晚上，满屋都是清香。这些香味伴随着妈妈的味道留在我的胃里，让所有广式肉粽、上海豆沙粽都黯然失色。

有一年夏天，母亲出差，留下从不做饭的父亲带着我们兄妹5个在家，一日三餐马上成了大问题。正逢西红柿上市，菜场堆满了又新鲜又便宜的西红柿，这一定给了父亲灵感。反正那几天家里锅不动，瓢不响，只有一大筐西红柿。我们饿了，渴了，馋了，都是西红柿伺候。现在，每当西红柿上市的季节，我就会想到童年时母亲缺席的那几天，父亲带我们过的"番茄节"。那天读到一篇文章：西红柿，让你白皙美丽，苗条健康。我看后哑然失笑，老爸你太有才了！那时我们才多大呀，就给我们吃美容餐。

在加拿大生活了20多年，我基本上已经把此地认作第二故乡了。但我和老公商量好，退休后回国过。做出这个决定，并不是很容易。因为在这边出生、接受全盘西方式教育的儿子，肯定是要在北美发展、成家立业的。身边不少朋友就打算以后跟着孩子走，在他/她居住的城市买一栋房。可谁让我和老公有一个中国胃呢。这一次，胃又占了上风。

在海外吃不到地道的中国菜，淮扬菜尤其少见。这边的大厨只会做粤菜和川菜，而且是根据老外的口味调整了的粤菜和川菜。我曾经对我国内的朋友说："知道在加拿大最大的痛苦是什么吗？""是什么？"他们瞪大眼睛，期待我说出乡愁、人情淡漠、文化生活匮乏之类的理由。"是吃不到淮扬菜！"我的回答让他们不以为然。

事实上，何止是淮扬菜，家乡让我的胃惦记的东西太多了。比如我每次冒着被加拿大海关没收的风险带回来的浦楼牌枣泥馅苏式月饼、母亲灌的香肠、蜂蜜做的花生糖和黑芝麻糖……这些东西即便在小城的中国杂货店能买到，也是貌似同类实质全非的物种。甚至在货架上看到它们，我的胃都在提醒我已经失去的和正在失去的。

今年回国看望父母，临走前一天，80 岁高龄的老母亲手做了一桌子菜，全部是我最爱吃的，我吃了很多。老公说你不减肥了？我说今天不减肥，我的胃正在储存母爱。

（原载《世界日报》温哥华周刊"华章"专栏 2013.8.23。本文获广西人民出版社主办 2017 年第三届广西网络文学大赛散文类优秀奖）

2. 消逝的宿舍大院

　　城市居民聚集而居，配以围墙，形成院落，谓之居民小区。说起来这小区也是房改之后兴起的，房改之前，那些或大或小、或神秘工整、或拥挤破旧散落在城市各处的，通常被称作宿舍。

　　父亲是中学教师，我是在教师宿舍的大杂院里长大的。院子不大，几处平房，根据教龄，有的分得三间，有的分得两间，紧靠里是一排单间，住着几位单身的年轻老师。砖墙，水泥地面，窗户小且透风，到了梅雨季节，阴湿得很。冬天屋里屋外一样冷，只能靠电热毯、煤炉取暖。院子的中间，有个共用的自来水，早上刷牙洗脸，中午淘米洗菜，周末洗衣洗被，那里都是最热闹的。

　　进门七件事，柴米油盐酱醋茶，有了遮风挡雨之处，首先要考虑的是吃饭问题。单身的老师在房间里支个煤油炉就解决了，拉家带口地过日子比较复杂，所以到了后来，大家陆续在院子里搭了小厨房，院子因此变得越来越小。

　　原有秩序被打乱，难免引起争执。有一位老师家搭建的厨房正对着我家的厨房门，母亲预见到从此她家生煤炉的浓烟将直灌进我家的厨房，指派父亲前去交涉，最终在两个厨房之间留了一个较宽的过道，避免了呛烟之苦。记得当时我家的炉子恰好安置在了一位老师的窗子下。在素有火炉之称的淮安，那炉子无疑是火上浇了一桶油。那位老师找我母亲论理，母亲义正词严：这炉子不放这能放哪儿？你是指望我挎腰上呢还是背在背上？

平房没有洗手间，要去外面公用的蹲坑厕所，很不方便。我们长大离家，只有父母还在原处。经济条件好了一些之后，我们兄妹几个找人为父母的房间装了一个小小的洗手间。谁知下水道恰好从另一户人家的门前经过，那家人极为恼火，说我们欺人太甚。我家姊妹几个于是带上各家的男性公民去为父母助威。有时候应该与不应该真的要看你的双脚站在哪里。

房屋虽然简陋，院子里却都是文化人，老师之声不绝于耳。除了由于争夺资源发生的一些小矛盾，大多数时候彼此还是很关照的。王老爹的孩子都在外地，自己腿脚又不好，几乎成了全院人的照顾对象。换煤气、上医院什么的，左邻右舍顺带着就做了。院子里谁家做了好吃的，全院人跟着闻香味儿，关系好的，还能分得一小碗。

父亲是语文老师，肚子里有不少诸如诸葛亮借东风、霸王逼死乌江口的故事，院子里的孩子总喜欢围着他听他神侃，父亲跟他们也成了忘年交。至今父亲的相册里还保存着一张老照片，父亲和一群孩子站在院子里开心地笑着，正午的阳光在每个人的脸上投下雕刻般的影子。多年后，父亲甚至为这张老照片写了一篇文章，登在当地报纸上，历数照片上每个孩子现在何处，从事何职业，言语之间全是思念。

我儿子一岁多的时候，正逢我博士临近毕业，论文答辩、找工作，忙得焦头烂额，只好把这个精力过剩、麻烦不断的小家伙送到我父母处。小人儿很快成了院子里的小明星，这家吃到那家，吃完哄人家："李奶奶我长大挣钱给你用。"把李奶奶乐得嘴都合不拢。有时候母亲在做饭，没顾上看着他，就听有人叫："快来人啊，小贝出院门啦。"院子外面是一条仅容行人与自行车通过的小巷子，可对一个一岁多的孩子来说也够危险了。儿子在宿舍院子里过了一年，虽说深受蚊虫叮咬之苦，却也收获了满箩筐的爱。

老公的生长在机关宿舍。虽同属宿舍，生态环境却大不同。他们住的是楼房，三室一厅一厨一卫，相对独立。邻居之间客客气气，绝不会为了抢占厨房而发生任何的不愉快。只是那个时候，国家部委的工作人员几乎都要出差，孩子们就交给了留守组。这些群居的孩子吃的是食堂大师傅做的饭菜，听的是老师的训斥。为了消遣，他们一起听音乐、弹吉他、下围棋，也学会了抽烟、喝酒、打群架。由于成长发育期父母亲的缺席，这些孩子的责任心和自制力都明显不足，但可以想见，若没有大院小伙伴们的抱团取暖，这些关爱缺失的孩子会多么孤独可怜。

当年出于无奈送儿子回国请老人带，老公原本希望能去他父母家，因为他父母家的部委大院比起中学的平房大杂院，居住条件要好很多。但被他父母一口回绝了，只好送到我老家父母处。当时我父母刚刚办理了退休手续，正准备接受返聘。其时国家正重视教育，中小学教师开始吃香，有的老师自己开办课后辅导班。儿子的到来，彻底改变了我父母今后几十年的人生轨迹，他们推掉一切，全心全力照顾小外孙。对于这个刚学会走路的男孩子，外公外婆简陋的两间平房就是天堂。我因此懂得，与亲情相比，居住条件真的不算什么。

　　父母 70 岁的时候住进了现代化的楼房，享受家有厨卫、夏有空调、冬有暖气的舒适生活。小区附近多路公交车站，对面有菜场，生活很便利。他们把中学宿舍的那几间平房用很低的价格出租给来城里打工的一对年轻夫妇，过了一把"地主"的瘾。

　　住进小区不久，父母发现楼道楼梯总是脏脏的，很油腻的样子，每到傍晚还有一阵阵怪味直冲鼻腔，但不知从何而来。直到有一天，他们从外面回家时看到楼下停了一辆卖猪头肉及各种熟肉的车子，眼见车的主人进了正对自家楼下的一个单元，他们突然明白：原来那股刺鼻味道来自做猪头肉的第一道工序——烧猪毛。还好过了几年，那户人家搬走了，新搬来的住户无任何商业行为，恢复了住宅应有的宁静。父母在这个小区一住就是 10 年，左邻右舍也认识了不少人，但最常走动的还是原来的老同事。但即便如此，中学的那个大杂院大概也是回不去了。

　　如今，曾经主宰几代人居住舒适度的分配住房制度已彻底成为历史。现存的单位宿舍因年久失修愈加凌乱不堪，住在里面的人也换了一批又一批。一个个设施完善、布局优美的现代化住宅小区成为城市一景。单位宿舍因同事而亲密复杂，住宅小区因陌生人而疏远单纯。从这个意义上说，我们告别的不只是居住模式，更是一种生活方式与人际关系，一个充满温情的时代。作为宿舍大院里走出来的一代，我怀念那逝去的温情。

　　（本文获上海市作家协会主办 2017 年第五届"禾泽都林杯"——"城市、建筑与文化"诗歌散文大赛优秀奖）

3. 大运河　请带我远行

　　今夏从加拿大回国休假，为正在构思的运河文化小说收集素材，恰逢新中国 70 华诞。在家乡，我以寻宝的思路探访了老街巷陌、古城遗迹。让我惊喜的是，都天庙街还在，老屋还在，儿时的打闹声还残留在空气中。它们在大刀阔斧的城市改造中被幸运地保存了下来。

　　小城不大，多水域，有四水穿城：古黄河、里运河、大运河、淮河。著名作家何健明来小城做客，说这个城市的名字三个字都带水，可见水确实多。水是生存命脉，古人习惯依水而居，所以很多南方城市名都带水，但像清江浦这样三个字都带水的确实少见。

　　小城的历史要追溯到明永乐十三年。这一年，为疏浚大运河，重新沟通中国南北水路交通，陈瑄奉朱棣之命开凿沙河故道成清江浦河，导湖水入淮，清江浦城应运傍河而生。

　　京杭大运河是世界上现存最长、最古老的运河，途经浙江、江苏、山东、河北四省及天津、北京两市，贯通海河、黄河、淮河、长江、钱塘江五大水系，现在还在使用。在水为主要交通工具的年代，这条纵跨南北的人工河亦是最高效的运输方式。明永乐迁都北京后，"百官卫士仰需江南"，一船船粟米、食盐从丰饶的江南出发，在大运河上扬帆远航，一路向北，源源不断地供应朝廷和北方各省，这便是兴盛了几百年的漕运。明清两朝，京杭大运河的漕运不只带动了沿途各个城市的发展，还把中国当时的小农经济与皇家经济体系巧妙地融合在一起，成为朝廷税收的重要来源。

因漕运而生的清江浦恰好位居京杭大运河的中段，扼南北要冲，所以朝廷对小城极为倚重。他们在清江浦设置了常盈仓，兴建了国家级别的造船厂，甚至还开了铜元局制作钱币。这之后的600多年，小城人在运河岸边繁衍生息，历经人世沧桑。

迤逦流淌的里运河穿城而过，是小城居民的母亲河，小城人的生活用水全部取自于此。因为是人工河，河面并不宽，站在河边甚至能听到对岸的人在说什么。清同治三年，为抵制太平天国的捻军骚扰，住节清江浦的漕运总督吴棠修筑清河县城于里运河南岸。为了方便城里的人从运河取水，城墙上除了东南西北4个门之外，特意在沿河的北门右侧开了一个水门和两座水关，东西水关之间以文渠相连，还专门雇了12名挑夫，从水巷送水给有需求的人家。由于淘米洗菜洗衣服都在这条河里，吃水要用明矾澄清，所以小城居民家家备有大水缸和明矾。

我生活的年代，已经有了自来水，人们对运河水不是那么依赖了。但于儿时的我，这条家门口的河很神秘，它和楚秀园的南塘、清宴园的荷花池不一样，和废黄河和大口子也不一样。它像一个有历史有使命的人，从很远的地方来，要到很远的地方去。我常常站在运河边，看着它越来越窄，越来越淡，最后消失在天际。对于从未走出过小城的我，它就是我与外面那个未知世界的联系。每当有小船驶过，看到船上的人从船舱里出来倒水，我都会痴痴地想，船上人家的孩子不用上学吗？他们是不是想去哪儿就去哪儿呀？我羡慕他们可以在天地间肆意行走，而不必长时间待在一个地方，面对同样的风景同一群人。河水静静地流过，似乎读懂了我的心思。

若干年后，大运河践行了它对我的承诺，把我从小城带到它的终点——北京。在北京工作的 4 年，帝都以它的博大与包容，成就了我的自信。在这里，我羽翼渐丰，改革开放中期，重新出发，去了海外。如果说清江浦是我生命的根，北京是我人生的福地，大运河便是载我远行的船。

回加时在北京逗留数日，重游故宫。在故宫阔大的广场徜徉，阅读标牌上的介绍时，我赫然得知，故宫是明永乐十四年破土动工的，与清江浦开埠几乎同时！难道冥冥之中，小城人的命运注定要与永乐帝及其为之躬亲的大运河同盛共荣？

几个世纪以来，蜿蜒数千公里的大运河行走在中华大地，见证着朝代变更，见证着这个国家的荣辱兴衰。2014 年，京杭大运河被列入世界遗产名录。如今，这个开凿了京杭大运河的民族，正在以稳健的步伐迈向强盛与繁荣。

（原载《北京晚报》2019.9.7"知味"栏目，《淮安日报》2019.8.30，文化周刊"名城绘"）

4. 人生自古伤别离

　　我出生在苏北的一个小城，懂事以后就很憧憬去南京、北京这样的大城市学习和生活，觉得那样才算是"有出息"。1979年高考，我如愿以偿，被南京大学高分录取，从此开始了一生的漂泊。而伴随着所有这些漂泊的是父亲慈爱的目光。

　　我家是典型的女主内男主外结构。母亲当家，操持家务，亦掌管财政大权，父亲则常被委派去买煤气、打酱油，当然包括送我去外地。无论家境多么贫寒，外面的世界多么险恶，有父亲一路呵护，我便是一个被宠着的孩子，与有钱人家的千金无异。父亲年轻时玉树临风、英俊儒雅，到一个陌生的地方，有父亲在身边提行李，我很自豪，小女孩的虚荣心得到极大满足。

　　由于父亲在我生活中扮演的这个特殊的角色，我和父亲就有了多次的别离。最难忘的一次是在首都机场。那时我被任职的北京某大学公派出国，来加拿大攻读硕士学位。那个机会很难得，其间一波三折，差点被人顶替。通过这件事，我看清了像自己这种既无背景又不善逢迎的人在国内混前途堪忧，初步打算"不归"了。因此，首都机场之别，在当时的我看来，相当于一次生死别离。

为显隆重，父母双双从家乡小城赶来北京。在机场，父母千叮咛万嘱咐，还拍了无数张照片，让我充分体验了一把什么叫"西出阳关无故人"。终于，最后分手的时刻到了，在安检口我含泪向父母道别，然后拎起通过传送带的几件随身行李，有几分悲壮地转身向登机口走去。走了几步，我神差鬼使地回头看了一眼，这一看，让我泪水滂沱。

母亲在抹眼泪。我并不感意外，虽然作为掌控全局的女主人，母亲有时不得不表现强悍，但实际上母亲是很小资的。一个最好的例子是母亲爱哭，而且躲着我们只在父亲面前哭，女人味儿十足。跟母亲相比，性格随和的父亲平素显得有几分懦弱，但这时我看到了什么？父亲正温柔地轻拍母亲的肩背，似在宽慰她，然后他抬起头，追随着我的脚步，不转睛地看过来。那是一种什么眼神啊，不舍、不甘、不放心，那是一种眼看着自己的亲人离去而不能同行的痛苦。那一刻，我突然明白什么是担当，什么是父爱如山。

我向父亲挥挥手，别过脸，擦去脸上的泪水，昂起头向前走去。人总是要长大的，长大了就要离开亲人，这是成长的痛苦，也是成长的幸福，这个道理，我是在首都机场那次告别父母的仪式中懂得的。

如今，父亲已经84岁高龄，母亲也80岁了。父亲80岁时学会了上网，每天通过网络跟我交谈。这几年，我带着丈夫和儿子几乎每年都要回去，我们参加了他们的80寿辰，以及金婚、钻石婚典礼。经历过别离，才会有重逢。重逢时，唯有幸福，没有痛苦。感谢上苍，让我和我的亲人彼此拥有，此生不再孤独。

（原载《侨报》副刊 2013.2.20）

5. 跟妈妈一起忙年

跟妈妈一起忙年像雾中驱车驶向一个心仪已久的地方。起初，虽有隐约的兴奋与憧憬，终究不过就是一个名字和概念。然后，开始置办年货了，晨雾开始消散，年的轮廓逐渐显现出来。待到雾气散得可以看见远处的景物了，真正意义上的"忙"才开始。这个从朦胧到清晰推进的速度和节奏，母亲把握得恰到好处，显示一个大家庭主妇丰富的生活智慧和实战经验。

算起来，忙年这件事是从年前第五天开始的。第一天，去郊区给爷爷奶奶、外公外婆上坟。烧了很多纸钱和纸元宝。这符合中国人"每逢佳节倍思亲"的传统。另一层含义，父母希望爷爷奶奶的在天之灵保佑远离故土的我在外平平安安。

第二天，上午去三姐的工作单位取包子。过年期间家里是不开火的，所以需要蒸大量的包子，不过现在已经很少有人自己做这件事了。三姐工作的单位食堂为员工代蒸包子，有白菜猪肉、马齿菜、萝卜、豆沙等传统馅料。包子取回来之后放在窗外阳台上，利用室外低温保鲜。下午去熟肉店买做凉菜八碟的酱牛肉、捆蹄等。母亲说，这个要早买，因为节前店主就要关店自己回家过年了。

　　第三天，最忙碌也最关键的一天。上午为年菜备料。最先买的是牛肉。这是小区外面的一个临时摊位。做工粗陋的木头架子上挂着一扇扇艳红的牛肉，旁边放着剁肉用的长条桌，两男一女操刀在案前忙活，架势摆得很吓人。据说这里的牛肉最好，很抢手，晚了就买不到了。然后去超市买五花肉，去对面的菜市场买豆腐干、栗子、白果、藕和做杂烩汤的皮肚、鱼丸等。

　　下午，去一家小店铺加工肉馅。去之前把事先买来的山药、葱、姜洗净带去，跟肉一起放进绞肉机绞成肉馅。这些肉馅是做肉丸子用的，加进山药是为了让丸子更加滑嫩。

　　随着那些四处搜罗来的食材一点点在厨房安家，年的味道渐渐浓烈起来。终于，母亲一声令下，年菜的制作正式开始。首先，我们把栗子、白果煮熟，扒掉壳，豆腐干切成方方正正的小丁，五花肉切成方块。煸炒，慢炖，淮扬菜里最重要的一道年菜——樱桃肉（又称甜肉）就做成了。如法炮制，那抢来的牛肉顺利转化成了红烧牛肉。然后，把绞好的肉馅倒进一只大盆里，放盐、生抽、老抽、麻油、鸡蛋，顺时针方向搅动，和匀，用勺子和手做成球状，放在油锅里炸，两面黄色之后沥油盛起，我家的祖传私房菜——肉丸子大功告成。

　　最后做藕夹。藕夹也是淮扬菜的重头年菜。将鲜藕切成薄片夹入肉馅，外裹面粉，油炸而成。整个过程，切藕是个功夫活儿，厚薄程度直接取决于厨师的水平。尤其是，为了保证藕夹的完整性，第二刀还不能切到底。今年这个重要环节母亲恩准由我来主刀，心里美滋滋的。晚上，肉香从慢炖锅溢出，渐渐充盈到整栋屋子。那几天在小区里走，空气中到处弥漫着这种香味儿。这就是所谓的年味儿吗？

接下来就轻松了，睡了一个踏实觉之后，我和母亲遛了一趟弯儿就把花生瓜子、云片糕、橘子、苹果、八宝饭、鞭炮等年货买了。然后和父亲一起在门上贴对联，墙上贴"福"字，屋里屋外打扫停当。

年三十，大队人马开进父母家，平时略显空旷的三居室都有点嫌挤了。妈妈做的年夜饭让所有人大呼过瘾。饭后每人得到一个母亲发放的红包（全部是崭新的钞票哦！成年人是 200 元打麻将零钱基金）。之后，每家一个代表上桌打麻将，其他的嗑瓜子聊天看春晚。子夜，爸爸和哥哥下楼放了第一串鞭炮。

大年初一，早上一起床，爸爸穿着棉毛裤就下楼放了第二串鞭炮。妈妈说，还有一串留着到初五过小年时再放。这天阳光明媚，温暖如春，吃完午饭后和爸妈、四姐一起逛了钵池山公园。大家都去逛庙会了，公园里人不多，有冬日的宁静和闲适。

今年春节，由于我回来，三姐、四姐家，加上从北京赶来的大姐一家，和从南京回来的哥哥和嫂子、侄女一家三口，外甥两口子，十来口人欢聚一堂。这个有着 5 个子女的大家庭虽然远没凑齐，但较以往已算很热闹了。

其实，哪家过年不是如此呢？无非就是谁谁回来了，做了什么好吃的。我不厌其烦地写下来，不过是想把这个感觉重温一下而已。毕竟是缺席了 20 年的春节啊。虽然我知道，80 岁高龄的母亲从前年开始就去哥哥姐姐家过年了，这个年是母亲特意为我忙的。在这个寒冷的季节，她想多给我一点温暖，来抵御他乡的风雪。

6. 我的外婆

小时候，外婆跟我们一起过，所以我们对外婆比对自家的奶奶亲。外婆在亲情方面很霸道，她不喜欢外婆这个称呼，要我们叫她嗯奶，改叫自家的奶奶老奶，爷爷叫老爹，外公也不叫外公，而叫新村老爹，因为外公家的老屋在新村。源丁此，我们对堂表叔伯的称呼混乱，男的全是二爷，女的全是二姨，加上名字做前缀以示区别，有一个甚至被称作眼镜二爷，因他恰好戴了副眼镜。

兄妹 5 个里，大姐跟我们不同姓，只因出生时外婆慈祥地说了一句："孩子你姓大陈吧。"之后很多年，大姐深受其扰，别人都说，你弟弟妹妹都姓章，独你一人姓陈，你不会是领养的吧？三人成虎，时间长了，我们也觉得笑容甜美的大姐不像我们章家人。要不是大姐继承了母亲的"美人肩"，铁定要被我们开除"族籍"了。

外婆娘家是开饭店的，上午卖油条，下午卖包子，家境殷实。曾外公代客买卖，就是从北方收购一些花生、大枣之类的土特产，转手批发给南方的商人。淮安地处南北交界，做这类生意得天独厚。当时小城还有一张姓人家，也做同样营生，但生意远不及外婆家。因为那些南方商人来了之后都要借住几天，那几天就由外婆给客人做饭，那些商人吃得合意了，就都把生意交给他家做。

听母亲讲，外婆年轻时也是一美人儿，跟外公的婚姻纯属媒妁之言。外公跛脚、讷言，师从小城中医，却因为不善言辞行医不能。因为中医三分医术，七分表述，有货道不出是行业大忌。1949年全国解放时，外公在师范学院小卖部谋一闲职，在三尺柜台里终老。外婆心高气傲，不甘嫁给外公这个"木疙瘩"，但自己只是一个缠了小脚的旧式妇女，又能怎样呢？外婆一辈子郁郁寡欢，唯有我们放学回家，一大家子香甜地吃着她用心做出来的饭菜时，脸上才会露出细微的笑容。

外婆非常重男轻女。哥哥是老二，当时家中一男一女已经很好，但外婆觉得"不保险"，一定要母亲再为她多生几个男孩子，谁知直到我这个老五，接连三个都是女孩。生我时，外婆得知又是个丫头，很不高兴，过了两天才去医院，还对襁褓中的我说，我是来看你妈的，不是来看你的。

作为家里唯一的男孩子，外婆对哥哥看管得非常严，生怕有什么闪失。有一次哥哥偷偷跟人跑去游泳，可把外婆吓坏了，回来后罚他跪洗衣板、发毒誓。在我们几个女孩子心目中，哥哥就是家里的大熊猫。还好，父母都是教师，懂得教育心理学，不特别偏袒某一个孩子，我们的童年并没留下什么阴影。其实外婆也只是嘴上那么讲，她对我们几个女孩子照顾得还是很细心的。她为我们全部蓄长发，每天早上赶在上学前梳4个头，编8根长辫子。我们的衣着虽然布料算不上高级，而且不少衣服都是"新老大，旧老二，缝缝补补是老三"，但都洗得干干净净，连补丁都是细细密密精致得很。

事实上，外婆最得意的还是能烧一手道地的淮扬菜。年轻时厨艺就已经为家族带来经济效益的外婆，为家人做饭当然更加尽心尽力。可惜外婆在我家的头几年，正是三年困难时期，整个中国物质匮乏，加上我父母只是普通的中小学教师，孩子又多，收入仅够维持最基本的生存需要。俗语说，巧妇难做无米之炊，那些年，外婆精打细算，把所有的聪明才智都用在了一日三餐上。虽然食材寒酸，外婆却总是一丝不苟，蒸炒溜炸，十八般武艺都用上，把缺油少肉的饭菜，做得有滋有味的。我们的胃因此变得挑剔，对做工粗糙的饭食天然抗拒，因为外婆让我们知道粗茶淡饭和粗制滥造是两个概念。

虽然隔了两代人，我们跟外婆聊天没有任何障碍。她接受新事物能力超强，谈话的时候满嘴的新名词，头脑的反应速度和思想的敏锐度一点不输年轻人。虽然我们都很爱外婆，上天并没有给我们很多共处的时间。我们相继成年之后，外婆得了乳腺癌，手术后又过了七八年，癌细胞扩散，永远离开了我们，去世时只有 60 多岁。

当时我在南大读书，为了不影响我的学习，家里没有告诉我，这成为我心中永远的痛。虽然我来到这个世界上的时候，外婆说她不欢迎我，但因为我天资愚钝，后来外婆最疼的也是我。她到南京来看舅舅时，还跟舅舅一起到南大来看我，我带着他们在南大校园里闲逛，外婆脸上展着舒心的笑容，说："五子要好好读书啊，嗯奶等着你挣钱把我用呢。"小的时候，外婆一对我好了，我就说长大挣钱给嗯奶花，看得出来外婆最喜欢听这句话了。

　　毕业后我被分配去北京工作，妈妈说要是嗯奶活到今天不知道有多高兴呢，她一辈子最想去的地方就是北京，听后我泪流满面。现在写到这里，依然不能自持。亲爱的嗯奶，你要是多活几年，五子不光带你去北京，还要带你来加拿大看看呢。你在天堂还好吧？五子想你了。

7. 父亲的书房

父亲是个爱读书的人，对各种文学历史类书籍尤为偏爱。这些阅读不只丰富了他的语文课，也成就了我们兄妹5个对文学的终身爱好。如今，年逾80的老父亲依然没有放弃阅读，除了每天的淮海晚报，好书也不轻易放过。前不久我去延安旅游，顺道拜访了路遥故居，带回一套《平凡的岁月》，第二天发现父亲戴着老花镜已经"先睹为快"了。

父亲不光阅读，也写作。20年前去了一趟加拿大，异国的风土人情点燃了他创作的热情，从此一发不可收拾。从加拿大小镇的路边洗衣房，到迪尼斯乐园的快乐之旅，全部成为他笔下的"天方夜谭"。回国后，他又将目光转向民间，从倡导邻里和谐的"不见当年秦始皇"到淮安地标的"奶奶庙的传说"，字里行间闪烁着智慧的光芒。

前不久看到一篇有关文人书房的文章，说自古对读书人而言，尤其对于作家而言，人生的一半在看书，另一半在写书，书房是面子也是里子，可以出世也可以入世，算是人生中非常特别的地方。我突然想到，不知有多年阅读写作习惯的父亲是否想到过拥有一间像样的书房。

父亲读书、写作的地方，就是靠窗安置的一张小小的书桌。书桌的一部分也被书占据，只留出中间一小块空间勉强放得下一个笔记本或条纹纸。书桌旁一个不大的书架上堆满了各类新旧书籍，成摞的旧报纸没有地方放，只能堆在墙角。严格说，这个房间不能算作书房，因为房间的主要空间被一张双人床占据，说它是卧室更贴切。

其实父亲完全有条件拥有一间像样的书房。父母的住处是一套宽敞的三居室，除主卧室之外，还有两个房间。按照普通人家的格局，一间可作客房，另一间可作书房。但在父母家里，两间房都是客房。父亲的书房是由位于一间房的书桌和位于另一间房的电脑桌拼凑而成。父亲80岁高龄的时候学会了用电脑和上网。现在每天父亲都要上网上浏览一下新闻，电脑也是父亲阅读的工具。

那么父母亲为什么要这么安排呢？我猜测这与父母的"房子情结"有关。

父亲家的祖居是在淮安北门西后街一处两进的瓦房，日军来了之后烧杀抢掠，一小时之内那一片住宅成为一片火海。日本人的飞机又炸掉了我家祖上开的当铺，章家从此沦为无产者。这也是父亲一生与房子恩恩怨怨的缘起。

爷爷10岁丧父，太奶奶带着爷爷和两个弟弟艰难度日，最小的弟弟才3岁。当时爷爷可以去上洋学堂，管饭不收学费，可是这样妈妈和两个弟弟怎么办呢？爷爷最后决定不求人凭本事生活，他到太奶奶的娘家魏家去学徒，一个只有10岁的孩子从此挑起了养家的重担。爷爷学徒时写得一手漂亮的毛笔字，他写的当票得到很多人的称赞，还学会了整理衣服，叠的衣服能摞得很高像刀削的一样而不倒。

到了父亲这一辈，为了供父亲读书，爷爷带着叔叔常年在外跑单帮，做小生意维持一家人的生活。初中毕业后，父亲读了不需交学费还有补助的师范学校，解放时，只有 16 岁就当上了小学教师，后来又听从组织安排做了中学的语文教师。那时中小学教师待遇很差，加上父亲不会逢迎，每次分房都轮不上。之后的很多年，大杂院里的两间平房住着一家老小七八个人。小的时候我们睡大通铺，大了之后，陆续离家。但每次下乡或者外地上学的孩子回来，还会遇到没房住的尴尬。这时父亲就央求暑期回家的单身老师把宿舍钥匙留给他让我们暂住几天。姐姐们结婚没有房子，父母把自己住的两间房腾出来，自己借别人的空房子住。父亲一辈子认真教书，却没有为自己和家人挣得一套像样的住房，这成为父亲的一块心病。

二老退休后，由父亲的哥哥出资，加上父母多年的积蓄，购得这一套三居室的宽敞住房。父母终于舒心了。为了我们回去看他们时能一家人住在一起，除了自己的主卧，另两间全部当作客房。客房的衣柜里放着我们留在那里的衣服，床上被褥松软整洁，每件物品都是母亲的思念。母亲自豪地说："现在我们可以同时接待你们两个小家。"尽管这样的机会并不多。南京的哥哥和嫂子在帮女儿照顾外孙，只有国庆节、春节那样的长假才回来看望他们。我们这个小家的成员每年也只回国一两次。

有人说书房是个比卧室还要暴露自我的地方，放眼望去都是你的品位，抬手一摸全是你的心头好。从父亲一分为二的书房，我们感受到的唯有老父母对儿女浓浓的爱意。

8. 老父母的剩余时光

　　"五子，昨天我们学校体检，和老同事相聚，魏老师一高兴就请大家吃饭。二十几人一大桌，你爸也去了，很开心。魏老师小女儿已50多岁，也退休了，昨天跑来跑去地帮忙。我很感动，想认她为六子，人家妈妈还不愿意呢。一笑而已，妈真的想你了，没法子！"

　　这是母亲在用微信跟我的"私聊"。自去年开始，母亲把我们的名字"数字化"了，直接按出生顺序排名，省却许多烦恼。母亲今年87岁，"忘性"特别大，刚收好的东西，转头就忘，似乎整天都在找东西。父亲90有2，耳朵比较背，又患有糖尿病，时常大脑缺氧，一沾沙发就开始打瞌睡，午觉能美美地睡到下午三四点。

　　母亲性格要强，一生不喜求人，所以至今两人仍住在几十年前购置的"老巢"里，生活自理，连保姆都没雇。每天一大早，两人挽扶着去对面的菜市场买菜，开始忙碌的一天。早饭前和晚饭前，母亲要定时为父亲注射胰岛素，照料他吃完各种药，再吃自己的那一份。眼见两人年龄愈来愈大，照顾自己渐显吃力，哥哥、姐姐多次邀他们去自己家里同住，母亲只是笑笑："还没七老八十呢，等哪天动不了了再去你们家不晚。"全然忘了自己已是年近 90 高龄的老人。

哥哥、姐姐知道，母亲这是不愿成为儿女的累赘。好在父亲虽说瞌睡虫附体，腿脚尚好，走起路来腰板挺直，步伐坚定。母亲有段时间膝关节疼痛，吃了我带回去的氨糖，竟然恢复得不错，估摸着老人离动不了应该还有些时日。

老父母衣食无忧，身体亦无大碍，唯一美中不足的就是想孩子。5 个子女，皆聚少离多。老大在北京帮女儿带外孙，老二已在南京定居多年，目前虽然退休了，也要照看小外孙，只有节假日才能回去看他们。老三的儿子在美国，一年中有半年去美国带孙子。仅剩老四一家原地坚守，可老四是个摄影发烧友，时不时来个说走就走的旅行，也是神龙见首不见尾。

为排遣寂寞，父母每天上午去老年大学蹭学上（他们早过了老年大学年龄上限，被校方劝退多次了），下午没地方去，只得待在家里。有一次，二子没打招呼直接回来，想给二老一个惊喜。发现家里连灯都没开，两位老人坐在黑暗中，一个问："四子这回去哪儿玩了？"另一个答："这回去的远了，说是去贵州拍梯田呢，怎么也得十天半个月才能回来。""唉，一个个都忙啊。"父亲发出长长的一声叹息。突然，客厅一片光明，儿子从天而降，两人喜出望外，老泪纵横。

一日，二哥接到老父电话，告诉他："你妈病了，躺床上起不来了，家里连个端汤喂药的人都没有，饭都吃不上了。"哥哥连忙坐上最近的一班长途车从南京赶回淮安。三姐也已到了，正在做饭，估计也是父亲一通电话叫回来的。老爷子一改往日的儒雅风度，脸涨得通红，大吼："生了 5 个匣子（家乡话，孩子），有事了一个都看不见!"哥哥好言哄劝:"不急不急,只要你们一声召唤,我立马就到。您就告诉我,到底希望我们怎么做您二老才满意。"父亲蛮不讲理地说:"我这一辈子就你这一个儿子,你必须回来陪我。4个女儿最贴心,也要陪在左右,要早晚都能看见。总之,5个孩子一个也不能少。"一句话把哥哥噎得半晌无语:"老爸您这是要求我们像古人一样'父母在,不远游'啊!可古人不还有'游必有方'嘛?"

我是家中老幺,远在加拿大,还没退休,不说不可能整日守在父母身边,就连回去看望他们都要提前规划,长途跋涉一番。从这个意义上说,我是最不孝的一个。这些年,我尽可能把年休假全部用在回国,每年回去两到三次,每次三到四周。父母也习惯了,每到春暖花开、秋雁南飞的季节,达美航空就会把小女儿带回来。我回去是休假状态,可以全天陪吃陪聊陪逛,是最让父母满意的陪伴模式。

天有不测,庚子年的一场疫情,让这一切戛然而止。

这就是为什么母亲微信里说她想我了。自去秋一别,已经整整一年,我和父母被禁锢在太平洋两岸,隔海相望,这样的日子还要持续多久,无人知晓。深秋已至,落叶飘零,自然界正在进入冬藏,我对父母的思念也与日俱增,怀念往日与父母在一起围炉夜话的时光,那些故人、旧事、老话题。

"吴阿姨,就是小欣的妈妈,你还记得吗?"我们的谈话常常以这样的问话开头,然后我就很认真地想一下,说:"记得啊,小欣现在怎样了?""退休了,在上海带孙子呢。吴阿姨年初去世了。"这里的吴阿姨可以是李阿姨、赵阿姨,但结束的句式不会变。母亲还告诉我,过去父亲每周三下午都去医院看望他的老朋友王老师，今年王老师因为搬回家住，夏天嫌热吹空调竟一病不起去世了。每次听到这些，我都会心口发紧：死亡的阴影竟如此深重地笼罩着父母亲的生活，侵蚀着他们原本安逸、闲适的晚年。眼见身边的老同事甚至过去的学生一个个离世，自己的子女都在忙各自的下一代，老父母怎会不心有戚戚焉？他们就像登上山顶的旅人，一览众山小的同时，不得不品尝孤独的滋味儿。

在国内时，每次陪父母上街过马路，都是步步惊心。老人走路慢，走到路中央，交通灯已经变色了。好不容易上了慢车道，又有不受交通灯控制的电瓶车疾驶而过，稍不留意就可能被撞到。去年，父母无比痛心地告诉我们，信和财富卷款潜逃，他们辛苦积攒了一辈子的养老钱被骗了。我们不知道是该责怪他们太轻信，还是谴责骗子太残忍。就像哥哥姐姐反复告诫很多保健品都是骗人的，他们依然经不住营销人员的花言巧语，把成箱的保健品买回家一样，我的老父母，他们真的已经不适应这个时代了。

有一次，午睡起来，父母心情好，跟我说起他们儿时，各家带着小木凳去上学。放学时，孩子们只需按照家的位置排成东、南、西、北4条长队，由路长领着，唱着"放学歌"回家。到了自家门口的孩子，对路长说一句"同学再见"，敬个礼离开队伍。一长队的孩子就这样反复地唱着《放学歌》，直到住得最远的一个孩子到家。我问，放学歌还记得吗？两人异口同声，记得！然后像孩子一样唱给我听："功课完毕要回家去，先生同学暂分手，Goodbye，Goodbye，大家齐说一声再会。"

我不禁泪目。那个唱着《放学歌》的少年已经老迈，那个街上跑着黄包车、孩子排着队就可以自己回家的时代已经结束，那个属于我父母亲的时代真的已经结束了。我的老父母，他们只能在那个时代的记忆里，孤独地打发剩余的时光。

9. 听妈妈讲那过去的事情

　　每当独自开车行驶在人烟稀少的乡村公路上，总有一支歌从记忆深处飘出。舒缓、抒情的旋律，诗一般的歌词，强烈的画面感，柔美的女声，把我带回很多年前的那个夜晚……

　　那时我们还住在一中宿舍里，父亲在这所中学任教。小城的夏天很热，那是一种完全不同于北方的闷热，直到天黑都不会退去。简陋的平房隔热很差，更没有空调，屋里屋外一般热。我们因此几乎每天晚上都要搬着小板凳到操场上去乘凉，直到半夜暑气散尽再回屋睡觉。

　　乘凉的时候，操场上，调皮的孩子三五成群追逐打闹，也是一景。我们兄妹5个习惯围着妈妈坐。有一天，妈妈给我们唱了一首歌，这就是后来很多年一直萦绕在我脑子里的《听妈妈讲那过去的事情》。记得当时天已经完全黑下来了，有些乘凉的人已经走了，空旷的操场上凉风习习，月亮圆圆的，很亮，真的就像歌里说的"月亮在白莲花般的云朵里穿行"，我们安静地坐在母亲身边，听着母亲轻声吟唱，沉浸在歌曲"我们坐在高高的谷堆旁边，听妈妈讲那过去的事情"的意境里，分不清哪个是音乐的世界，哪个是现实的世界，哪个是歌里的妈妈，哪个是生活中的妈妈，似乎歌里的妈妈受的苦就是我们的妈妈受过的苦。当妈妈唱到"那时候，妈妈没有土地，全部生活都在两只手上，汗水流在地主火热的田野里，妈妈却吃着野菜和谷糠。冬天的风雪狼一般嚎叫，妈妈却穿着破烂的单衣裳。她去给地主缝一件狐皮长袄，又冷又饿，跌倒在雪地上"时，我们难过地哭了起来。这首歌，给我们幼小的心灵播下了同情弱者的种子。

妈妈是小学语文老师，我那时就在她班上，她是我的班主任，曾经组织全班同学对我挑食的毛病批评帮助，所以我有点怕她。妈妈做事认真，气场大，能降得住调皮的学生，所以其他老师教不了的学生都转到妈妈班上让妈妈管，教育局来考察的公开课也由妈妈来上。但是那天晚上，妈妈在我的眼中完全没有了班主任的凶神恶煞的形象，她的声音那么轻柔，圆圆的脸庞在月光下那么好看，那个场景永远留在了我的记忆里。

很多年以后，已散落在各地的我们齐聚在家乡给父母做寿，谈起儿时的趣事，竟不约而同地提起那个夏天的夜晚，母亲教我们唱的那首《听妈妈讲那过去的事情》，我这才知道，这首歌，还是我们五兄妹心底共同的歌呢。再一想，这似乎也是母亲这辈子给我们唱过的唯一的一支歌，那么，她为什么要教我们唱这首歌呢？

母亲是这么回答的：主要原因是当时流行这首歌，全国都在唱，进行革命传统教育。留在我们记忆里的，这样一个浪漫的、充满小资情调的夜晚，原来竟是母亲大人在对我们进行革命传统教育。我彻底无语。

10. 与母亲朝夕相伴的日子

偶然得知我们有个工作福利：员工在他一生的职场生涯中有一次停薪留职一年的机会。想到这许多年每次回国都是来去匆匆，相见时难别亦难，如今父母已是 80 多岁的高龄老人，时日无多，何不用此机会回家踏踏实实地跟父母一起过一段时间呢。

虽说有一年假期，但加拿大的小家也要兼顾，我便把 12 个月分成 4 份，两边轮流住。得知会有整整三个月的时间与他们朝夕相处，母亲非常高兴，到家第二天便不客气地将我一天的时间按照他们的日程安排做了分割。

上午，他们去老年大学舞厅跳舞，散场后直接去附近的老年助餐厅吃午饭。我被要求横穿整个小城与他们共进午餐。每次我喘着粗气赶到的时候，都看到母亲在外面焦急地顾盼。那时才 11 点不到，餐厅刚刚开门。见到我，母亲脸上露出孩童般的惊喜："猜你快到了，怕你找不到我们。"这个餐厅并不大，站在门口一览无余，如何能找不到，母亲只不过是希望早点见到我罢了。餐厅里都是像父母这样的老人，图这里的菜少油腻，价格厚道，又有免费的汤和米饭，还有充值 1000 元送 200 元的优惠。

父亲守着他们抢占的桌子，两只椅子上放着购物袋占座。桌上已经摆好了筷子、汤勺以及几只打包剩菜用的饭盒。见我到了，父亲起身去盛米饭，我和母亲去打菜。"你想吃什么就拿什么。"母亲吩咐道。她自己挑的则都是父亲爱吃的菜："你爸爱吃海带烧肉，烧茄子、西红柿炒鸡蛋他也爱吃。"母亲的心里只有父亲，一辈子都是这样。父亲只是一个普通的中学语文教师，而且因为说话太直，不受领导待见，人生并不得意。但在母亲心中，他就是一家之主，照顾好父亲是她的人生责任。

"妈妈，拿一个你爱吃的菜吧，这个带鱼看上去不错。"母亲不置可否，我自顾拿起来放在托盘里。我知道母亲爱吃鱼，儿时，母亲被开饭店的舅舅喂吃了太多肥肉，伤了胃口，从此戒了猪肉。偏偏父亲家境贫寒，年幼时鱼虾从不上门，所以他只爱吃肥厚的"大肉"。起初，每过一段时间母亲会买一条活黄鱼，兼顾一下自己的喜好，后来见父亲一口都不吃，也就不买了，只是换着花样做红烧肉，茨菇烧肉、海带烧肉、金针菜烧肉、樱桃肉，几天不重样儿。我心里暗暗拿定了主意，至少我在家的这段时间，每天午饭要为母亲加一道非鱼即虾的河鲜。

有一次，我特意早去了 10 分钟，看到父母在街对面下了公交车，往这边走来。母亲走在前面，父亲拎着从不离身的手提包相跟着。这些年，母亲的背驼得厉害，父亲走路也越来越拖沓了。两个亦步亦趋、顶着一头白发的老人在熙攘拥挤的人流中格外显眼。我鼻子一酸，眼泪夺眶而出。

下午没有特别的安排。午觉起来，我冲泡三杯咖啡，母亲拿出她认为比较高档的小零食，我们就坐在客厅随意聊天。大部分时间，只需我一个简单的问话，父母回忆的闸门就打开了。母亲讲起她的童年。那时淮安这个地方是南北交通枢纽，京杭大运河穿城而过，南北货商在这里完成交易，外公家就是靠代客买卖为生。母亲当时还小，但聪明伶俐，做事又认真，虽才 10 来岁，就已经帮着大人管账记账了。商人们带来大笔款项都放心地交给母亲保管："喏，点清爽收好啦。"

得益于儿时的历练，母亲精明能干，能讲会道。19 岁嫁给父亲后，就开始当家。之后的很多年，她冬棉夏单，一日三餐，把一个有着 5 个孩子的大家庭操持得井井有条。母亲做的菜得外婆真传，全家人都爱吃。逢年过节更不马虎。春节的年夜饭，八碗八碟，四冷四热，提前半个月就开始拟菜单，备料。端午节前一天，下午泡糯米包粽子，然后小火煨煮一整夜。中秋节，母亲一定要亲自去酱醋食品厂买刚出炉的苏式月饼。寻常的日子充满了烟火味儿和仪式感。

暑假，母亲从未真正休过一天，那是她为一家人准备棉衣的时间。经济拮据，有时我们不得不穿看不出什么颜色的回纺布棉衣棉裤，但都拾掇松软整洁，没人会低看。母亲对家的爱，就在这一粥一饭、一针一线里。

在所任职的小学，母亲也是挑大梁的角色。她做事一丝不苟，又有气场，镇得住学生，一直是毕业班的班主任。小升初，能有多少进重点中学，关系学校声誉，母亲肩上的担子有多重可想而知。所以每天放学后，母亲都是天快黑了才匆匆进家门。教育局来人，也都是听她的课。父亲笑称她是"能豆子"，是校长的左膀右臂。

母亲用这样的方式教会我们如何为人妻母，怎样兼顾事业和家庭。

在家的那段时间，有时候下午父亲外出看望老同事，我和母亲便去逛商场。父亲像天下所有男人一样，固执地限制女人花钱。虽然父亲的工资一分不少地上交，母亲掌管着财政大权，但每次为自己添置衣饰鞋帽，她都要先征得父亲的同意。所以我在家时，总伺机甩开父亲，带着母亲去买买买。如果正碰上有展销，就去逛展销会。我挽着母亲，走在人群里，闲闲地聊着家长里短。看到入眼的款式，互相帮着试穿，拿主意。那个时候，我觉得，母亲就是我的一个闺密。

有一次，我们去看漆器展销，各种精美的漆绘家具华丽典雅，精美绝伦。我见母亲从心底里喜欢的样子，就对她说，若喜欢，不如买一件回去吧。母亲说，倒也不是买不起，只是房子和家里的其他摆设跟它不配。我听了感觉有点意外。人生在世，明，是一种透过表象看清本质的能力。国有明君，亲贤臣远小人，是万民之幸，人有自知之明亦可避免诸多烦恼。母亲不过是一名普通的小学教师，看事物却有这样的眼光，由不得人不佩服。

一家人外出吃饭，路上哥哥总会陪在父亲身边，我则喜欢挽着母亲。我和母亲身高相当，很容易步伐一致。有一次，丈夫在后面叫道："这两人，一看就是母女！"大家都说，真的很像耶。母亲胖胖的，长着溜溜的美人肩，细腰宽胯。兄妹5个，哥姐们都遗传了父亲的长胳膊长腿，只有我随了母亲，属易胖体型。虽说要不懈地为减肥而战，我还是挺高兴自己遗传了母亲做事认真、好学不倦的基因。

这段难得的与父母同吃同住同玩的时光已成为我心底最珍贵、最柔软的记忆。我甚至认为，这之后，我才担得起"女儿"

这个称呼，因为我真正认识母亲是从这时开始的。这 6 个月里，我们母女围炉夜话，促膝长谈。母亲还教我做我最爱吃的几道淮扬菜，让异乡的日子多点家的味道。我与母亲已成为不折不扣的知己，母亲给予我的温暖，足以抵御一生的严寒。

转眼两年过去。今年春节前夕，母亲得了阿尔茨海默症，我却被新冠病毒困在加拿大，不能去看她。每当夜深人静，我一遍遍查看母亲清醒时发给我的微信，眼前回放和母亲在一起的每一个场景，每一段对话，泪水滂沱，不能自持。

现在即便疫情缓解，我又回到了母亲身边，她也不一定能认出我了，那些亲密的时光也不可复制了。我多么希望那一年我一天都不少地陪伴母亲，给她带来多一些快乐。想到这些，便有无边的哀伤涌上心头，将我彻底淹没。

（本文于 2021 年 5 月获加拿大华人联合总会组织的"华联杯"母亲节全球征文大赛佳作奖）

11. 从赛珍珠到钟路得

　　在我的考古历史小说《玉琮迷踪》中，有一个名为麦秸的人物。她是加拿大传教士的女儿，在中国出生并度过了少年时代，母语为中文。中国的抗日战争爆发后，传教士迫于战事不得已携全家返回加拿大安省。回加之后，麦秸和哥哥杰瑞无时不思念他们的中国保姆。在她后来获得福克纳小说奖的《中国姆娘》一书的序言里，麦秸这样写道：

　　姆娘是我家的保姆，但我们习惯叫她姆娘，因为在我们心里，她就是我们的家人。我和哥哥都是姆娘带大的，姆娘几乎就是我们的另一位妈妈。姆娘虽然只是良渚乡下的一位普通妇女，但她识文断字，懂得的道理一点也不比我做牧师的爹地少。生活知识就更加丰富了，很多时候连我的爸爸妈妈都要向她请教。姆娘像当时中国的大多数妇女一样，裹小脚，但走起路来却如风吹过，我们跑着都未必能追得上。听妈咪说，姆娘是大户人家的女儿，嫁的也是有田有地的好人家。后来夫家不幸惹上了一场官司，家道中落。为了补贴家用，姆娘不得已来我家做保姆。

　　姆娘来了之后，每天的三顿饭都由姆娘做给我们吃。姆娘熬的小米粥，姆娘蒸的蜂糖糕，姆娘做的青团，无一不是我的最爱。每次我都要吃到撑。姆娘还会做非常好吃的杭帮菜。她用山里的竹笋煮咸肉，用地里挖的荠菜包饺子，还用我家后院种的韭菜包春卷，每一样都鲜美无比。姆娘跟我说过，在娘家当小姐的时候，家里的饭都有佣人做，她一点都不会。嫁了人，夫家败落了，不得已学会了做饭。学会了做饭才知道，一个女人一定要会做饭，才算合格的女人。厨房的温度就是家的温度，女人对家的爱全在一饭一汤里。我爱上厨艺，就是受姆娘的影响，一招一式，全都是姆娘教的。

原本以为姆娘会跟我们在一起直到老去，那时候我们就可以照顾她了。没想到我8岁的时候，中国发生了战争，我们一家不得已回到了加拿大，姆娘不放心她的儿子和祖屋，执意不肯离开。那一别，就是几十年。时间并没有冲淡有关姆娘的记忆，反让我对她的思念愈加深切。我想，提起笔，写下我心里的姆娘，大概是救自己于这种思念的唯一办法吧……

当我把这本书的初稿发给浙江文艺出版社邱建国主编，他一眼看出来："这个麦秸是赛珍珠吧?"事实上，书中的麦秸可说是赛珍珠和钟路得的合体，虽然所处的时代不同，这两位非凡的女性都与我的家乡清江浦有着很深的渊源。

1892年6月26日，赛珍珠在美国出生，3个月大时跟随父母来到中国。她的父亲赛兆祥（Absalom Sydenstricker）是美南长老会派往江苏一带的传教士，当时正在苏北运河名城清江浦（现在的淮安市清江浦区）传教，所以清江浦是赛珍珠落地中国的第一站。两年之后，赛珍珠随父母辗转到宿迁和镇江，并在镇江长大成人，直到1910年回美读书。赛珍珠大学毕业后又回到中国，之后在中国生活了近40年。

赛珍珠在清江浦度过了人生最初的两年时光，虽然短暂却是至关重要的学说话学走路的时期。据说赛珍珠流利的中国话里带着浓浓的苏北口音，我常常想，不知那是否就是淮安腔呢。这么小的孩子应该还没有开始记事，但赛珍珠并没有因此忽略清江浦，她在《我的中国世界》一书中这样写道："清江浦靠近京杭大运河，是一个足有德克萨斯州那么大的地方，对于父亲来说，是个千载难逢的机会，他很兴奋……"

清江浦人对赛珍珠的怀念更多也是源于她的父亲赛兆祥。赛兆祥 1887 年就和林嘉善（Edgar Woods）一起经镇江渡江北上，抵达京杭大运河畔的商业重镇清江浦。他们开创的美南长老会江北教区，后来扩展到了宿迁、淮安（今楚州区）。

清朝末年的中国人还很保守排外，大都带着怀疑敌对的目光注视这些闯入他们国家的"另类"。赛兆祥身材高大，红头发，蓝眼睛，一副典型的"洋鬼子"长相，街头布道时常遭人放狗来咬。很多时候，赛兆祥像一个斗士，凭着对宗教的热忱和勇气坚持用他认为最有效的传教方式，从事着他认为最神圣的事业。最终以"待人以诚，爱人如己，救人之急，解人之危"的行事风格获得了乡民的信任和爱戴。

30 年之后，赛兆祥在清江浦创办的宣教事业已经传到了钟爱华（Lemuel Nelson Bell）手上。此时，林嘉善医生已经在清江浦开创了医疗宣教事工。1916 年 12 月，22 岁的钟爱华携爱妻从西雅图来到清江浦，成为淮安仁慈医院第三任院长。

1920 年 6 月 10 日，钟爱华的二女儿钟路得（Ruth McCue Bell）在清江浦出生。同为传教士女儿的钟路得，跟赛珍珠一样，在一位中国保姆的照顾下长大，对中国人民怀有深厚的感情。不同的是，钟路得在清江浦整整生活了 17 年才回美国读大学，讲一口地道的"淮普"，自称"淮阴的女儿"。当地人亲热地叫她"钟二姐"。

受父亲影响，钟路得的文字表达能力也相当强。在写给爷爷奶奶的信中，她生动地讲述一家人在清江浦的生活："整个夏天，游泳池给我们带来了巨大的乐趣。在游泳池里，我学会了跳水、浮游、水下翻筋斗，和所有鸭子能做的事情。我们现在拥有你能见到的最好看的布偶小屋。我们还有好多宠物。医院的厨房里有很多鸟，我们常逗它们玩⋯⋯"

今天的我们很难想象，清末民初在中国大地上活跃着多少像赛兆祥、钟爱华这样的传教士，他们在信仰的感召下，满怀悲悯，救死扶伤，跟中国底层民众结下了深厚的情谊。这种情谊又通过他们在中国长大的儿女完成了代际相传。在清江浦，原鸡笼巷美国基督教南方长老会福音堂和仁慈医院办公楼还完好保存着。今年正值赛珍珠诞辰 130 年，小城在淮安书房设立了赛珍珠纪念馆。清江浦人永远记得离乱岁月里福音堂救治了多少穷苦百姓，"黑热病"流行期间，钟爱华带领他的仁慈医院挽回了多少人的生命。它们是中美两国民间友好的见证。

在我的小说中，精通中英双语的麦秸最终成为把中国的文学作品推向世界的汉学家。事实上，赛珍珠、钟路得们所起的作用并不限于此。她们是不同文化彼此理解与尊重的巨大力量。赛珍珠是第一位向西方世界客观介绍中国的作家。她通过《大地》把有血有肉、充满人性的中国人展示在美国读者面前，让他们看到了中国农民的苦难。她的后半生一直在为消除不同种族与文化上的无知、偏见和歧视而奔走呼号。钟路得后来嫁给著名的宗教领袖葛培理（Billy Graham），成为他身后的女人，走上一条跟赛珍珠完全不同的路。2008 年四川汶川大地震发生时，钟路得与葛培理之子葛福临（Franklin Graham）恰好在中国访问，闻讯第二天便向震区捐款 30 万美元，10 天后又组织价值 100 万美元的救援物资运往成都。她们用各自不同的方式报答给予她们温暖的中国人民。

当今国际社会严重撕裂，这种超越种族的人文关怀，文明之间的相互致敬显得尤为珍贵。

12. 路得的清江浦

"整个夏天，游泳池给我们带来了巨大的乐趣。在游泳池里，我学会了跳水、浮游、水下翻筋斗，和所有鸭子能做的事情。"路得在给爷爷奶奶的信中写道。

这是 1929 年的秋天，路得和父母刚刚从美国回到他们在清江浦的家中。前段时间因为中国各地战火不断，西方国家纷纷要中国境内的本国居民撤离，钟爱华（Lemuel Nelson Bell）一家只好回休斯敦待了半年多。现在，中国大门一打开，钟爱华就拖儿带女迫不及待地回到了清江浦。这一年，路得只有 9 岁。一个 9 岁的孩子就能如此得体自如地表达，长大是不是就可以吃作家饭了。

钟路得（Ruth Bell Graham），淮安仁慈医院第三任院长钟爱华的二女儿，当地人亲热地叫她"钟二姐"。我有点怀疑这个称呼的准确性，按我们中国人的语言习惯，应该叫"钟二小姐"才对吧？在美国，钟路得的身份定位是著名宗教领袖葛培理（Billy Graham）的太太。葛培理是一位风靡全美的布道人，白宫主人的心灵导师，在民众中的威望远在总统之上。路得因此成为他身后的女人。虽然两人在惠顿学院相遇时，很难预料各自未来的走向，这个结局多少让我惋惜。如果当年没与成功人士葛培理结婚，而是嫁了个渣男，路得说不定就是第二个赛珍珠，诺贝尔文学奖的得主。她的小说中或许没有王龙，写写曹大夫、王奶奶总是不会错的。

因为是在清江浦出生，并在这里长到 17 岁，路得讲一口"淮普"，她是先学淮安话，然后才学英语的，所以淮安话是她的母语。有一次，钟家人乘船去牯岭度假。在船上，乘客要穿过狭窄的甲板，而他们的船舱正好在过道上。于是一整天，不断有人透过窗户窥探里面奇怪的外国人，嘴里还大声议论着："天哪，看他们的脚有多大！天哪，他们的鼻子也够大的！"路得和罗莎听了直乐："哈哈，他们都不知道我们其实听得懂中国话的。"

儿时的路得是一个顽皮、快乐的孩子，她的心里装着满满的爱，从不吝惜分发出去，哪怕对方只是一只小动物。她和姐姐罗莎养了鸽子、喜鹊和一对金丝鸟，还为它们造了舒适的小窝。医院的员工都摸透她的脾性了，食堂买了鸭子改善伙食，宰杀之前先送了一只过去。护士出去散步，看到小乌龟也捉回来供她们爱。

但是，路得最上心的宠物还是塔宝贝（Tar Baby，路得把它叫作 T. B）。这其实就是一只黑色的杂种狗，但在路得看来，它完美无缺。遗憾的是，这只狗并不像它的主人那么友好，总爱追着中国人叫。它最大的乐趣是咬住裹脚女人的裹脚布，然后把人家拽倒。路得姐妹一天要跑出去好几次"救人"。后来塔宝贝对人越来越危险，搞得钟家很为难。留着它是个祸害，送给别人吧，又怕它会遭到虐待。最后，钟爱华决定让它提前去见上帝，用麻醉剂对它实施了安乐死。

这件事对路得打击很大。多年后，她回忆说，孩子和大人看事情的角度是不同的，塔宝贝的死让我经历了有生以来第一次心碎。我怀疑世界上有任何的苦难会超过孩子承受的苦难。塔宝贝是我最初的爱，对我而言，它是世界上最美丽的狗。我曾常常向它倾诉我的烦恼，它会聚精会神地听，褐色的眼睛里充满同情，而且它从来不会泄露任何秘密，我能感觉到人们对它的敌意，可这都让我更爱它。我对它的爱和它对我的爱在当时是我生命中非常重要的东西。

在20世纪20年代战火纷飞的中国，路得度过了成长中关键的性格形成期。在她的记忆里，每天晚上他们都伴随着村里传来的枪声入睡。即使没有军阀和土匪的搅扰，也会有邻居的争吵、路上的抢劫或是其他意外事故发生。有一天，城里燃起大火，他们爬到三层的阁楼，见火光照亮了整个天空，还不时夹杂着爆炸声。他们以为有人攻打清江浦，后来才知道是运油的驳船起火，引起有关爆炸。幸运的是，在这样一个动荡不安的环境里，勇敢仁慈的钟爱华夫妇，给予年幼的他们足够的爱和安全感。

"我还记得当时家的模样，"路得说："是一栋大房子，灰色砖墙，红色尖顶。房子两边是宽阔的门廊，进门之后是前庭。门庭的右边是客厅。客厅的基调是蓝色的：蓝色的坐垫、蓝色的窗帘、带花的蓝色墙纸。房间的中央是一张桌子，下面铺着一块蓝色带花边的中式地毯。房角有一个壁炉，冬日的夜晚我们常常围坐在那里。在我的印象中，清江浦的老房子是最像家的地方，是世界上最舒服的地方。"

路得在清江浦的童年，就是这样经历着她所经历的，感悟着她能感悟的。死亡与战乱让她早熟，但她用一颗女孩子敏感的心，捕捉生活中点滴的温情。多年之后，记忆中那些炮火、流离与残酷都被岁月过滤了，留下的是全是美好。屋后的游泳池，在父亲书房的保险箱周围找硬币，还有保姆王奶奶，"她是我认识的最善良的人之一，人人都喜欢她"。

1937 年 8 月 17 日，清江浦遭遇了日军的第一次空袭。大使馆不断重复罗斯福总统亲口向传教士们发布的警告，说坚持滞留是固执和不顺服的表现，而且会破坏外交领事保护权。钟爱华决定先想办法把路得送走。这一年，路得 17 岁，按照计划，她该回美国读大学了。但是，在上车的最后一分钟，她还在心里打着自己的小算盘：全家被封锁在清江浦，快乐地生活，直到自己长大，然后去西藏宣教……

附：钟路得的信　[文章（加拿大）译]

亲爱的爷爷奶奶：

你们好吗？真希望我能在你们身边帮你们整整花园什么的。

整个夏天，游泳池给我们带来了巨大的乐趣。在游泳池里，我学会了跳水、浮游、水下翻筋斗，和所有鸭子能做的事情。

我们现在拥有你能见到的最好看的布偶小屋。我们还有好多宠物。医院的厨房里有很多鸟，我们常逗它们玩。他们还给了我们两只鸭子，一只给我，一只给罗莎。

伍兹太太邀请了四位大人物吃晚饭，但她要我和罗莎晚些时候去她家过夜。

请原谅我糟糕的手书。

中国人的老习惯没什么改变，女人们抽烟，男人们赌博、打牌、喝酒，还有其他我们不做的事情。

我们很喜欢你们寄来的新房子的照片。房子从外面看上去很棒，我相信里面也同样棒。

新房子你们住得怎么样？爷爷存放工具的地方很不错。

我们把刀客大叔的兄弟叫作佩兹大叔。我们要是把他头发弄乱了，他就会发火。

罗莎说她想写的时候会给你们写信，她现在懒得写。

向所有人转达我的问候。

爱你们的孙女

钟路得

1929. 10. 22

亲爱的爷爷奶奶：

我多么希望能看看你们和你们的新房子啊！

这次我想讲讲我的宠物。

T. B. 变得越来越平和也越来越胖了。我们的鸽子窝还没建好，所以还没见到太多鸽子。我们已经有了一对金丝鸟。

昨天李凯西阿姨带着护士们出去走路，一位护士看到一只小乌龟，刚想把它放回水里，李阿姨说我可能想要，那位护士就拿来给我了。但是今天我把它放在游泳池地上一个玩具桶里，我们去教堂时它从桶里爬出来爬到游泳池里了。爹地看到它出来，然后很快沉到水里去了，我再也没有见到它。

托尔伯特一家来这里了。哦，我们玩得多开心啊！

那天（我不记得具体哪一天了）我和罗莎去托尔伯特家去玩，汉姆顿说罗莎可以和他的柯达合影，罗莎要我站在汉姆顿和威廉之间，让他们的鸽子站在我手上。照完之后，威廉把鸽子扔到空中，鸽子飞了一小会儿，就落在地上。这时鹰先生从它藏身的树上跳下来，叼住可怜的鸽子先生飞走了，它将成为老鹰夫妇的一顿美餐。我们就站在距离它们不到一米的地方，我们都很惊奇，我们竟然在它飞了 20 英尺之后才尖叫起来。不管怎么说，在那只鸽子死之前我们留下了它的照片。我告诉你们这些是因为我觉得很有趣，希望你们喜欢。标题就叫"浴后"。

我很高兴爷爷的身体好多了。可能的话下封信请从后院采一片树叶和一朵花寄给我。

非常爱你们的

路得

1930. 9. 21

13. 清江浦城墙上的美国香烟广告

在淮安作家群里看到一张老照片，背景是城墙和城门，城门前是一条河，一队挑夫推着独轮车正在过桥，独轮车上全部装着方方正正的箱子。挑夫们穿着宽袖短衫，有的头上扎着白毛巾，可能是逆光的缘故，脸部很黑。最靠近镜头的两个挑夫的后面还跟着一个穿制服的监工模样的人，身上似乎还背着枪。不由让人想到这趟货物应该不是普通的日常百货，而是政府管控的物资。

发布者是淮安作协的龚主席，他说这是一位从事公安史研究的朋友在哈佛大学查找资料时意外发现的。因为照片上说是淮阴，所以给他看。龚主席点评道："电脑上放大看，图片上每个人的神态都十分生动！淮阴的历史，厚重而璀璨！"

我仔细端详这张虽然老旧，却依然清晰的照片，发现它的底部果然有一句英文注释：清江浦的水门和城墙。清江浦三个字用的不是汉语拼音，而是那种老华侨惯用的韦氏拼音：Tsing Kiang-Pu。我知道清同治二年（1863）为了抵御土匪与叛军的骚扰，保证漕运顺畅，漕运总督吴棠奏准朝廷，拆洪泽湖码头镇段石工堤，于里运河南岸修建了清江浦城。坚固的石工墙"长一千二百七十三丈六尺，高一丈八尺，费白银十二万。建城门四座，东曰安澜，西曰登稼，北曰拱宸，南曰迎熏。另有水门一座，水关两座。"(《光绪丙子清河县志》) 如此，照片上的城墙应该就是清江浦城的石工墙无疑了，城门前流淌着的则是紧临城墙的里运河。

照片的顶端还有一排英文，翻成中文的意思是：墙上的美国香烟广告。再看照片，果然城墙上靠近城门的地方贴着约莫 10 多张广告，距离太远，看不清广告内容，但想必就是香烟广告了。

这引起了我的兴趣。我知道，虽然烟草早在 16 世纪就已在中国消费，但是香烟是何时进入中国的呢？特别神奇的是，当我在谷歌上输入英文的"美国香烟"和"清江浦"两个关键词时，一张与我在淮安作家群看到的一模一样的照片跳了出来。这张照片的版权为耶鲁大学神学院图书馆。图片下面还提供了相关信息：来自洛伦佐和露丝摩根论文，拍摄于 1905～1910 年之间，摄影者未知。图片的标题为"清江浦运河里的船与桥"，图片描述关键词为：清江浦的水门与城墙，大运河，墙上的美国香烟广告。正是最后这个关键词，把我带到了这里。洛伦佐和露丝摩根夫妇是美国派往江苏和安徽的医疗传教士，1905～1946 年在江苏和安徽的长老会和卫理公会董事会任职，这张照片被附在他们的传记里。

这样说来，在 1905～1910 年期间，香烟已经进入中国，甚至是清江浦。那么当时是怎样的情形呢？既然这张照片上特别注明清江浦的城墙上贴着美国香烟的广告，说明这在当时也算得上是件值得关注的大事了。而且 1905 年的清江浦已是控制漕运、盐运两大经济命脉的重镇，不仅官衙林立，还有石码头、十里长街等多处商贸中心，清朝政府甚至设省会于清江浦。

根据美国杜克大学的档案，香烟进入中国的时间为 19 世纪末。据说，1881 年卷烟机刚刚发明出来的时候，美国烟草与电动工业家詹姆斯·杜克（James B. Duke，1856~1925）通过世界地图册调查世界各国的人口。当看到有一个国家的数字达到了 430000000 时，他激动地大叫道："这就是我们要卖香烟的地方！"这个国家就是中国。1890 年，公爵向这个世界人口最稠密的亚洲国家出口了第一支香烟。英美烟草有限公司（British-American Tobacco Company Limited）是第一家把香烟引入中国的公司。1919 年，他们设在上海浦东的工厂每周生产超过 24 亿根香烟。

虽然美国公司原始推出的香烟广告就是白色背景下一包大大的香烟，到了中国，广告上的香烟已成为上海时尚女郎的纤纤玉手上最新潮的饰品。在美国烟草公司的助推下，20 世纪 20 年代，吸烟成为中国国民一个时髦的生活习惯。

读到这一段历史，想到现代科学揭示的香烟对人类的伤害，以及为了免受二手烟之扰而设置的越来越多的无烟区，我唯有无语。人类的前瞻性有限，而且时间呈单维推进，所以熟悉历史才显得格外重要。

（原载于《清江浦》文艺期刊 2021 年第 15 期）

14. 气质如水淮安人

　　总觉得淮安人的性格跟水很相通。

　　水，无色无味，在方而法方，在圆而法圆。小城人像水一样自然，闲淡，随遇而安。在淮安的街上走，有开车的，有骑电瓶车、自行车的，也有走路玩手机的，很少看到吵架的。男人大多好脾气、疼老婆，女人大多贤淑、勤俭持家。地处南北交界，物产丰富，小城人便有滋有味地过起了小日子。平常人家，即便只有老两口，家里的饭菜每顿不会少于两荤一素一汤。有朋自远方来，更是三沟一河的美酒斟上，淮扬菜的佳肴端上，酒桌上不醉不归。喝多了，也不闹人，安安静静躲旁边吐。

　　《老子》曰"上善若水，水善利万物而不争"，淮安人，官瘾不大，志向不高，混个科级处级就心满意足了。文人聚会，习书泼墨，舞文弄字，蔚然成风。与会的人，看上去憨厚谦和，细究起来这个是国家一级作家，那个是中国书画家协会会员，都是文坛大家。聚会时，阔大的画桌上，铺着吸墨的毡子，旁边笔墨颜料宣纸一应俱全，你画一株老梅，他画一块石头几株兰，善作辞赋的题上几句诗词，再品头论足一番，雅兴大发。近几年，玩摄影的人多了，又有不少玩到了中国摄影家协会的水平。摄影家们外出采风前，摄友要设宴送别，采风回来时，又设宴接风，再来个笔会集中看片，其乐融融。

说起来，淮安跟水确实是很有缘的。淮安与大运河相伴相生，京杭大运河、里运河、古淮河、盐河四水穿城，洪泽湖、白马湖、高邮湖等湖泊点缀其间，小城水陆交汇，自古市井繁荣。明清漕运鼎盛时期，主管漕运的总督一直驻于淮安府，河道总督也于康熙年间移驻淮安清江浦，淮安为明清中央政府的漕运指挥中心、河道治理中心、漕粮转运中心、漕船制造中心、盐榷税务中心，运河的交通枢纽。

商业的繁荣带来文化的兴盛，小城走出大剧作家陈白尘，京剧名旦王瑶卿，京剧大师周信芳，著名导演谢铁骊，摄影家郎静山，诺贝尔文学奖得主赛珍珠……

可惜清朝末期，兴海运，废河运，津浦、陇海两铁路通车，淮安，这个因漕运而显赫至极的"运河之都"渐渐淡出人们的视野，进入暗淡的冬眠期。

从我懂事起，苏北就是跟落后连在一起的。第一次走出家乡去南大上学，18岁的我常常会被南方同学提起苏北时脸上的不屑刺伤。回家过第一个暑假，见到妈妈扑上去就放声大哭，母亲吓得连声问，谁欺负你了？想想也没人欺负，可就是觉得委屈。年岁渐长，知道尺有所短，寸有所长，虽然身边也不乏来自苏南的朋友，闲聊时会谈到苏北穷，苏北话土气，种种偏见，我一般只是笑笑，不予评辩。做苏北人，内心要很强大才不会受伤。

在和北京老公共同生活的几十年里，每逢观念不合，总会被他不经意说出的"小地方人就这样"惹恼，致使吵架升级。我反驳道，我之成为我，是因为我自己，你为之自豪的北京，不过是因为你偶然出生在那里而已，有什么好嘚瑟的？这句话当然是没什么杀伤力的，人家要的就是赢在起跑线的优越感。

所以我觉得一座城市需得兴盛过，才有大家风范，但一直繁华热闹，并非幸事。就像一个人，年少时春风得意，年老时德高望重，从未经历失意和低谷，生活的苦味必然尝得比较少，个性难免张扬。帝都北京，彼时皇恩浩荡，今集共和国万千宠爱于一身。上海，旧时十里洋场，现代经济发展重地。所以北京人习惯用鄙视的口吻谈论"外地人"，上海人把本市范围之外的统称为"乡下人"。

相比北京、上海人狭隘的地域观念，淮安人似乎更具国际范儿。在淮安，那些来淮安做生意的温州人极少遭遇歧视，反倒因说普通话而受人尊敬。我的淮安老乡并不因为在自己的地盘上就目中无人，而是谦卑地认为讲普通话的都比自己洋气。淮安人对大城市有种莫名的仰慕，家里年轻一代若有在北京、上海、南京等大城市定居的，家里老人会觉得脸上有光，不知道历史上小城曾与扬州、苏州、杭州齐名，是运河岸边的名城。

漕，以水转谷也。在高速公路纵横交错，飞机、高铁四通八达的时代，作为运输方式的漕运已永无复返，但漕运以水载物，以弱负重的隐忍精神，已深深融进淮安人的骨髓。也许只有淮安，才能孕育出韩信和周恩来这样忍辱负重的奇人。每次回国与淮安的文人雅士聚会，我都会想，淮安近代的衰落，或许是件好事，它让淮安人谦和包容，也让这里的人慢下脚步，去追求精神上的丰富。

那日看到一个最新城市划分，淮安作为江苏经济强市，赫然在列。据传，去年 8 月连淮扬镇铁路已经全面开工，徐宿淮盐铁路将与其一起在 2019 年建成，淮安将成为全国高铁网重要节点，再度成为苏中和苏北区域性交通枢纽。

曾经繁华，也曾落寞，淮安人，气质如水，水滴石穿。

15. 老街是一条岁月的河

街道是城市的经脉，它把我们生活的重要场所连接起来，组成一个流动的世界。

几乎每个城市都有几条老街。与那些专为便捷修建的马路、铁路、高速公路不同的是，在城市这块版图上，老街是有故事的。这些故事充满温情与美感，它是城市最柔软的记忆。

我生在清江浦，并在这里长到 18 岁。于儿时的我，它那么新，那么大，大到几乎就是整个世界。

但事实上，自明永乐年间开埠，清江浦已在运河岸边日晒雨沐了 600 多年。被炊烟与人声浸染了 600 年的清江浦，残存着几条明清时期的老街。这些老街追究起来每一条都是一本书。

都天庙街

都天庙街是一条和清江浦几乎同时兴起的老街。据考，在明朝陈瑄建清江浦时，这里就是最为繁华的市井之一了。

进了都天庙街不远就是进彩巷。巷口窄小，巷子狭长，走到头看似无路，却往左一拐又出来一段，很有点曲径通幽的意思。

听父亲说，旧时这个巷子里的住户非富即贵。当年淮阴县的县长就住在这个巷子里，这位县长大人曾亲自到淮安师范面试那些家境优渥的女学生为其子选妃，权势之大可见一斑。著名戏剧家、电影剧作家、南大教授陈白尘先生曾在此巷内就读过私塾。这个小巷甚至还在他的小说中出现过。

进彩巷斜对面就是都天庙。都天庙虽然不大，香火却很旺。旧时每年春暖花开的时节这里都办庙会。庙会游行从都天庙出发，前面有人锣鸣声开道，跟后有戏狮舞龙的，玩花船的，小黑驴背小媳妇的，歪歪精，踩高跷，淮海戏，一路表演，非常热闹。庙会游行队伍所经之处各家都要挂灯结彩。队伍到了有钱人家或商店门前，要停下来表演一番，意在给商店或户主带来财运。店主通常会赏点钱或茶食给表演的艺人，以示谢意，直到日落西山，人群才散了尽兴回家。

出都天庙向前不远，为都天庙前巷，巷内有一排古朴的清式小瓦建筑，三进堂屋，九间厢房面西而立，依然可以看出当年住户的气派。这是摄影大师郎静山的故居。郎静山，1892年8月4日（清光绪十八年六月十二日）在此出生。其父郎锦堂曾任运河督导，驻节淮阴。

京剧著名麒派宗师周信芳的出生地就在文渠边上。周信芳1895年1月14日出生在这里，父亲周慰堂（艺名金琴仙）是位技艺精湛的戏曲演员，戏班班主。周信芳在家庭的影响下，6岁学戏，11岁在上海丹桂茶园演出时，声名鹊起，走红上海滩。

都天庙街50号是一家小百货店，百货店旁边有一条支巷，向北为空心街，向南为花门楼巷，此巷曲折南伸，直通文渠河边。听母亲说，早年三教九流在此花天酒地，携娈狎妓喝花茶，所以称之为花门楼巷。漕运鼎盛时期，这里曾是清江浦远近闻名的红灯区，满街的巧笑软歌，是漕商、盐商们一掷千金买春宵的地方。

都天庙街不长，东起东大街，西到博古路头，方圆不到两公里，但百货店、日杂店、裱画店、小吃店、茶炉灶、剧场等生活所需一应俱全，还有几处明清时期的老宅和淮式四合院以及历史文化遗存，是这个城市极为珍贵的记忆。

花　街

花街位于清江浦东安澜门外，到清江闸东运河南堤止，历史上曾盛极一时。街上大多是年代久远的老房子，陶土灰瓦、叠檐、实木的栏杆、木格窗棂，路两旁种着法国梧桐。炎炎夏日，法国梧桐巨大的树冠为小街带来一片清凉。

花街因卖花得名。花有两种：绢花和绒花。以前花街上的住户家家做花，绢花用上好的苏州府香绢，花瓣硕大，色彩艳丽，几可乱真。据说每年京城都派人下来察看，挑选花样，定制好后送进宫里，特供紫禁城里嫔妃宫娥们佩戴。走南闯北的人说，清江浦吃的是皇家饭。

花街人还擅长做绒花，花街上的绒花在江淮一带久负盛名。与绢花不同的是，绒花装点的是平民的生活。清江浦的姑娘小媳妇出门，总爱头插两朵花，斜襟上别一方帕。就这么走着莲花步，扭着杨柳腰，往街心里转一圈，满街小后生眼都直了。花街承载着布衣百姓日常生活的仪式感。

母亲说，新中国成立的第二年国庆节，为了庆祝解放一周年，全市居民举行了提灯会，人手一只灯笼，从花街出发，一直走到西大街路头。那天花街的树上全部挂满了红布，打扮得特别漂亮。偏偏游行刚开始就下起了雨，红布上滴下的红水淋在人们的脸上，落在青石板路上，整条街艳红一片。那个场景想起来都让人热血沸腾。

旧时，由于北方运河水量不足，清江浦以北的京杭运河迂缓难行，加上黄河行舟之险，断缆沉舟的事经常发生。因此，明清时期，政府规定清江浦以北的运河只允许漕运船只通过，商人行旅凡是由南向北的，一般都是到清江浦石码头舍舟登陆，换乘车马；而由北向南者，则在清江浦弃车马在石码头登舟扬帆。这种方法速度既快，而且安全。所以清江浦为"南船北马"的交汇之地。

这些在清江浦舍舟登陆的食盐、丝绸等商船就泊于花街河堤下。来往人员等候过闸时，常常就近在花街餐饮、投宿、短憩。花街因此商业繁华、商贾云集。民国期间，诸多轮船公司就设于街头河堤上。

因此，花街上除了花店，还有各色店铺，包括朱桂记印刷店、蔡姓白铁店、粉团店、许源和丝线店、王元记蜡烛店。杨溢在他的《淮安花街》一文中写道："无论早晚，饮食摊点星罗棋布，花街的小吃早在乾隆年间品种就达百余种，虽历经百年沧桑，小吃品种仍斗艳争奇：文楼汤包、菜蒸包、油煎包、牛肉馄饨、肉丝面、黄桥烧饼、牛舌烧饼、油端子、浦楼茶馓、麻花、绿豆圆、薄脆、糖粥、蒸糕、糯米甜藕……让你眼看不过来、嘴吃不过来。"

花街在中国的曲艺界名声比较响，因为据说长篇弹词《笔生花》的作者邱心如就是从花街走出去的。

邱心如的身世史料缺失，目前比较公认的一种说法是：1805年邱心如出生在山阳（今淮安区）河下的一个大户人家，后嫁入花街张姓。邱心如从小受家庭文化的熏陶，年满18岁就开始创作、弹词、作品。婚后不久丈夫去世，爱子夭折，接着公婆又相继离世，邱心如贫困无依，不得不重回娘家。在饱尝了人世辛酸的艰苦岁月中，她前后用了约30年的时间与心血写就《笔生花》这部近120万字的鸿篇巨制。全书情节曲折，有说有唱，诗文并茂，极为罕见。

近几年，花街频频出现在"70后"代表作家徐则臣的小说作品里。曾在淮安师范学院中文系读书和任教的徐则臣把花街称作他创作的精神原乡，并为之书写了一系列由"花街"走出而又回归的故事。虽然他笔下的花街和现实中的花街相去甚远，花街之名还是假他之手被更多人知晓。

花街原本是一条三四里长的街，经历多次旧城改造后，如今只剩下西起承德路、北接轮埠路的这一段，不足200米。但旧宅尚在，梧桐依旧，古韵尚存。花街街头石碑记载："1998年与2003年，旧城改造，花街部分建筑被拆除，所留建筑也大部分破旧不堪。为保护历史街区，2011年市府拨款，对花街所留建筑、街巷进行修缮。"青砖砌的方沟，横铺黄麻条石，连接层糯米黏合，在对花街进行改造时，一套古时的排水系统惊现于世人眼前……

十里长街

在里运河北侧有一条"十里长街",实际长度也就是三五公里的样子,大闸口向东,人们习惯叫东长街,人民剧场向西叫西长街。"十里长街"曾经非常繁华,是清江浦经济活动和物流的重要场所。说起清江浦的老街,东长街和西长街是绕不过去的。

东长街相对更热闹一些。青石板路面,街边一家连一家几乎全是商店。"条石路面,排排门板"是人们对于东大街的经典记忆。街上大多经营南北货,也有布店、酱园店、竹器店。曲尺的柜台,里面的老板或者小二看着门外路上东来西往的行人。那行人中有赶驴驮着的货,也有推着独轮车吱吱呀呀地行进在连续不断高低不平的车辙上。有的店铺连柜台都省去了,直接把竹制的小凳子、木制的盆桶、铁锅五金等日用品摆放在门前,一目了然。旧时每逢过年,人们都会从各方汇集到这里置办年货。

东长街上还有一座仁慈医院,是美国人创办的。1929 年清江浦黑热病大流行,仁慈医院时任院长钟爱华从美国购进大批制锑剂,救治了数以万计的市民,是那个战火纷飞的岁月里淮安百姓的避难所。仁慈医院是现二院的前身。

系着全市居民文娱生活的人民剧场就在西长街上。人民剧场是在原来西长街铜元局东边李玉书家大院内的民众小戏院的基础上改建的,坐落在北门桥北端,1955 年 10 月 5 日正式开业。人民剧场的条件,在 20 世纪 50 年代的苏北地区来说,算是比较好的,共 1100 多个座位,舞台 300 平方米,大型剧团都可以演出。好多一流的剧团、一流的演员都在人民剧场演出过。我们小时候都把在人民剧场看演出当作可炫耀的事。

十里长街上也出了几个名人。剧作家陈白尘和针灸专家程莘农在东长街上出生。西长街大有巷的陈家花园私塾馆是新中国总理周恩来童年读书的地方。1904 年，周恩来随生母万氏和嗣母陈氏从山阳县（今淮安）来到清江浦外祖父万青选家。直到后来母亲和嗣母相继去世，周恩来在清江浦的 3 年中有两年的时间在这里读书学习。周恩来曾对人说："生于斯，长于斯，渐习为淮人；耳所闻，目所见，亦无非淮事。"

如今十里长街已经完全变了模样。东大街成了淮扬美食一条街，每到夜幕降临，露天木桌边坐满品尝美食的市民，空气中弥漫着浓浓的人间烟火。西大街路面开阔，最适合开车兜风。道路一边是杨柳依依的里运河，一边是大型的购物商场、精品店、高档餐厅，是一条非常现代时尚的街区了。便捷、繁华的十里长街最能看出新中国成立以来小城居民生活水平的提升了。

一方水土养育一方人。曾有朋友问我：每个城市都有其独特的气质，你认为淮安的气质是什么呢？我想，他如若来淮安的老街上走一走，一定能找到答案。淮安人，就像这些老街，古朴，坚韧。

老街是一条岁月的河，流过青春流过生命。老街上的住户换了一拨又一拨，街上的人走着走着就老了。现在老街上开店的、购物的、路过的，都是听着外婆的故事长大的年轻人。在他们的生命里，老街是一个传说，更是他们的根。老街的文化基因就这样一代代地复制下去。

16. 都天庙街　我一世的乡愁

在我的生命里，如果真有称得上根的地方，那就是都天庙街了。

漂泊异乡多年，在现在与过去、他乡与原乡间往返。每次回国十天半个月的假期总是一晃而过，未及细想。

去年回国时，正碰上家乡的姐姐安排80多岁的老父母住院"调理"一周。就是赶在天冷之前为老人输营养液，去"病根儿"，保证安全过冬。那段时间，两位老人住在城中的第二人民医院，我每天从和平新村走去看他们，这之间就要穿过都天庙街。

经过都天庙街22号时，突然有一种特别的感觉。院门大开着，地上仍然铺着旧时的大石板，缝隙里有野草顽强地长出来。我信步走了进去，一眼看到了我家老屋，这个为年幼的我遮风挡雨了18年的地方已经破败不堪。

我惊喜地发现，门口几块砖头搭起来的小花坛还在。母亲爱花，无论生活多么艰难，她都要种上几盆花。老屋的窗棂上还挂着那只空鸟笼，这是父亲的"作品"。有一年父亲不知从何处得到一只小鸟，特意去买了笼子养起来。天开始冷了，他还放在外面，说要让它锻炼锻炼，结果小鸟被冻死了。这事儿后来成为全家的笑料。

正探头探脑，房子里的住户出来了，是一个30多岁的妇女。"我小时候住在这里，路过，进来看看。"我告诉她。"你是章老师女儿吧？"她对我的闯入并不惊奇："麻烦转告老人家，下个月的房租我们过几天就送过去。"

多年前，哥哥为一生清贫的父母在和平新村买了一套三居室。从那以后，逢年过节我们回来都是直接去和平新村。渐渐地，老屋从我们的生活中消失了，我们甚至很少想起它。

这次与老屋偶遇，激起了我了解它的欲望。这才知道拥有我童年与少年的都天庙街，竟然是这个600年老城仅存的历史街区。

这些年，小城大兴土木，拆旧建新，只有这条小街偏安一隅，像被人遗忘了一样。街道及其上四通八达的巷子基本维持了原状，乾隆年间建的都天庙还在。门额上挂着"淮安市不可移动文物"标牌的老屋就有20多处，都是明清或民国时期的古民居。

都天庙街的历史要追溯到明永乐年间。

明成祖朱棣迁都北京后，决定重启京杭大运河实施大规模的南粮北运。运河已数年未用，多地淤积。明永乐十三年（1415）春，漕运总兵官陈瑄招募大批民工疏浚了沙河故道，开凿了一条长近20里的河渠。陈瑄开凿的这条河渠就是清江浦河，当地人叫它里运河。自此经年，河的两岸兴起了一座城镇，史称清江浦。

清江浦开埠之后，明朝廷在这里设立了工部分司和户部分司，清江浦最初的格局就以工部、户部分司署为两点，以东西大街为一轴发展起来了。

一段时间以后，东大街上离东安澜门不远，斜插进来一条自然形成的小街，呈东北——西南走向，这便是都天庙街。都天庙街43号，坐北朝南有一座都天庙。街以庙得名。

都天庙街随地势而建，巷道纵深，弯中取直，站在街口一眼望不到头。整条街的结构像个"非"字，中间一条主街，左右手不时有条巷子旁逸斜出。这些叉出去的巷道枝杈蔓生，四通八达，进彩巷、都天庙前巷、花门楼巷、空心街、守府东巷、菜市巷、景福里、虹桥里……

20世纪60年代，都天庙街22号是市二中教师宿舍，儿时的我就住在这里。

这是一个老式的四合院，院中间是一座明清时期的老屋。老屋青砖小瓦，据说是旧时清江浦乡试的考场。老屋四周加盖了一圈简易平房，不大的院子里挤了十几户人家。

那时员工都是工作单位分配住房。中小学筹不到资金盖新的宿舍楼，僧多粥少，老师们的住房一直很紧张。后来为了增加居住面积，老屋被拆除，原地盖了一排平房，我家分得最大的两间。

房间朝向不好，只在中午时从门口透进一方阳光。南方雨水又多，印象里大部分时间屋子里都阴暗潮湿。简易砖房密封性差，冬天屋里屋外几乎一样冷，在家都穿着棉大衣，睡觉就靠床上的电热毯撑过漫漫长夜。

父母搬走后，其他老师们也陆续另觅他处，现在这里已成为标准的大杂院了。院子还算完整，是原汁原味的20世纪二三十年代的老建筑，不失为一处凭吊似水年华之地。

进彩巷

出了院门左拐，一抬脚就到了进彩巷。

进彩巷是我儿时去得最多的地方，因为这条巷子通东大街。东大街上有百货商店、胜利饭店，还有各种糕点店小吃店，是清江浦最繁华的一条街，对我有不可抗拒的魔力。我每天都去进彩巷还有一个很重要的原因，这条巷子里有个公共厕所。虽是蹲坑样式非常简陋，但人吃五谷杂粮，这个地方也是不可缺的。

巷子极为普通，巷口窄小，仅容两人相向而行，因为旧时巷内墙壁曾绘有油彩画得名进彩巷。

进彩巷为人所知应是蹭了著名历史剧作家陈白尘的热度。陈白尘出生于清江浦十里长街东端的水渡口，年幼时曾在进彩巷巷内就读过私塾，接受新式的启蒙教育。在陈白尘的《对人世的告别》一书中，专用一章的篇幅讲述了对他的成长产生过重要影响的姜氏私塾和进彩巷：

1920 年春，我穿戴整齐——穿上马褂，戴上圆盍缎帽，夹着书包，跟在父亲身后，走进我第四位老师姜先生的杏坛所在地进彩巷……整个小巷只有七八个门户，但较突出的仅有两家，都处于巷子的中部：即西侧的韩举人家和东侧的郁二奶奶家了，巷道至此宽阔。父亲领我进了郁家的黑漆大门，在过道里便听到一片诵读之声……

私塾的老师姓姜名镇淮，字藩卿。姜藩卿虽是涟水来的"乡巴佬"，却求新求变，爱生爱才，是位好老师。他的课上除了传统的《四书》之类，还设了算术、国文、地理，他甚至自己去学了当时刚兴起的"汉字注音"回来教学生。陈白尘作文写得好，姜先生夸赞，陈白尘欺负小同学、结伙打群架，姜先生用戒方在他手上重打 10 记，奖惩分明。

陈白尘 16 岁那年，停了学在自家店里站柜台。不几日，姜先生找来陈白尘，跺着脚说："你又不读书，又不出去学徒，待在家里干什么？你真糊涂呀，糊涂！"训完话，老先生又对陈母一番劝说。因为他的干预，陈白尘最终考上了著名教育家李更生刚接任校长的私立成志中学，人生转向了完全不同的轨道。

陈白尘一直对姜先生念念不忘。他说，对于姜老师的感激，是难以表述的。它不以时光而减退，历时愈久，愈感到姜先生的崇高与伟大。陈白尘一生成就斐然，但受姜先生影响，他最看重的是在南京大学中文系的教师身份。临终前，他拉住女儿的手严肃地交代："我死后，墓碑上什么称谓都不要，仅'教授'二字即可。"

多年之后，已是全国知名的戏剧艺术家、南大文学院教授学者的陈白尘在淮安遇到姜藩卿先生的儿子，清江市图书馆馆长姜慕伯。姜慕伯说："我父亲爱你，胜过爱我们兄弟呀！后来我才追随你加入了党组织……"话没说完，两人已泪湿衣襟。

都天庙

市二中教师宿舍的街对面就是都天庙。

坐北朝南，地处都天庙街中段的都天庙，初建时山门殿、中殿、后殿、牌楼，门口一对石狮子，门前一个广场，广场南一口六角井……一应俱全，颇有气势。几经战乱炮火，现在仅存一座中殿了。但是威严的大殿，大殿屋檐下那些精美的雕花和拱形的廊檐，古韵依旧。院子里的古井也还在。

都天庙建于乾隆年间，嘉庆十八年（1813）重修。清朝乾隆年是运河漕运的鼎盛时期，也是清江浦城最繁华之时。"天下盐利淮为大"，盐商因盐的巨额利润而富甲一方，据传当时就有一位安徽盐商出资兴建了这座寺庙。

都天庙所供奉的非佛非道，而是"显佑安澜之神"张巡。张巡是唐开元年间的进士，安史之乱时，曾带兵抗击叛军。睢阳一战，众将士坚守数月，外无援兵，内无粮草，"捕雀掘鼠而食，雀鼠尽，竟以自身肉供士兵充饥"，终因粮绝城陷而亡。民众感念张巡的恩德，纷纷建庙塑像，尊其为"都天菩萨"。

都天庙附近有一间百货店，一直到20世纪70年代还在营业。过日子的火柴、灯泡，解馋的点心茶食、糖果、鸡蛋糕，应有尽有。玻璃柜台里，整整齐齐地摆放着大前门、大丰收、牡丹牌的香烟，上海香皂和大运河水晶药皂。

店虽不算大，街上的居民家里临时缺个针头线脑的都来这里买，每天也是不断人。店里卖的雪花膏装在一个大玻璃罐内，按付钱多少，从罐中挖出称斤两。鸡蛋糕也是散装的，论块卖。儿时上学的路上，我和小伙伴常在这里驻足，用父母给的零花钱买几块糖或者一包瓜子，心满意足地一路吃着去学校。

百货店里终日只有一个店员看店，每天早上来卸下门板开张，晚上走时装上门板闭店。柜台外放着个凳子，来来往往的人走累了就坐会儿，跟他聊两句。

百货店对面是个茶炉灶，整天热气腾腾，供一条街的热水。旧时淮安的小户人家，除贵客临门，不特地烧茶，多是在烧饭时带下一大壶。富贵豪门皆自备茶炉，随时取饮，讲究的直接到茶楼冲茶。普通市民与店铺，则提壶到茶炉灶冲开水。后来有了煤气炉、热水壶，自家烧水方便了，这个生意就自然凋零了。

广荫庵

从茶炉灶沿街再往南走不到 100 米，有一座广荫庵。广荫庵建于道光二十七年（1847），建成之初颇为冷清，但两年后突然名声大噪，因为庵内多了黄华道人的真迹。

黄华道人即清代中叶的名画家朱龄，字菊坨，江苏上元（今南京）人。道光二十九年（1849），云游四方的黄华道人路过清江浦，寄宿于都天庙街的广荫庵。一日酒后兴起，菊坨在广荫庵墙壁上一挥而就绘制了 4 棵柏树。借着酒意，这 4 棵柏树肆意挥洒，酣畅淋漓，堪称绝品。

四方游客纷纷慕名而来，广荫庵从此告别了默默无闻的过往，上了热搜。

可惜广荫庵的这 4 棵柏树，到了民国年间就只剩下两棵了。据《淮阴市志》记载，咸丰十年（1860），清江浦被东捻军李大喜部一举攻克。清江浦最繁华的 20 里街市、皇仓和四大船厂皆被焚毁。同时烧毁的还有一批衙署和富户居室，广荫庵墙上的两株柏树很可能就是在这次骚乱中受损。

广荫庵后被改建为大众剧场。改建时，整面墙被推倒，黄华道人的另两株柏画也随之归于尘土。

大众剧场设施简陋，半月牙形的舞台，没有任何声光电设备，完全的原生态。剧场平时有各种戏剧演出，没有演出时就放电影。

儿时我在大众剧场看过许多电影。那时一到晚上，门前空地上就聚集了众多小摊贩，卖水果、花生、瓜子、香烟什么的，其中必定少不了淮安人当水果吃的青萝卜，绿茵茵，水灵灵的。演出开始后，剧场里还有小贩捧着匾、挎着篮来回走，遇到有人要买瓜子，就用旧报纸折成个漏斗包上一包递过去。

在电子影视娱乐冲击下，大众剧场变得门可罗雀，后来以30万人民币转卖私人。现在下午有时还会有淮剧之类的专场演出，观众多为中老年戏迷。这些戏迷很懂规矩，看到精彩处会很自觉地往台上扔钱。地方戏惨淡维持，多亏了这些戏迷。

都天庙前巷

都天庙门前有条小路，叫都天庙前巷。巷子不长，旧时仅有吴、郎、孙三家府邸。

西侧南头数起第二家是郎府。这是一栋三进的清式粉墙黛瓦建筑，大门朝东。1892年8月4日，中国近现代摄影界名人郎静山在此出生。

郎静山的父亲郎锦堂时任运河督导，驻节淮阴。受父亲影响，郎静山自小便对绘画与摄影产生了浓厚的兴趣。在这里长到12岁，郎静山去上海求学、工作，并在摄影实践当中逐步形成了"仿中国画、写意抒情和师古之法"的集锦摄影，从此蜚声海内外。郎静山的摄影和徐悲鸿的绘画一样，是20世纪早期中国知识分子对于"西体中用"痴心求索的一部分，属于一个时代的收藏。

巷东边从南到北一片房屋皆为清代官宦孙氏所置府邸，后由子孙世代经商继承居住。孙家后人孙文伯免费为人针灸治病，在淮安妇孺皆知。他家院子里种了很多中草药，人称孙家花园。

现在这里已是密集平房构成的生活区，一些对传统眷恋的老人住在这里。郎静山故居修复对外开放后，这里也成网红打卡地了。

虹桥里

出了都天庙前巷东口，就是虹桥里。

在淮安，说起虹桥里很多人都知道，时常还有外地人慕名而来，这是因为一个偶然的机会，它与一位名人产生了联系。

虹桥里有一座毗庐庵，是座供奉毗庐佛的佛教庵堂。当年紧邻此庵有一间破旧的出租屋，一个叫周蔚堂的京剧演员和他的妻子许桂仙随着浙江的春仙班来淮阴演出，借租此屋容身。1895 年 1 月 4 日，他们的第一个孩子在出租屋内出生。这个长相清秀的男孩就是中国京剧麒派宗师周信芳。

明清两代，随着河道总督府、漕运总督府、盐运公司、淮安关在清江浦设立，官商文化和以盐商为代表的富商阶层渐渐形成。运河岸边馆社、商号林立，戏院一家挨着一家，外地戏班子纷纷来清江浦跑码头。周信芳父母所在的春仙班便在其中。

周信芳虽在此出生，7 岁时就已离开淮安，随父先去杭州、上海搭班唱戏，以麒麟童的艺名唱响大江南北。

文 渠

在周信芳故居门前，有一条清澈的小河，这便是清江浦城里居民的生命河——文渠。

文渠河古为市区内城河，始凿于明朝，清嘉庆十五年重修。旧时清江浦的城墙三面有护城河，北面以里运河作为保护。城墙东北有一座小水门，供城内居民饮用、淘米、洗菜、洗衣之用。东西城墙下各有一座水关，西水关为进水口，东水关为出水口，其间以"文渠"相连。

文渠曾是城内居民的主要水源地，因经文庙而得名"文渠河"。

清同治十二年（1873），因长用不治，岁久淤塞。时任清河知县的万青选具文呈请以工代赈，疏浚了文渠，渠水恢复了清明。万青选三任清河知县，前后10年左右，文治武功，疏浚文渠是他的政绩之一。

而这位万青选即为共和国第一任总理周恩来的外祖父。

文渠里的水终年汩汩流淌不息，沿着文渠走一遭，周信芳故居、毗庐庵、纪家楼小学、市第二中学、文庙等历史陈迹一一闪过，渠上的彩虹桥还在，唯不见当年在桥畔练功的周姓少年，和过桥去学画的郎家少爷。真是"人面不知何处去，桃花依旧笑东风"啊！

站在都天庙街口，我看到童年的自己，那个梳着两条长辫子、穿着土气的姑娘。40年前，就是在这条窄窄的小街上，我完成了最初的人生教化，怀揣梦想开始了一生的漂泊。当时的我并不知道这条小街上空弥漫着怎样的历史云烟，出过哪些名人。但冥冥之中，那些来自父母恩师的朴素的做人之道已成为我立世的根本和不竭的心灵滋养。

都天庙街，我生命的根，我一世的乡愁。

主要参考资料：

《清江浦印象》，淮安市政协文史委编，中国文史出版社，2014.12

17. 淮河边　夕霞托青莲

——青莲岗文化"消隐"与"复活"始末

淮河是中国古代的四渎之一。

古人把独流入海的河称为"渎（dú）"，四渎是民间信仰的河流神，为长江、黄河、淮河、济水。天子扫祭四渎从周朝就开始了，《礼记·王制》载："天子祭天下名山大川，五岳视三公，四渎视作诸侯。"

淮河是东渎，源出河南桐柏山，流经安徽、江苏两省，古时由东南入海，后因黄河夺淮改道注入洪泽湖再折向南最终汇入长江。无论是在地理上还是文化上，淮水都是中国的南北分界线。

地处淮河与京杭大运河交汇点的淮安，兼有南北方的各种优势。季风气候，雨水充足，南北方的蔬果都在野蛮生长，是并称蔬菜"四淮"的淮山药、淮杞（枸杞头入菜，枸杞子入汤）、淮笋（即蒲菜）、淮菘（岜菜）的原产地。淮安人的餐桌上，南方的米饭北方的面条，南方的馄饨北方的水饺，南方的小笼包、年糕，北方的馒头、大饼，你方唱罢我登场，占尽风流。淮扬菜，不躺不辛，洋溢着中和之美，是新中国成立时第一道国宴的菜式。

但是硬币有两面，南北兼容也意味着不南不北，辨识度差。

近年在淮安横空出世的黄岗遗址，扯出了"青莲岗文化"这个几乎被人遗忘的名字，其中的起起落落相信很多生于斯长于斯的青莲岗后人也未必知晓。身为一介淮安布衣，兼考古小白，我觉得有必要八卦一下这件事。

出　世

淮安市淮安区城区东北，古淮河（俗称废黄河）往南走4公里地，有一小山岗，岗上有座寺，寺旁有汪水，名夕霞汪。汪里尽植莲花，故名青莲寺。岗以寺得名"青莲岗"。岗上有一村庄，为宋集乡青莲村。村子南边有一高墩，土色灰黑，当地村民总来此取黑土肥田，如今成了一个大水塘，人称"黑土塘"。

1951年，为配合治淮工程，华东文物工作队来此探查，发现有古人类活动遗迹。1951～1958年，南京博物院派出工作队在这片区域进行了4次调查和一次挖掘。遗址核心区占地7万平方米，1958年2月正式挖掘时，在南部和西北部开了4个探方，探明地面向下2米为洪水冲击的黄褐色淤土，再向下有2米左右的文化层。"文化层"是人类生活过的地方，通常混有古人有意或无意散落的生活用品。

出土物里，有用坚硬的花岗岩石和石英岩石制成的有孔石斧、石锛、石凿、石犁、石镰。陶器种类不多，制作比较粗糙，有红陶钵、鼎、双鼻小口罐，还有一定数量的深腹圜底罐、碗、支座、带流壶以及角状把陶器。内壁绘彩陶器相对发达，主要有水波纹和网纹以及弧线纹和八卦纹，线条简练流畅，与其他新石器时代彩陶相比，风格迥然有别。

遗址内还发现了居住建筑残迹。居址的墙壁是用秸秆涂泥烤干，质地坚硬，表面平整。遗址中芦席上的"人"字图案，与今天村民们使用的芦柴席没什么两样。发掘物中还发现了炭化的籼稻粒、猪的下颌骨、牛牙床、鹿角、骨刺鱼鳔和陶网坠。

专家认为，青莲岗文化时期人类已经过着定居的生活，稻作与渔猎并存。人死后埋葬在氏族公共墓地，以陶器、生产工具和装饰品随葬。这些特征构成了青莲岗文化的独特面貌。

当时苏皖地区的考古发掘并不多，距今 6000～7000 年的青莲岗遗址是这片区域新中国成立后最早发现的史前遗址，被认为是在龙山文化影响下的一种江苏土著文化，命名为"青莲岗文化"。青莲岗文化的分布范围定为：以江苏为中心，北到与山东接壤处，南达太湖南岸，东到淀山湖以东，西到安徽南部。自此，基于文化因素的相似，多个地处中原和东南地区之间的新石器时期遗址都被归为青莲岗文化。"青莲岗文化"名噪一时，考古学教材和论著多有引用。由于当时尹焕章先生是主要力推者，有人直接称其为"尹氏青莲岗文化"。

消　隐

接下来事情的发展开始变得扑朔迷离起来。2013 年出版的安徽省文物考古研究所编写《文物研究》第 20 辑，用一章的篇幅详细记载了青莲岗文化从发现到消隐的过程，读来惊心动魄，令人唏嘘。

重要转折发生在 1973 年。一篇署名吴山菁的《略论青莲岗文化》一文指出：青莲岗文化可分为江北与江南两个类型，江北类型分为青莲岗期、刘林期、花厅期和大汶口晚期；江南类型分为马家浜期、北阴阳营期、崧泽期，其后是良渚文化。这是对原有青莲岗文化覆盖范围的一次解构。1977年，朱江撰文直接对青莲岗文化的定义提出质疑：用青莲岗文化来代表那些分布相当广泛而文化面貌显著不同的许多遗存，是不够妥当的。同年夏鼐发文指出：从前多将这种文化（指邱城下层）和大汶口文化合称为"青莲岗文化"，或分称为"江南类型"和"江北类型"的青莲岗文化，实则二者虽也有相同点，但就整个文化面貌而论，是两种不同的文化……我建议把二者分别叫作"大汶口文化"（包括刘林、花厅村、大汶口、青莲岗等）和马家浜文化（包括马家浜和崧泽）。

当时有两种意见，一种认为南北不属于一个文化系统，同一时期的北方可统一命名大汶口文化，南方可命名为马家浜文化。相当于直接去掉了"青莲岗文化"这顶帽子。维护青莲岗文化的则认为，前期（早于龙山和良渚文化的早期新石器时代文化遗存）可定义为江北青莲岗文化，后期可定为大汶口文化。

关于考古学文化的命名，夏鼐先生是这样说的："文化的名称如何命名，似乎可采用最通行的办法，便是以第一次发掘的典型遗迹（不论是墓地或居住遗址）的小地方为名。"青莲岗遗址可说是第一次发现，但是否典型就难说了。没有量化的标准，各执一词，很难服众。

1985年，马洪路的文章认为，青莲岗文化与大汶口文化是时间先后有一定承袭关系的两种不同发展阶段的文化，分布范围在苏北鲁南的汶、泗、沂、沭诸河流两岸至淮河下游北岸。1989年，纪仲庆、车广锦合作论文中，青莲岗文化中的江南类型已被放弃，江北类型分为青莲岗文化、刘林文化和大汶口文化。

可见，随着讨论的深入，原先归于青莲岗文化江南类型的遗址已经逐渐分离了出来。长江南岸的太湖和杭州湾周围，马家浜文化—崧泽文化—良渚文化的发展序列渐渐明晰。

与此同时，早于大汶口文化的北辛遗址在经历两次大的挖掘之后，文化面貌和内涵得到进一步认识，于是北辛文化—大汶口文化成为苏北鲁南的发展序列。

至此，随着长三角地区和山东地区新石器时期文化的纷纷"独立"，青莲岗文化遭受南北两大强势文化空间的"挤压"和"蚕食"，范围已从跨越数省到仅限于淮河下游一带，北不过邳县，南不过长江。

2005 年，张敏在其发表于郑州大学学报第 2 期的文章《从青莲岗文化的命名谈淮河流域与长江流域原始文化的相互关系》中指出："江淮东部应是考古学文化区，应存在着江淮地区的考古学文化，但并非以往所谓的'青莲岗文化'。江淮东部是夹在海岱地区与太湖地区两个强势文化之间的一个弱文化区，她存在过，亦曾有过自己的辉煌，她的发生至今是个谜，而由于良渚文化强有力的冲击，最终导致了她的消亡。"如果说前面还都是讨论，这个就有点盖棺定论的意味了。

在几乎众口一词的反对声浪中，"青莲岗文化"一词渐渐被人遗忘，仅存于考古史料里。即便有所提及，也是一言以蔽之：青莲岗文化是较早命名的考古学文化，但由于当时青莲岗遗址受到破坏，文化面貌并不清晰，之后一度遭到怀疑甚至否定。

有学者认为，"青莲岗文化"从热炒到消隐有两个原因：其一，江淮东部只是一个介于南北之间的走廊地带，南北两面的文化区域才是母区，提出"青莲岗文化"的人忽略了江淮东部特殊的地理位置，错把过渡带当作了中心；其二，江淮东部的考古发掘非常有限，维护青莲岗文化体系的学者没有充分的考古学证据，有将江淮一带"预想"为文化中心之嫌。

此结论是否过于武断？2011年，韩建业在谈及大汶口文化时，提到由于南北两方面的影响，东部沿海地区确实存在一个"鼎豆壶杯盉文化系统"，从这个角度看，当年提出"青莲岗文化"自有其合理的一面。看得出来，作者已经意识到了全面否定"青莲岗文化"有失公允，但这个声音过于微弱，并没有引起关注。而此时"青莲岗文化"的推崇者尹焕章先生早已过世。青莲岗遗址正式发掘60年后，现实给出了答案。

复　活

似乎为了向世人证明青莲岗文化的真实性，黄岗遗址现身了。

2018年，淮安市在进行高铁新区水系调整工程茭陵一站引河段河道开挖工作时，无意中发现了一片深埋在地下的大型古文化遗址。此处遗址位于淮安市清江浦区徐杨乡黄岗村附近，被命名为"黄岗遗址"。

黄岗遗址总面积达5.6万平方米，叠压于3~6米厚的黄泛层下，文化层普遍厚2~4米。遗址的主体内涵为新石器时代，并见周、汉及少量唐、宋遗存。经过发掘，黄岗遗址清理出不同时期的墓葬、房址、灰坑、灰沟、烧土堆、柱洞等各类遗迹3800处，出土了大量陶、石、骨、玉、瓷、铜、铁等不同质地遗物2000余件。其中竹编席、陶埙、泥塑人面、彩绘舞者等史前遗物，极为生动地展示了先民们丰富的物质与精神生活。

黄岗出土的彩陶，有太阳纹、U 型纹、网状纹多种样式，而且多绘于陶器的内壁，这与同时期中原的仰韶文化和山东的大汶口文化彩陶有明显不同。

更为奇妙的是，黄岗遗址与青莲岗遗址的直线距离不足 20 公里！这难免让人想入非非。虽然青莲岗文化已消失于众人视野多年，在淮安人的心目中，它一直都是他们生命的"根"，江苏的考古人也一直对此心有戚戚。

黄岗遗址没有让人失望，它不但在时间和空间上与青莲岗文化有重合，而且出土的红陶釜、鼎、陶拍和陶支脚等器物组合，也与青莲岗遗址发现的器物基本一致，为青莲岗文化的论证研究工作提供了强有力的证据。

考古专家们确认，黄岗遗址一期距今 7100 年至 6500 年间，明确无误地属于青莲岗文化。这说明淮河流域不仅是一个文化大熔炉，而且有一条清晰的史前文化廊道，存在着自成谱系和发展序列的淮系文化，在中国东部地区古代文化版图中占据重要位置，是我国史前文化中重要的一支，中华文明的主要源头之一。

青莲岗文化在多年的沉寂之后，终于重回新石器考古学中心视野。

如此，从青莲岗到黄岗，短短的 20 公里路程，走了整整 60 年。淮安的史前考古可说是吃了不南不北的亏。事实上，早在 2012 年，老淮阴地区的宿迁市泗洪顺山集就已经发掘出距今 8000 年前的古人类聚落遗址，2018 年上半年，南京博物院考古研究所又在古淮河到黄海之滨的淮安、盐城进行了多处考古调查，初步发现了淮安区的凤凰墩、西韩庄、菱陵集、严家码头以及阜宁县梨园遗址等一批与黄岗遗址聚落特征、文物类型相似、年代相近的遗址。淮河下游土著先民有一个"大家族"。

在 2018 年 12 月举行的全国专家论证会和江苏省考古学会年会上，黄岗遗址被看作"2018 年的重大考古发现"。专家认为，它不仅丰富了淮河中下游新石器时代考古学文化谱系，而且大大提升了淮河流域在构建中华早期文明中的地位。上海博物馆考古部宋建表示，7000 年前至 6000 年前淮河故道流域的新石器遗存具有鲜明特色，虽然其时空范围和内涵还有待界定和研究，但是青莲岗文化的真实面貌已经初露真容。

专家们对青莲岗文化与良渚文化、大汶口文化、贾湖文化和裴李岗文化之间的关系也重新做了定位：大约 5000 年前，环太湖流域的良渚文化与海岱地区的大汶口文化在这里发生了激烈的碰撞与融合，分别占据了淮河南北，此后龙山文化顺势南下，占据了整个淮河故道。再加上淮河上游不少于 8000 年的贾湖文化和裴李岗文化，淮河流域早期文明的源流与脉络已日渐清晰。

淮河流域的先民终于在良渚文化与大汶口文化的对抗中活成了自己想要的模样。作为青莲岗的后人，我如实记下这些，表达对故土的思念和对几代考古人求是精神的景仰。我期待着，通过进一步的考古发掘，这一朵在淮河边生长了 7000 年的青莲抖落时光尘埃，更加光彩照人。

第六章

野雏菊

在一望无际的山脉和平原上，它们像夜空中的星星，静静地观察周围的一切。野生雏菊是北半球最常见的杂草之一，山坡荒野，只要风吹，它就会蔓延生长。野雏菊是圣马可的花朵，它的拉丁语是"cai Nei Ou"，源于"Neek（书呆子）"一词，象征生命体验的智慧。那些天生受到这种花祝福的人，虽然外表略显木讷，却擅长思考，有远见卓识。

1. 无端木叶萧萧下

　　微风吹过，几片叶子飘飘忽忽地离了枝头，在空中翻了个身，然后悄无声息地落到草坪上。若不是此时我恰好坐在临窗的书桌前，绝不会注意到它离去的姿态竟是如此轻盈优雅。它在用自己的方式向母树告别呢。

　　"你今天别去走路了，扫树叶吧，运动量也不小。"老公的声音适时地响了起来。我家房前有一棵枫树，还是前房主留下的，由房龄算下来，树龄足有六七十岁了。这棵老枫树枝干粗壮，夏日叶冠如盖，遮住了很大一部分的似火骄阳，为我家省去不少空调开支。眼下，秋愈来愈深了，那些宽大的叶子似觉使命已完，纷纷扬扬地从树上堕落，地上渐渐积了厚厚的一层落叶。

　　按说不扫也是可以的，"落叶不是无情物，化作春泥更护花"么。可现实中，通常它们还没来得及化作春泥，一阵秋风秋雨，就被刮到了左邻右舍的草坪上，遭人侧目。所以每到叶落时节，住宅区里家家都积极地扫落叶。为此，政府特意设置了专有的收树叶日期，商家生产出专装落叶的大纸袋，扫树叶成为颇受鼓励的全民行为。往年，扫树叶的活儿是老公的分内事。在我家，女主内，男主外，每个周末，我负责清理室内，出了家门便是老公的服务区。北美春夏季节雨水旺盛，草长得很快，房前屋后的草坪每周都要修剪。冬季漫长，每过三四天就来场雪，铲雪为深度体力劳动，也是各家男人的"要务"。秋季扫树叶，因在户外，原本划归老公，今年因为疫情，他见我在家上班，假借锻炼之名将此责转嫁到了我身上。

我戴上手套，接过老公递来的耙子，把树下的叶子归到一处，弄完抬眼一望连自己都吓了一跳：整整三座小山！不扫树叶，绝对想象不出一棵树上竟有这么多的叶子。加拿大枫树，每一片叶子都有巴掌大小，长在树上不觉得，归到一处确有点让人惊讶。从生物学的角度，叶落是树木的自我保护机制。叶子表面有许多孔，像枫树这样的阔叶树的叶子，每片叶子上有一万多个气孔。这些气孔是各类气体出入的门户，光合作用和水汽的蒸腾作用都在这里进行。秋冬气温下降，叶片非但不能进行光合作用制造干物质，反消耗水分和能量。所以入秋之后，叶柄和叶茎连接点会自然生成隔离层，强行中断树叶的水分供应，来维持树在低温下生存的最低养分。叶子因此由绿变黄，最终脱落，随着阵阵秋风重回大地怀抱。

眼下，这些被枫树"精简"的叶子静静地躺在地上，脸上还残留着一抹嫣红。诗人余秀华说，枯萎是一种彻底的顺从，布满迷人的光晕。在落叶的生命里，那些风中的喧哗雨中的私语都已成为永久的回忆，伴随它们度过泥土中的漫漫长夜。而没有树叶遮掩的老树，犹如被脱去了衣服，裸露出最本色、最原始的躯体。树干上枝杈蔓生，像伞骨一样旁逸斜出，越往上分叉越多，细细的枝条穿插交错，密如渔网。若把树叶比作树的发肤，它们就是树的筋骨和血脉了，整棵树的水分和养料运输都是通过它们完成的。去除浮华，保守根本，这就是大自然冬藏的智慧。皮特说，生命的本质是疗愈，你看看大自然，万物凋零，万物也在生长。

冬天水冰地冻，万物蛰伏，生机潜藏，在中华传统里，此时人的养生也着眼于"藏"。中医有"春生、夏长、秋收、冬藏"之说，《黄帝内经》云"冬不藏精，春必病温"，这就是古代天人合一的道理。过去中国北方农村有猫冬的传统，寒冬腊月，家家把土炕烧得暖烘烘的，吃完饭一家人就坐在炕头的热被窝里聊天，邻里来串门，主人待客的方式就是赶紧腾出一块热被窝。

随着电的发明、空调的普及，以及手机、电视、网络、微信各种娱乐方式的问世，这种朴素的养生之道已经渐渐被现代人遗忘。日出不作，日落不息，晨昏颠倒，夏日不发，冬日不藏，各种任性，于是，越来越多的人被失眠、抑郁等神经疾病困扰，这是大自然对人类的惩罚亦是警醒。

无端木叶萧萧下，更与愁人作雨声。如今，落叶真的成了愁人们失眠时听雨的道具了，只是不知落叶传达的生存秘笈人类可曾听懂。

2. 姥姥们的"保姆"情结

回国时见到大学时期的闺密，谈起我并非很遥远的退休梦：用一次环球旅行，开始真正属于自己的人生。两年前，我和姐姐就有了这个约定，我们甚至贷款投资了一处房产，作为"梦想基金"。我那厢正谈得眉飞色舞，冷不防女友说了一句："你姐她不用带孙子？"我的思绪一下子短路了："我姐必须带孙子吗？"

"当然啦，她不带谁带？"女友说。

"可以上幼儿园啊。"我不死心，我们的孩子不都是这样长大的吗？

"两岁以后才能上幼儿园。"女友说。

"那就请保姆呗。"我想起加拿大那些做 Baby sitter（幼儿看护）的女孩子。儿子小的时候，如果我们不得不外出，Baby sitter们就会来救驾，工钱很低，每小时 5 加元就能搞定。这些女孩通常选修过相关课程，通晓基本育儿常识。

"家里没人谁敢把孩子交给保姆？"女友说，似在责备我不上路。

我一想，可不嘛。听母亲说，侄女前年生了儿子后，雇了个保姆帮着照看孩子。当时哥哥和嫂子还没退休，特意把爷爷奶奶

217

接到她家，就是为了看住保姆。据说有保姆让孩子舔她脚丫子，还有保姆嫌吵喂孩子安眠药，更有甚者，干脆把孩子偷出来卖了，保姆从此人间蒸发。所以，雇了保姆看孩子，还需有人盯着保姆，颇有点"螳螂捕蝉，黄雀在后"的意思。

当时我还有点怪侄女对人缺乏信任。保姆也是一个职业，从业人员起码的职业操守还是应该有的。现在听女友这么一说，倒好像保姆虐待孩子是个普遍现象了。人与人之间的诚信危机到了如此触目惊心的地步让我始料不及。

"照你这么说，退休后就只带孙子这条路可走了？"

"当然。尤其是如果你不幸沦为女方家长。"

这话我信。今年回国，发现年届60、从未离开过家乡的大姐和大姐夫已经赴京为女儿带外孙去了。外孙招人疼，女婿讨人喜，两口子对全日的"保姆"生涯倒也无怨无悔。但一把年纪了，晚上睡不好，白天更忙，还要改变口味和生活习惯，适应北京的环境，够难为他们的。得空回趟家乡，都像农民工进城，看着什么都想往京城带。但这种累并快乐着的事儿谁又说得清呢？上个月两人回家过年，也就几周的时间，就想外孙想得不行。听说孩子的奶奶带得不好，孩子生病了，自责得要死，还发誓以后再也不离开宝宝了。

居住在南京的哥哥嫂子退了休马上去女儿家报到，一天都没耽误。现在外孙两岁半了，上半天幼儿园。嫂子中午去幼儿园把孩子接回来，从软硬兼施喂孩子吃午饭开始，一下午陪孩子玩教孩子识字，外加水果伺候，直到女儿下班她才下班。这个昔日的报社编辑完全是一副全职保姆的模样了。我说嫂子你一知识女性，也不乏文采，得闲动动笔写写锦绣文章不比什么好，女儿的孩子就让他们自己带吧。嫂子说，不是我不思进取，实在是别无他法。我一姐儿们，大公司经理，现在还不是在家穿着睡衣带孙子。

我问朋友，退休后有何打算？她想都不想就说帮女儿带外孙呗。"带外孙"俨然已成为国内中年大妈的社会行为了。这些在"不爱红装爱武装"的歌声中长大，撑起过"半边天"的女人们，无论多么风光多么显赫，退休后一律回到家当"保姆"。或者我们可以称之为"第二份职业"？我毫不怀疑她们会比任何一位来自家政公司的保姆更称职、更贴心，因为对她们而言，这不是一只饭碗，而是一个充满爱意的"希望工程"。只是不知这工程何时能完工。问嫂子，她说不知道，就算以后宝宝上小学了，我不还得接送。问大姐，她说没准儿，二孩政策就要实施了，女儿打算要老二，她的"保姆"生涯遥遥无期。让人匪夷所思的是，大妈们乐此不疲。莫非刚被体制抛弃的她们从中发现了自己的存在价值？

我在敬仰的同时生出些许感叹：中国的女孩何其幸运，她们拥有天底下最无私的父母。这样的情形在北美几乎是不可想象的。因为我曾经亲耳听到一位拒绝为其女儿带孩子的加拿大老太太说："我的孩子我已经养大了。"

（原载《侨报》副刊 2014.3.12）

3. 中国式父母的一生

2014 年国内有两首歌很火，几乎是全民皆知。一首是《小苹果》，另一首是《时间都去哪儿了》。稍稍注意一下就会发现，这两首歌的歌词很有意思，如果把它们放在一起，简直称得上中国式父母一生的完美概括。

先看《小苹果》。第一段"我种下一颗种子，终于长出了果实，今天是个伟大日子"，初为人父母，喜悦的心情满溢于言表。然后，"摘下星星送给你，拽下月亮送给你，让太阳每天为你升起"，孩子开始成为生活的重心，为了孩子，可上九天揽月捉日，自我牺牲已有萌芽。再后来，"变成蜡烛燃烧自己，只为照亮你，把我一切都献给你，只要你欢喜，你让我每个明天都变得有意义，生命虽短爱你永远，不离不弃，你是我的小呀小苹果儿，怎么爱你都不嫌多，红红的小脸儿温暖我的心窝，点亮我生命的火"，至此，一对可怜的人儿终于彻底失去自我，孩子成为他们活着的意义和目的。

这样的人生有什么样的结局呢？让我们来看第二首《时间都去哪儿了》："门前老树长新芽，院里枯木又开花，半生存了多少话，藏进了满头白发"，我们的主人公老了，满头华发，他们有话要说。想说什么呢？当然是回忆，回忆是老年人的专利："记忆中的小脚丫，肉嘟嘟的小嘴巴，一生把爱交给他，只为那一声爸妈"。回忆的主要内容是孩子，联想到第一首歌里说的"变成蜡烛燃烧自己，只为照亮你，把我一切都献给你，只要你欢喜"，很合乎逻辑。

回忆之后，是深深的叹息："时间都去哪儿了，还没好好感受年轻就老了，生儿养女一辈子，满脑子，都是孩子哭了笑了"，长长的一生，所有的时间都花在了孩子身上，脑子里只有孩子的快乐与痛苦，忽略了自己的感受，忘记了自己也是需要成长的，自己的人生也是有使命的，于是，还没好好感受年轻就老了。而且，由于太过关注孩子，连自己的健康都没好好看顾，"还没好好看看你眼睛就花了，柴米油盐半辈子，转眼就只剩下满脸的皱纹了"。孩子长大成人，上了大学离开父母，这时候父母应该也就是中年吧，现代美容护理的产品那么多，中医传统养生的资源那么丰富，才人到中年，眼睛就老花了，满脸都是皱纹了，完全是因为没有好好保养嘛。

事实上，从《小苹果》到《时间都去哪了》中间起码有20年的跨度。这20年里，孩子的父母有很多的机会拓宽自己的人生。首先是职场，一天中最主体的时间消费场所。这里没有孩子，却有上司和同事。上司的主要使命是磨炼你的耐受力和抗压能力，同事的作用是教会你怎样与人相处。这些都是人生最重要的财富。其次，孩子的延伸课堂。现在的孩子，没有几个不在学校的课目之外学几招才艺。钢琴、绘画、运动，送孩子上课时顺带着学点，足以发现自己的兴趣所在了。何至于老了之后"满脑子都是孩子哭了笑了"？

　　我看了2014~2015年的跨年演唱会。演唱会上，台上的歌手唱《小苹果》，台下的观众整体伴唱，场面甚为壮观。那些年轻的父母眼睛里充盈着爱，脸上的表情近乎神圣。搞得我这个原本觉得生儿育女是本分的人都觉得自己崇高起来。可是，听了《时间都去哪了》了之后，感觉却比较复杂。大概是自己已人到中年，听到这首歌，我的心里涌上一股苍凉，庆幸还好给每天留了点时间给自己，用来去健身房和写作。"只剩下皱纹"的晚年在我是不可接受的。

　　燃烧自己去照亮孩子的人生，这样的爱虽伟大却难免悲催。若是一支火把便可引领孩子，就不要把自己的命搭进去了吧，或许这样孩子也可以活得轻松点。

4. 中国的"小皇帝"

　　中国曾历经几千年的封建时代，皇帝也因为任者水平的参差不齐而成为一份最有戏剧性的世袭职业。明君成就一代伟业，昏君祸国殃民，朝代变更、沧海桑田化作历史剧中离奇精彩的情节。

　　自从 100 多年前的辛亥革命废除了帝制，这一至尊贵族便在中国的土地上消失了。只是当时推翻清王朝的北伐军将士应该不会想到 100 年后的今天，一代新的皇帝正在神州大地的每个家庭中复活，这些家族中最年幼的一员，控制着整个家庭的生活节奏、时间与金钱的消费方式以及每位成员的喜怒哀乐，这就是中国的"小皇帝"。

　　幼儿，因其弱小和对成人的依赖，在所有的文化中，都是成人社会关爱的对象。但在中国，这种情感得到无限放大。

　　中国文化素有"敬老爱幼"的传统，实施"计划生育"这一国策之后，每个家庭中孩子的数目被人为限定为一个，施爱对象的锐减让人们的爱心过剩，并逐渐演变为"宠爱"与"溺爱"。过去 5 年，中国第一代独生之女陆续进入生儿育女期。两代"独一无二"的结果，是这个孩子成为上面 6 位与之有直接关系的成年人的聚焦点。他或她的一举一动，一颦一笑，牵动着父母亲、爷爷奶奶、外公外婆的神经。

"80后"女孩小A经人介绍跟一位年龄相仿的男孩结婚了，婚后两年，"小皇帝"顺理成章诞生。从这一刻起，这个家庭的日常生活模式发生了神奇的变化。首先，一位月薪4000元人民币的"月嫂"住进了他们家，专门照顾产后第一个月里产妇和婴儿的饮食起居。之所有要雇月嫂，是因为中国人认为产妇生子之后的一个月满月之后这段时间里，对未来几十年的健康至关重要，需要特别看顾。在这一个月里，家庭成员放下所有事情，围着新生婴儿转，希望尽自己一份力。坐完"月子"，母亲要去上班了，照看孩子马上成为一大难题。在中国，幼儿园只接收3岁以上的儿童。小A找了一位保姆专门带孩子。但是，保姆拐走孩子或者虐待孩子的传闻让小A不敢让保姆独自带自己的孩子。于是，孩子的外婆和外公只好提前退休，当起全职保姆。憧憬已久的退休生活完全让位给了"小皇帝"。

前不久，回国时参加了淮安E-Baby早教中心的开幕仪式。这是一位台湾人在中国大陆开办的，完全照搬台湾模式。仪式之后很多孩子免费试用他们的课堂和玩具。教室里装有柔软的泡沫地面，爬行及攀登模块也是泡沫的，连楼梯的拐角和边缘都用泡沫包上，防止孩子不小心受伤。即便这样，不允许成人进入的教室里依然挤满了担惊受怕的家长们。他们有的搀扶孩子走平衡木，有的跟在孩子后面喂香蕉，有的在为孩子拍照，供孩子们玩耍的塑料球池子的周围站满了围观的家长。抓拍的照片上，孩子们本该看世界的眼睛都在看着自己的父母。

皇帝拥有至荣至尊，却因此失去了平凡简单的幸福。不知被过度呵护和关注的"小皇帝"们是否还能体会到自由成长的快乐。

5. 小城"白求恩"

最近我居住的加拿大南部边境小城温莎市发生了一起轰动事件。当地一位深受华人推崇的高中数学教师怀特先生，被告知不得跨进整个学区的教室从事任何教学活动。理由是有家长告怀特先生虐待学生，为避免事态扩大，雅斯郡教育局决定把怀特先生清除出教师队伍。

华人小区一片哗然，学生和家长们自发组织起来举办听证会去教育局请愿，企图通过正常渠道留住这位好老师。

怀特是小城顶尖高中 Massey 一位退而不休的数学教师，曾多次获得过优秀教学奖和总理优秀教学大奖。他的教学特点是不按常规解题，鼓励学生大胆思考，寻找快捷方式。38 年的数学教师生涯中，怀特先生点燃了无数孩子学数学的热情，培养出众多奥数奖得主。曾经得到过他的教育的孩子，有的已成为大公司、大医院的高级管理人才，有的进入常春藤名校学习，有的选择数学研究作为终身的职业，都对怀特先生心怀感激。由于他的努力，Massey 高中成为省内数一数二的好高中，华人移民趋之若鹜，为此，Massey 高中周边的房子一直供不应求。

出于对数学的酷爱，怀特先生 8 年前退休之后，跟学校达成协议，继续兼任学校各年级每周一次的数学尖子班数学课，并用学校的教室开设周末及晚间多层次奥数训练班。当然啦，老人不是天使，上课哨子一吹，任何人不得私下交谈，否则说出来的话会相当不客气。这就是此番遭到禁教的起因。校方对怀特先生说，教育已经改变，你的教学方法过时啦。

在深陷经济危机、失业率居高不下的北美，怀特先生的教学法到底是已经过时，还是正应该大力提倡，直接关系到数以千万计的孩子在未来几年的竞争力，值得探讨。

我认为，虽然教育的方法可以千变万化，教师所扮演的角色其实只有两种：家长或者看护。与中国的教师相比，加拿大的教师所起的作用更接近看护。只要孩子在学校开开心心、平平安安，对自然有了一些认识，具备了一定的计算能力，懂得遵守公共秩序，与人合作，将来成为一个守法公民，他们的任务就完成了。教师的这种角色定位有如说是制度使然，不如说也是家长们逼出来的。西方文化鼓励孩子个性自由发展，家长都在力图做孩子的朋友，老师岂可越俎代庖？

如今加拿大的中小学，教师对待学生越来越小心翼翼了，稍有不慎就会被扣上"虐待"的罪名。学期末孩子拿回家的成绩单，即便是满眼"C"，评语依然是赞语有加，不足之处轻描淡写一句带过。似乎现在的孩子心理脆弱得已经经不起一句重言了。

在教育中，爱护孩子的自尊心是对的，但这是否就意味着无原则地讨好学生？事实上，对于成长中的青少年，严厉的批评同样重要。据说，怀特先生惹火烧身的原因是他指责一位学生的解题方法"愚蠢至极"，还说，别以为凭你头发的颜色就可以谋份好工作。家长因此扬言要告怀特先生"虐待学生"。我倒觉得怀特如此，说明他有一颗对孩子负责的家长的心，他施行的"危机"教育正是北美教育严重欠缺所在。怀特身为纯种白人，没有任何东方背景，角色定位上却与中国人比较接近，难怪被中国家长视为知己。

危机教育在由于资源匮乏或者人口庞大而竞争激烈的国家，比如日本和中国，已成为中小学教育中的重要内容，就像穷人家的孩子为了改变命运必须努力一样。而在发达国家美国和加拿大，孩子们更接近被照顾得很好的富家子弟，中小学教师就像富人家的保姆，他们的责任不是让孩子拥有多少生存的本领，而是给孩子一个快乐的童年。

北美的这种看护式教育，过去或许行得通，现在，即便在加拿大，大学生求职都面临来自本国和其他族裔多方面的压力，危机教育已迫在眉睫。孩子们需要知道自己将要面对的是怎样的世界，并为此做好准备。这也许残酷，但总比被淘汰好得多。这就是怀特类教师存在的意义所在。一个好的老师，应该有一颗家长的心，这是为孩子的前途焦虑的教育责任心，这样的老师才是可遇不可求的，因为太多的教师只是把教书当成一个职业，而不是责任。只有怀着一颗家长的心施行的教育才是负责任的教育。

（原载世界日报《世界周刊》2012 年 1483 期）

6. 微信朋友圈茶语

周末收拾完屋子，捧着杯冒着热气的绿茶坐下来，习惯性地打开手机，突然生出了看看微信朋友圈的冲动。这个每个中国人手机里必备的劳什子，到底有什么魔力，不光占据了我们所有可供自己支配的时间，还在改变着我们的生活方式，尤其是交友方式。

手机带拍照功能，而且可以自拍。在微信上，拍的照片动动手指就可到处散发。别人发布的文字和图片，动动手指便可查看转发，非常的简单直接。真的让每个人都过足了自媒体的瘾。代表当时心情的文字发布后还能永久保存，不占手机空间，相当于在微信上建了一个私人笔记库。想起若干年前，曾经希望办一份自己的报纸，后来因对拉广告、印刷、发行各种能力信心不足而放弃。如今看来，无论是时效性还是传播性，微信的功能还真的比平面媒体有过之而无不及呢，也算是圆了我的一个梦。

安装了微信之后，一夜之间多了很多朋友，形成了圈子。后来才知道这便是"微粉"们津津乐道的朋友圈。朋友圈的好处是拉近了人与人之间的距离。有些文友，居住地隔着万水千山，从未谋面。但从此君发的图文，便知道其去何处云游了，最近又有了哪些新作，甚至后院种的是芍药还是鸢尾花，都熟悉得如同隔壁老王。估计很多人都有类似感觉，所以乐此不疲。每天下班回家打开微信，朋友圈里都是满眼的图文、评论、点赞，一片繁盛景象。俨然一幅网上清明上河图。

微信交流尤其适合我这样嘴笨眼拙的社交低能儿。现实生活中大家都很忙，难得有好事者召集一个聚会，别人相谈甚欢，我虽然也很激动，却搜肠刮肚找不到一个合适的词儿表达自己的思念之情。在微信上笔谈，则感觉不到任何障碍。兴致来了，偶尔也能口吐莲花一下。

微信择友，有很强的自主性，属有效交往。你可以根据自己的喜好添加或者删除好友，也可以选择看不看他/她的朋友圈，让不让他/她看你的朋友圈，等等。话不投机的屏蔽掉就是了。而那些学养深厚的大家，每天跟读其朋友圈发文也受益匪浅呢。听君一席话，胜读十年书。相比现实世界的某些霸凌成性的同事，虐待狂老板，总爱把树叶往你家吹的邻居，厌烦至极依然要天天见面，躲不过绕不过。微信的朋友圈简直就是伊甸园了。

我的朋友圈里有四类好友。一类是我的"贵人"——文学界、书画界的前辈。某个场合遇见了，加了微信，从此得以窥见他们的世界。于我这个半路出家的理科生而言，他们就像一片深邃的大海，每一朵浪花都丰富得值得我思考。二类是各种文学活动、文学社团中结识的"文友"。共同的喜好让我们惺惺相惜，从彼此的成就中得到激励。三类是居住在同一城市的"邻里"。柴米油盐的生活需求使得我们目光不约而同地落在那些琐碎却提升舒适度的家长里短上。不要小看了一包笋干、两把青菜、几粒种子的情分，一饭一粥都温了胃也暖了心。四类是这些年曾经在我身边驻留如今天各一方的"故友"。与他们是知根知底、不必客套的默契。原本必定渐行渐远的友情因了微信的而不至疏离。

微信朋友圈让分享成为一件极易操作的事情，无论何时何地，只要有 Wi-Fi 覆盖，就在微友视野内。而人类恰恰是最畏惧孤独的一个物种。一个人生下来，从落地的那一刻起就在寻找这个世界上最能与之契合的灵魂。不要轻视那些喜欢在朋友圈晒作品、晒出行图片、晒孩子的微友，他们不过是用这种方式发现与自己相似的人而已。

在微信上加好友非常简单，扫一下即可。可是要在茫茫人海里寻觅到那颗懂你的心却极为不易。生活中有多少人，曾经非常的亲近，可因为这样那样的原因走着走着就失散了。然后又有新的朋友相伴而行。走了一段，又有一些走丢了。最后留下来的，真的是少之又少。

人与人之间的关系颇有点像手上的这杯茶。一杯好的绿茶，首先要有好的茶叶。不一定名贵，但必得是当年的新采摘的，没生霉，也没被虫蛀过。然后要有好水，最好是山泉，至少没有污染。而且水温也很有讲究。俗话说："老茶宜沏，嫩茶宜泡。"所谓沏，就是用刚烧开的水，所谓泡，就是用热水瓶中的水。从科学的角度来讲，用温度很高的水沏茶，会破坏茶叶中的维生素 C，但水温过低又不易使茶叶香味溢出。为两全其美，品饮高级、细嫩的绿茶，水温最好是 80℃ ~ 90℃。特别嫩的茶，泡茶时水温还可以再低一些。其他中低档茶，可用 100℃ 的滚水冲泡。至于红茶、花茶，则宜用刚煮沸的水冲泡，并加以杯盖，以免香味逃逸。

好的关系便是好茶遇到了最适合它的好水。被晾晒储藏了多日的茶叶只有被投进水里才能恢复往日的鲜活，里面的营养成分才能被释放。白开水只有加了茶叶才能成为茶。它们丰富了彼此也成就了彼此。事实上，生活中的哪种关系不是一杯茶呢？朋友是，夫妻更是。人活在世上就是不断地建立各种关系。一段好的关系能让双方发现自我，互相温暖。这样的关系就像一壶不断往里续热水的茶，温热解渴，历久弥新。而那些看似热络，实则三观错位的关系，不用太久，也就成了一杯凉透了隔夜茶。喝了不仅于身体无益反而有害。

　　所谓幸福的人生，不过就是好的茶叶遇到了一杯好水，泡出的一杯好茶。看到茶叶被唤醒之后在水里绽放的样子吗？那就是幸福的姿态。

（原载《阳美茶》2018.9）

7. 陈香悠长　时光不老

金秋时节，回国参加一个海外专业人士考察活动，活动是在厦门。

下午与当地企业对接洽谈时，来了一位浑身散发烟味的中年男人。此人一坐定二话不说先发名片。我扫了一眼，哇，真人不露相，眼前这位竟然是安溪铁观音集团的总经理。总经理是个爽快人，交谈几句就催签约，还邀请去他们公司参观，跟其他对接单位完全不同风格。

到了公司，进门二话不说先品茶，茶叶公司嘛。女孩依次把热水倒进三个盖杯冲出三碗茶，让我们尝尝有什么不同。第一杯淡绿；第二杯仍为绿色，颜色略深；第三杯则呈深黄色。喝完后，连我这个不常喝茶的人都感觉到了不同。第一杯，味道比较淡，微微带点苦涩；第二杯，稍浓一些，仍然有点涩；第三杯，香味浓厚，涩感完全消失了。

女孩说，第一杯是春茶，第二杯是秋茶，第三杯是陈茶。"陈茶?!一直听说茶要喝新茶，怎么还专有陈茶生产？而且口感还那么好！"我不解。总经理告诉我们，每年铁观音出厂后，茶厂都要留一定的量作为翌年出口时拼配之用，目的是让茶饮料的水更加滑润。安溪茶厂自 20 世纪 60 年代建厂起就陆续建造储存陈年铁观音的专用仓库，用来储存不同年份的陈年铁观音。陈年老茶被储存在大缸里，避免回潮，并且每隔 5~8 年需用微火烘焙一次，重新放入茶缸，出厂时还要再进行烘焙。

在茶厂，我们看到了 1952 年建成的仓库。这个仓库很讲究，设有茶叶存放空间、通风空间、木板层三个部分。通风空间是仓库下部带有通气孔的墙体，起到冬暖夏凉的作用。石头仓库历经数十年的风雨洗刷依然结实坚固。仓库外面有一个砖头砌成的旧式炒青炉，被烟熏得黑黑的，旁边的棚子里堆放着炒青时烧火专用的荔枝木料。仓库前的石板路被运茶车和工人的脚步打磨得光滑发亮，记录着几代茶人的奋斗。

总经理说："品茶还是以新茶为佳，因为久存之后茶叶的酸度减小，口味也大打折扣。大多数茶类，像绿茶、乌龙茶都是当年的新茶品质好。但新茶并非越新越好，最好存放半个月之后再喝。新茶含有比较多的未经氧化的多酚类、醛类及醇类等物质，这些物质对健康人群并没有多少影响，但对胃肠功能差、尤其本身就有慢性胃肠道炎症的病人来说，就会刺激胃肠黏膜，诱发胃病，因此新茶不宜多喝。陈茶之所以更加醇厚、柔和，就是因为茶叶经过烘焙冷却、密封、储藏，多了一个后熟的过程。在安溪民间，不少茶农每年都有存茶于陶罐的习俗，遇风寒冷热以陈茶当药。"

临走时，总经理送我们每人两盒陈年铁观音。回到酒店，我直接到前台快递了一盒给家乡的老父母，当然不完全因为它降血糖的功效，而是觉得这陈茶跟 80 岁高龄的老父母一样都有着阅尽世事沧桑的"陈年味"。老年人的味蕾，应该更偏爱陈茶的氲氤里那股岁月的味道。

时间可以摧毁世间万物，亦能成就辉煌和优雅。陈茶的平和圆融、饱满丰富让我想到著名表演艺术家秦怡。秦怡成名很早，在 20 世纪 40 年代的大上海，秦怡就和周璇、胡蝶等大明星的名字相提并论，抗战大后方重庆影剧舞台上，她又与白杨、舒绣文、张瑞芳并称"四大名旦"。她被周总理称为"中国最美丽的女人"，被施瓦辛格视为偶像，靳羽西说她是"亚洲最美丽的女性"。就是这样一位出色的女性，却遇人不淑，两次婚姻只留下伤痛记忆。第一任丈夫陈天国嗜酒如命，酒后常对秦怡家暴。与第二任丈夫金焰的 37 年婚姻，因为金焰的出轨而分居 30 年，后来金焰因大量酗酒引发胃出血长期卧床不起，秦怡照顾了他 20 余年，直到他 1983 年去世。最让秦怡心痛的，是她与金焰的儿子"小弟"金捷。1965 年，16 岁的金捷突然发病，被医生诊断为精神分裂症，而且无法痊愈。从那一年起，秦怡无论走到哪里都带着金捷，这一带就是 43 年。儿子患病后，生活不能自理，严重时，还伴有暴力行为，秦怡只能默默忍受。她自己也生过几次大病，脂肪瘤、甲状腺瘤、摘除了胆囊，还接受了几次开刀。大病在身，却一直照顾着一个又一个亲人，送别一个个亲人。

秦怡的一生，就是这样被无数次地放在火上烤，但命运所赠一切，她都一一笑纳。晚年的秦怡精神矍铄，雍容高贵，像陈茶一样，有一种岁月沉淀之后的从容安详。现在的她是娱乐圈最受尊敬的老前辈，每次出现在新闻里，人们都说她气场不输刘晓庆、周迅，她真的是把自己活成了"传奇"和"女神"。秦怡曾说过，一个人只要自己的心是大的，那么事情就没有大小之分，只要自己的心是重的，那么事情就没有轻重之分，只要自己的心是诚的，那么即使事情成败有别，又有什么关系呢。秦怡的一生，或许可以告诉我们：怀有坚定的信念，历尽磨难而保守本真，就能活成一杯百毒不侵、清香悠长的陈茶，所有的苦涩都被时光滤去，留下的唯有甘甜。

我坐在温莎家中洒满阳光的书房，一边细品从厦门带回来的陈年铁观音，一边写下上面的文字。抬眼窗外，一阵风吹过，屋前的老槐树上有几片叶子飘然落下，似在讲述时光与生命的故事……

（原载《文综》2019.12）

8. 归来兮票证君

近期，"节俭"一词频频出现在国内各大媒体的醒目位置，成为"热词"。政府号召民众杜绝浪费，崇尚节俭，"一粥一饭，当思来处不易，半丝半缕，恒念物力维艰"。这无疑是对前些年中国社会高速发展、物质极大丰富后，吃喝风盛行、奢侈品泛滥的纠偏。

当年来加拿大留学，这个发达国家给我上的第一课竟然就是"节俭"。负笈西行，大号行李箱除了四季衣物，一把菜刀和几包方便面，也就放不了什么其他东西了。所以，落地之后的当务之急便是购买生活所需。虽然都是些日常用品，若去商店购置，也是一笔不小的开销。学姐面露神秘笑容，说别担心，周末带你去个好地儿。这个好地儿便是当地人极为热衷的"院售"。

"院售"不需营业许可，春暖花开、秋寒未至之时，周末两天，早9点至晚4点，将家中闲置物品摆放在房前草坪、车道上，或者车库里，就可以练摊儿了。一家人喝着啤酒聊着天，顺带着照看。小孩子的玩具、不穿的旧衣服、淘汰的锅碗瓢勺、台灯、自行车、婴儿车等，应有尽有，小件一刀两刀，大件十刀二十刀，价格非常亲民。有豪放型的房主，物品连价都不标，随意报个一口价。我们这些囊中羞涩的穷学生，缺什么根本不用去购物中心，周末去高档住宅区逛一圈"院售"，花不了几个钱，全部置齐。

周末逛"院售"的习惯，持续了很多年。直到自己买了房，有一天突然发现，自己在"院售"买的东西，很大一部分只是从对方的车库搬来我家的车库而已。赶紧也弄了个"院售"，半送半卖地清理出去了，从此戒了"院售"情结。

不过，倡导"一家的垃圾另一家的财富"的加拿大人并非生性节俭的民族。虽然西餐饭食简单，不会出现像国内餐馆剩菜用卡车装的事情，但食物浪费一点也不少。加人习惯每周采购一次，大包装的面包牛奶、水果蔬菜、鸡鱼肉蛋，全部放入冰箱。不新鲜了，变质了就都扔掉。超市更是如此，每年在运输或储藏过程中有大量的过期腐败食物进了垃圾堆。据说美国每个人每天大约要浪费一磅食物。这些浪费的食物，39%是果蔬，17%是乳制品，14%是肉类，12%是谷类，大约是食物总量的30%~40%。

除此之外，北美人还特别"擅长"浪费三大资源：首先是电，办公楼、公寓楼、图书馆、商店、社区中心的灯总是不分昼夜地亮着，居民家的中央空调一年四季地开着；其次是水，据统计，北美的草坪覆盖面积已经达到任何一种灌溉作物的三倍，维持一片精心修剪的草坪每天要用掉超过900升的水。有的人家，天上下着雨，房前草坪的浇水装置还在喷着水；第三是纸，在加拿大，作为造纸原料的木材资源得天独厚，纸张价格因此低到几乎白送，国民用起纸来就任性得让人心疼。

宋司马光在《温国文正司马公文集·训俭示康》里，说到张文节任宰相时，生活节俭，亲近的人劝他，说你现在的俸禄不少，何苦要这样节俭呢？张文节长叹一声说道："我现在的俸禄，即使全家穿绸挂缎、膏粱鱼肉，何愁做不到？然而人之常情，由节俭进入奢侈容易，由奢侈进入节俭就难了。像我现在这么高的俸禄难道能够一直拥有？"

现在，相信大多数人的物质享受早就远超"穿绸挂缎、膏粱鱼肉"的水准了，要由"奢"入"俭"，谈何容易。为了遏制"舌尖浪费"，国内的不少餐厅在醒目位置贴出"不剩饭、不剩菜"提示，多地餐厅还推出了半份菜、小份菜。微信上还发布了某明星在餐馆吃人剩菜的新闻。窃以为此类措施皆治标不治本。

曾去古巴旅游，印象最深的是当地人令人羡慕的精瘦身材，这在超重已成为许多发达国家的国民第一大揪心事儿的今天，显得格外另类。看到当地居民提着蛇皮袋领土豆，方记起半个世纪前，中国也曾是这样一番景象，那些裹在蓝、黑色回纺布里的身体，匀称苗条，极具美感。

古巴人无论男女，甚至连狗，脸上均是一副憨厚的神情，没来由地满足与自信。我曾百思不得其解，与很多发达国家相比，古巴的物质算得上贫乏，国民的这种底气从何而来？思考后的答案竟然是：还是社会主义好！国营"大锅饭"，均贫富，人人有饭吃，没有"得"的欲望，亦无"失"的恐惧，无焦虑无抑郁，无欲无畏，一如当年的我们。

我把古巴人和曾经的我们所拥有的完美身材归功于现今极为罕见的凭票购物制度。

限量供应是计划经济、物资缺乏时代的产物，似乎不值言道，但事实上，无论是从健康还是环保，这都是一种颇为明智的国策，值得借鉴和倡扬。

之所以这样讲，是基于对人性弱点的了解。人类的自制力是非常让人不敢恭维的。美食当前，管不住自己的嘴巴；便利当前，控制不住自己的双脚；利益当前，坚守不住做人底线。这种时候，最行之有效之法大概只有发放限量票证了，食品限购券、加油配给券、为官资格券……

老话说得好，吃不穷穿不穷，算计不到就受穷。听过一个故事，说的是有个主妇，每天做饭时习惯抓出一把米放在旁边的缸里，天长日久，也集了一大缸。后来发生饥荒，一家人就靠着她的这一缸米活了过来。大国国策跟居家过日子并无大不同。购物券的功能不只节省资源、消除浪费、强行减肥，它还是一种思维训练。每一次的使用，它都会提醒人们，大千世界，属于你的只有这么多，要学会珍惜。据说连年干旱的美国加州就已经出台了淡水预算规划，到2022年，加州居民每人每天用水限额55加仑，到2030年，降低到50加仑，违者重罚1万美元。

古人云，取之有度，用之有节，则常足。我相信，票证君一旦回归，不需太久，人们孜孜以求的完美身材，低血脂低血压低胆固醇的健康体魄，自信满足的笑容，将如今日之古巴，重回到现实中。

9. 珠玉不到眼的 "春运妈妈"

一篇寻找 "春运妈妈" 的文章正在网上疯传。11 年前，新华社记者周科在南昌火车站偶然捕捉到一个镜头：一位年轻的母亲，右臂抱着婴儿，左手拎着塞得鼓鼓的破旧双肩包，整个身体因为背后巨大的行囊而前倾，面容姣好的脸上一双大大的眼睛，眼神冷静坚定，让人过目难忘。

这张名为《孩子，妈妈带你回家》的照片刊发后，不断被各大媒体转发，感动了无数人，成为之后数年风靡全国的 "春运表情"。面对众多读者的询问，图片的摄影者周科踏上了寻找图中母亲的漫长行程。2021 年春节前夕，这位坚强的母亲终于浮出水面：巴木玉布木，32 岁，彝族人，现居四川省凉山彝族自治州越西县瓦岩乡桃园村。10 年前，巴木玉布木的第二个孩子出生，为了改变贫困的生活现状，也为了不让孩子重复她 "一辈子走不出大山" 的人生，她决定外出打工。

巴木玉布木的第一份工，是在南昌一家烧砖厂，每天背着孩子搬砖。其间，她最头疼的事是孩子生病。因为不会讲普通话，女儿生病，她连怎么去医院都不知道，买车票还要麻烦别人帮她买。那张照片，就是巴木玉布木结束在南昌 5 个月的打工生涯，赶火车返回大凉山老家为二女儿治病的途中。当时的背包中装满被子、衣物，手拎的双肩包里是一路需要的方便面、面包、尿不湿。

看到这篇报道时，我这个半路出家的"为文者"正在师傅的监管下恶补唐诗，"春运妈妈"的故事让我记起刚读过的唐代诗人于濆的一首五言诗："吾闻池中鱼，不识海水深；吾闻桑下女，不识华堂阴。贫窗苦机杼，富家鸣杵砧。天与双明眸，只教识蒿簪。徒惜越娃貌，亦蕴韩娥音。珠玉不到眼，遂无奢侈心。岂知赵飞燕，满髻钗黄金。"

诗的标题为《里中女》，全诗读来让人心酸："我听说池塘中的鱼，不知道海水有多深。我听说桑树下采桑的女子，不知道厅堂的华美。她辛苦织出的锦缎成为富家小姐的罗绮。她一双生就的美目，只见过野蒿制的簪子。她空有西施的美貌，韩娥的歌喉，却从未见过珠玉饰物，更不知后妃发髻上插满金饰，她因此无任何奢侈的欲望。"

诗中，韩娥是古代传说中的善歌者，"绕梁三日不绝"典故的主角。《列子·汤问》："昔韩娥东之齐，匮粮。过雍门，鬻歌假食。既去而余音绕梁俪，数日不绝，左右以其人弗去。"春秋时，韩国歌女韩娥去齐国，到齐国都城临淄时，身边带的干粮吃完了，就在都城的雍门卖唱求食。她走了以后，歌声的余音在房梁间缭绕，多日未绝，似乎人还没离开。

里中女和"春运妈妈"，一个是唐代的乡野女子，一个是21世纪四川凉山的彝族妇女，中间隔着遥远的时空，似乎并无关联，但就本质而言，她们至少有两个共同特征：美貌和贫穷。

里中女有西施之貌，而幽处野里，有韩娥之音，而湮没无闻。由于安贫乐道，天生丽质并没有给她的生活带来什么改变。"春运妈妈"巴木玉布木面目清秀、笑容甜美，也走出了大山，却因为不识字，对大城市霓虹灯的招牌、路边的标志以及周边的一切都视而不见。上班、带孩子和睡觉是她的日常，活动基本不出砖厂围墙。所以，在繁华都市生活了5个月之后，巴木玉布木像"珠玉不到眼"的里中女一样，回归清贫。

美丽是上天赐予的丰厚资本，这在看脸时代尤其如此。且不说现代众多靠脸改变命运的女性，和不惜在脸上动刀都要变美的人造美女，单是于濆诗中提到的西施和赵飞燕，已提供极好的佐证。

西施是越国句无苎萝村人，自幼随母浣纱江边。西施有倾国倾城之貌，居中国古代四大美女之首，"沉鱼落雁"中"沉鱼"说的便是她。越王勾践在对吴国的战争中失利后，采纳文种"伐吴九术"之四"遗美女以惑其心，而乱其谋"的计谋，于苎萝山下得西施、郑旦二人，并于土城山建美女宫，教以歌舞礼仪，饰以罗毂，教以容步，习于土城，临于都巷。三年学成，使范蠡献与吴王。吴王夫差大悦，筑姑苏台，建馆娃宫，置二女于椒花之房。西施从此远离贫穷，陪伴君王尽享荣华富贵。

赵飞燕亦出身平民，因家贫难养，她一出生就被父母遗弃道旁，结果竟三日不死，父母只得又把她抱回家。稍长，被卖与官家，成为阳阿公主家的歌女。一日，汉成帝刘骜来阳阿公主家串门，一眼就相中了面前这个眼睛会说话且能歌善舞的轻灵女子。于是，赵飞燕被刘骜带回宫中，封为婕妤。赵飞燕史无正名，只因她腰细身轻、舞姿轻盈，所以才有"飞燕"的雅称。这个地位卑下的女子用她的美貌征服了帝王，开始了许多人梦寐以求的人生。

可见，对有几分姿色的女子而言，珠玉到眼并非难事，若要"珠玉不到眼"，可能先需"珠玉不过心"才行。有一颗纯洁而质朴的心，即便满目皆珠玉，亦可不为所动。里中女和"春运妈妈"应属此类，她们的故事在令人唏嘘之外亦令人起敬。

10. 三十而已论花期

近日追剧《三十而已》，颇叹现今女子之不易。余观剧中女子有三虑：一为职场前途，二为婚姻走向，三为生活品质。焦虑一事，古已有之，今人尤甚。为何？人之心境，多欲则忙，寡欲则闲。求之愈多，虑之愈切也。

今人之焦虑男女不同，年龄有异，女人 30 乃焦虑之最矣。为何？皆因此时未嫁者恨嫁，嫁人者知夫非可托之人，家中诸事，无一轻省，无脑者力不逮体竭也，有智者眼界高心累也。似薄冰履步，水中行舟，须臾不可大意，岂有不焦虑之理。

庚子大疫，居家时多，余常日落时闲步左邻右舍之庭前路边。春夏之际，花木茂盛，自 3 月始，你方唱罢我登场，甚为热闹。余持手机拍之，今录于此：3 月，水仙、连翘、迎春；4 月，玉兰、樱花、桃花、李华、杏花；5 月，郁金香、丁香、绣球、鸢尾花；6 月，虞美人、芍药、凌霄、滨菊；7 月，萱草、合欢、玉簪、木槿、松果菊……

余观花之世界，缤纷繁杂，形态有异，貌美若贵妇雍容，素简如草芥寒微。应时而开，顺时而衰，短至十几日，长达数月余，便雨打风吹零落成泥。然一日不谢，便傲立枝头，展眉舒颜、蓬勃欢喜，无一异也。想那 30 岁女子，才入盛年，稚气已消，容颜未老，头发乌亮，眼神顾盼，实是一生至美之时，竟为些非分之想，忧心忡忡，开心不得，着实可惜。古人云：劝君莫惜金缕衣，劝君惜取少年时。实为智者良言。

世人常将女子比作花，非单形其容也，亦指其心也。人生在世，天年不过百岁。想那如花女子，或一枝独秀，自得其乐，或择一良人嫁之，养尊处优，相夫教子，尽享烂漫花期，岂不妙哉。

你说要看高处风景，可知山高无穷尽，高处不胜寒？

余有一言，姑妄听之。不必为升职忧，饭碗而已，饱腹为期；不必为婚姻忧，人各有志，行路做伴，走一程是一程，偕老是造化，时时同步，事事同心，自古难求；不必为子女忧，儿孙自有儿孙福，尽责便可，尔非神也，做得了母改不了命。

呜呼，花有花期，人有运势，认之顺之，无焦虑也。

第七章

蓝玫瑰

　　蓝玫瑰是经过特别染色的稀有花卉。由于植物基因的限制，蓝玫瑰不能自然生长。蓝玫瑰虚构的本质，像文学一样，神秘而富于创造力。写作，让我们带着一个非同寻常、无法解释的开端，走上一条充满未知的路。它的终点，是更为丰富与阔大的世界。

1. 把日子过成一本书

一粒种子，只要胚还活着，无论沉睡多久终究是会发芽的。

上小学时，我就清楚地知道自己喜文甚于理，我希望长大后成为一名记者，拿着话筒去事件发生地采访，对着镜头告诉百姓身边事，这是何等的风光有趣。不过这个心愿在高中分文理班时就输给了现实。虽然我的文章上了市级《中小学生作文选》，父母还是直接把我送进了理科快班，连跟我商量的念头都没有。高考肉搏战后，南京大学大气象系多了一名差生，共和国的新闻队伍里少了一个快乐的女记者。

为这事儿我没少埋怨作为语文教师的老爸老妈。他们却毫无悔意。父亲一直主张子女远离政治漩涡，科学救国。而且，前面几个孩子要么下乡，要么进工厂，只有这个最小的爱女赶上了重视知识的年代，还指望她放卫星呢，怎么可能往风口刀尖送呢。可怜我抗争不成，只得消极怠工，大学4年，除了上课和应付考试，其他时间都贡献给了学校图书馆，沉浸在《悲惨世界》《欧也妮葛朗台》《红与黑》的场景中，大气科学就是过眼烟云，出了考场便晴空万里。

混到毕业被分配到北京的一所大学任教，开始定期泡大学阅览室，文学类杂志每期必读。三心二意地教了几年书，公民出国开始汹涌成潮，我不甘人后，找到系领导软磨硬泡混到一个公派出国读硕士的机会，从此结束误人子弟的教书生涯，转而来加拿大"坑害"资本主义。那时国人崇洋媚外的风气正盛，读完硕士，我联系到读博的机会，以便长期逗留并成为这个发达国家的公民。如此这般在理科的路上越走越远。

这期间很多年，我基本上忘掉了文学，忘得很彻底，连小说都很少看。因为生活中需要操心的事儿太多了，学英语、拼学位、拿身份、求职、恋爱结婚、生儿育女、买车置房，随便抽出一件都比文学重要。我不是那种喜欢做梦的女人，理智告诉我生活中什么是必须做的，什么是可以暂缓的，什么是应该放弃的，很不幸，文学被我归在了放弃一类。

直到有一天，我用父母送我的理科背景谋到了一份公职，突然就有了写点什么的冲动。我花了一晚上挥就洋洋 3000 字的《四十岁学做女人》，历数了自己这些年为了谋生所放弃的小女人习惯种种。这时人类已进入互联网时代，第二天这篇文章卜了海外华人网站"华夏文摘"的头版头条。那时的读者很热情，跟帖很快就比我的文章还长，我也被封为"才女"。我一个理科生，什么时候受过这样的追捧？立马自信心爆棚，披挂上阵。

我这才知道，为生活打拼的那些年，我的文学初心其实一直没有死，就像一粒种子，外表干瘪，看似无生命体征，一旦遇到了适宜的气候和土壤就可以发芽生长，开花结果。

从此我的生活彻底改变。当时儿子只有 8 岁，加拿大的小学为了照励孩子爱玩的天性，布置的作业很少。我像其他家长一样热衷于课余送他去各类才艺班，钢琴、绘画、滑冰、足球，送去之后都会有长长的等候。过去我打算转行学电脑，这个等待的时间就用来完成作业，现在全部给了文字。

写作带给我最重要的改变是看生活的眼光。中国人在海外并不轻松，虽无食品安全之忧，有房有车，但当地劳动力极贵，房屋车辆的修葺维修都要亲力亲为。少数族裔，社会不提供加工服务，想吃个包子饺子、特色菜什么的，只有自己做。教育孩子更是个苦差事，西方文化崇尚个性发展，让精英做精英，普通人做普通人，但华人不同，人人望子成龙，个个都是虎妈。孩子在学校有洋人孩子做参照，根本不服管，亲子关系恶劣。培养一个有出息的孩子，要费更多心思。总之，华人的异乡生活可谓处处纠结，一地鸡毛。但是，当我以写手的身份而不是普通母亲的身份观察、思考华人的异乡困境时，我的视角发生了神奇的改变。原本的生活难题成为书写的主题，所有的家长里短、坊间八卦都有了意义。写好了，小人物的悲欢离合一样精彩。

把生活中的不如意付诸笔端的最大好处是让自己与现实剥离。我写长篇小说《剩女茉莉》时，正是职场遭遇最严重危机的一段日子。一方面政府部门人事冻结，薪水冻结，还在大量裁员，另一方面课题繁重，每天高速运转。新课题并不是老板的研究领域，他常常举棋不定，反复修改实验设计，搞得我们疲惫不堪。我调换老板的申请也因他课题的重要性而未获批准，当时的情绪真的是近乎崩溃。

幸好我一年前动笔写一篇反映"80后"女孩在海外职场成长的长篇小说《剩女茉莉》，此时正好写到她转为正式雇员。于是我设计了一个霸道成性的坏老板，像我老板一样不通人情，以折腾下属为乐。我把现实中发生的事情完全同步地放进去，想象小说女主人公茉莉，这位内心强大的女孩，遇到这种情况会怎么处理。小说中我还为老板的行为设想了好几种可能性，为他不合常理的行为开脱。这么过了一段时间，自己竟然下意识地认可了小说中的解释，发现老板那些不可理喻的苛求也不是那么不可忍受。

去年，我的小说完稿之际，老板告诉我，他打算退休了，似乎完成小说中坏老板的塑造是他的使命。读了《剩女茉莉》的朋友告诉我，这本书就是海外的《杜拉拉升职记》，书中的坏老板形象很生动，让人印象深刻。我心说，这个人每天有 7 个半小时在我身边转，制造各种麻烦，挑战我的忍耐极限，这样的人物想不鲜活都难呢。

写作就是这样让我把日子过成了一本书，所有的酸甜苦辣都是书中情节，而我的世界则云淡风轻，暖阳环绕。

2. 等风的日子

——《剩女茉莉》的出生与出嫁

《剩女茉莉》获得首届"寻找京东锐作者征文大赛"长篇组二等奖，于我是一个意外，惊喜之余，更多的是惶恐。不是对自己的作品没有信心，而是担心这篇有太多"尝试"的小说，配不上这样重要比赛中这样重要的一个奖。

写这部小说之前，我一直以为自己的写作兴趣是女性的家庭、婚姻和情感生活，直到2010年7月，看了电视连续剧《杜拉拉升职记》，突然就有了写一部职场小说的冲动。想自己混迹加拿大政府部门多年，裁员风暴、种族歧视、不公正待遇，该经历的都经历了，好好构思一下，一定可以写出一部海外版的"杜拉拉升职记"。考虑到国内现在的主要读者群，我塑造了"80后"女孩花茉莉这样一个人物。为了便于叙述，我使用了第一人称。

这样的设计无疑是一个很大的冒险。首先，我要熟悉"80后"女孩的语言习惯和思维模式。其次，第一人称讲述时，作者比较容易把自己放进去，一厢情愿地塑造出一个完美而不是很可信的人物。但真的动笔，我才发现，这完全不是问题。

写茉莉时，我脑子里出现的是身边的一位"80后"女孩，她出身普通家庭，父母节衣缩食供她来加拿大读硕士。读完后，她很想留下来，可是现在技术移民的门槛也加高了，要有专业对口的工作才能申请，而加拿大这几年的职业市场严重萎缩，很难找到一份专业对口的工作。她从这个城市辗转到那个城市，一直这样漂着。

我把故事情节与这个女孩产生联系，完成了角色定位。由于很多都是现实中发生的事情，所以写得很顺。特别是写后半部的时候，小说的情节跟我的实际生活几乎同步。写作成为我在现实生活中遭遇的困境的一个宣泄方式。可以这么说，如果不是写《剩女茉莉》，我可能会在来自偏执老板的巨大压力下崩溃。所以《剩女茉莉》是我拯救自己于职场危机的救命书。更加奇妙的是，这本书完稿之后，老板告诉我他打算退休了，似乎完成《剩女茉莉》里那个坏老板的形象塑造是他的使命。

尽管我自己很喜欢这部诙谐轻松、很有现代感的小说，现实中的"剩女茉莉"并没有像小说中那样顺利"出嫁"。完稿之后，几位要好的文友帮我推荐了两个出版社，都被婉拒。而我自己投稿的出版社，更是如泥牛入海，音信全无。

"女儿"没出嫁，也没心思再动笔，我过了一段优哉游哉的日子。正在几乎绝望的时候，偶然看到美国文心社网站上登出一则京东杯征文大赛的启事。我抱着试试看的心理把文稿送了过去，并没有抱多大希望，依然每天上班、健身、过日子。直到2015 年1 月，接到京东电邮，告诉我《剩女茉莉》获得长篇作品二等奖，询问是否参加1 月9 日的颁奖大会，我才知道自己连《剩女茉莉》进入入围作品的消息都错过了。

京东杯"寻找锐作者"长篇作品二等奖的奖励是首印3 万册。我的《剩女茉莉》就这样"嫁"了一个好人家。颁奖仪式上，我对京东图书出版部经理说，没想到《剩女茉莉》有这样好的运气。经理说，好书就该有好前途。这句话让我感动得差点落泪，这就是人们常说的知遇之恩吧。我想起电影《等风来》的结尾，男女主人公去海边玩滑翔，女孩说，我都准备好了。男孩说，准备好了也没用，我们现在只能等，等风来。现实中，我们都是玩滑翔的孩子，要等到那阵属于我们的风才能驰骋天空。

3. 中加友谊需要怎样的民间使者

——读李彦《尺素天涯：白求恩最后的情书》有感

一口气读完李彦的纪实文集《尺素天涯：白求恩最后的情书》，第一个跳到脑子里的词是"好看"。把真实的故事写得如侦探小说般精彩，这在我的阅读史上还是第一次遇到，不得不佩服作者的功力。

在这本书里，作者用代入式的生动文字讲述了她跟踪搜寻几位加拿大友人，挖掘出中加两国外交史上被掩埋的几段往事的传奇经历。套用现在大陆媒体最时髦的说法，这本书有不少鲜为人知的"爆料"。更加可贵的是，这些"料"不是无聊记者和狗仔的花边新闻，而是经过作者严格调查、考证的事实。

《尺素天涯》围绕"白求恩最后的情书"这个悬念，从走访情书女主人莉莲的儿子——一位落魄的加拿大老人开始，到接到白求恩研究会的官方回执结束，把发现白求恩最后一封情书，以及作者为了给这封情书一个好的归属所做的努力的整个过程娓娓道来，其中的曲折算得上惊心动魄，最后的结局更让人啼笑皆非。这样的结局应该算是文化差异呢，还是观念差异？读后不由让人陷入沉思。

最神奇的要数第二篇《小红鱼儿你在哪儿住》。20多年前，作者参加了小城温莎的一次学术讨论会，她的白人邻座竟然讲一口带河南口音的流利中文，而且做过加拿大驻中国大使。这还没完，未出半月，作者在《人民日报》海外版读到一篇介绍甲骨文出土前后的历史的文章，因为相同姓氏，事情发生地又在河南，引发联想。询问之后，得知这位发现出土甲骨文的加拿大人竟然是这位男士的父亲。明氏家族跟中国的不解之缘就这样浮出了水面。跟着作者的探索脚步，我们一点点走进那段尘封的历史，走进当年那位年轻的基督教传教士对中国文化的一片痴情。

跟作者一样，我本人也属于改革开放初期出国的这一批留学生，因此读这本书感觉非常亲切。那时加拿大中国学生人数不多，当地人对我们充满好奇，诸如课堂讨论、朋友聚会等场合，就成了我们介绍中国的好机会，而白求恩几乎是每次必提的话题。我们告诉加拿大友人，白求恩在中国家喻户晓，很多中国人是因为白求恩才知道加拿大的。我们还充满热情地推荐中国的美食和民俗，几乎每个人都充当了民间使者的角色。我当时想，每一个来到加拿大的留学生就是一座架设在两国之间的桥梁，随着留学生人数的增多，桥的数量该是何等壮观。

但现实是，若干年后，这其中的大部分人产生了分流，形成两大流派，一支属亲美派，一支属亲共派。网络盛行后，这两拨人在网上争论不休，成为网站论坛灌水主力。每当看到前者凡中国必反，诋毁这片土地上发生的一切，后者唯中国独尊，不能忍受一句指责中国弊端的话语，我总是感觉很绝望。我知道能为两国友好助力的肯定不是这些"愤青"，但是谁呢？

读了李彦的《尺素天涯》，这个一直萦绕心头多年的困惑终于有了答案。

身为加拿大滑铁卢大学东亚系教授、孔子学院院长，李彦有机会近距离接触加拿大主流社会，中国政府官员、作家学者，这对双方的交流与沟通无疑是很有益的。但这本书告诉我，李彦在这方面所付出的努力远远超过了职业要求的范畴。以白求恩的情书为例，为了解开这个秘密，她用自己的时间搜索白求恩遗物的拥有者比尔的相关新闻，又与刊登这条新闻的媒体联系，找到比尔的联系地址，然后驱车一个多小时赶去与比尔会面，请老人去中餐馆吃饭，安排他与从中国来的白求恩精神研究院的代表见面……所有这一切，原本都不属于她的工作。她自主地做这些，出于还原历史真相的冲动，更出于对加拿大友人的尊重和对祖国文化原乡的深沉挚爱。

我以为，中国文化要走向世界，这不是一句口号，它有极其丰富的内容。它需要我们每个中国人客观、理性地反观自身，冷静、如实地审视对方，了解彼此的差异。唯有这样，才能带来真正的理解和包容。而这正是身为大学教授、孔子学院院长的李彦女士多年来所为之努力并收获颇丰的事业。在《嘤其鸣·笃友人》这一章里，选登了作者与法国女作家的通信摘选，里面有很多作者对中西方文化差异、中华文化走向世界的观察与反思，是这部书里最值得回味的章节。

这也是为什么读到《尺素天涯》时，我有一种茅塞顿开的感觉。因为我发现，只有作者这样学贯中西，又拥有独立的人格，习惯独立思考，不盲从、不屈从于权势的人，才是增进中加友谊最值得拥有的民间使者。

4. 重学白求恩

——李彦非虚构作品《不远万里》读后

今天早上父亲有点头晕，跟姐姐商量是不是下午带他到医院检查一下。姐姐说等她联系医院的一个熟人，看看明天他什么时候在班上我们再去，省得去了排半天队被人两句话打发了。母亲说，打发你算是好的，怕的是太把你当回事。你爸是离休干部，医药费全报，每次去看病都被送去各种检查，开各种高价药，感冒都让住院检查。你爸的糖尿病就是一测出血糖高马上被住院用药，过度治疗落下的。现在医院都把离休老干部当摇钱树。

我想起不久前在上海参加的《不远万里》新书发布会。这本有关白求恩的书正在上海热卖，作者是加拿大著名中英双语作家李彦女士。书中收录了作者的两个中篇纪实作品《尺素天涯》和《何处不青山》，前者记录了作者寻找白求恩与毛泽东一张珍贵合影始末，后者则是白求恩和他的医疗队当年在太行山麓治救八路军伤员的故事。全书悬念丛生，史料丰富，文字精彩，为世人还原了一个立体而真实的白求恩。

发布会上，上海戏剧学院副院长杨扬老师谈到我们的时代是否还需要白求恩。他讲了很多，我当时并未特别留意，现在老父亲看病遭遇的困境让我觉得在当今中国，这实在是一个非常值得探讨的话题。

我打开《不远万里》这本书，想看看同为医生，这个无任何酬劳，穿梭在战火中，随时可能失去生命的外国人是怎么做的。在书的 228 页，我找到了在白求恩生命的最后一天写给八路军翻译朗林的信：

在这里，我的身体整天发热发冷，已到了无法支持的程度，高烧到 39.6 度。因此我只好通知大家，如有腹部伤、股骨骨折、或头部负伤的伤员送来时，马上要通知我，即便睡着了也要叫起来。

……

我万分忧虑的，就是前方流血的伤员，假如我还有一点支撑的力量，我一定留在前方。但是我的脚已经站不起来了。

书的 207 页，我还发现了当时与白求恩并肩作战的加拿大医生布朗的叙述。这个毕业于多伦多大学医学院的外科医生在给教会和史沫特莱的信中这样写道：

北方面临着巨大的需求。我希望能以身作则，给其他传教士医生带个头。可怜的中国被战火摧毁了！如果她需要朋友的话，那就是在此刻！我的决定并非心血来潮。我感到内心翻腾的强烈召唤……

我们从早到晚手脚不停地做手术，在每一个地方仅能停留几天。所见到的一切，只能用悲惨二字来形容。

每天早上睁开眼，天还未亮，我们的门口已经排好了等待手术的队伍。我需要带领一百个医生奋斗上整整一年，才能够帮助这里的人民。

……

通篇读下来，我只看到两个字：悲悯。我相信医者仁心，医术有高低，但好医生一定有悲悯之心。从某种意义上说，当时的八路军官兵是幸运的，战争残酷，但白求恩和布朗这样的好医生用超越种族与国籍的人道主义给了他们最好的治疗。这两人都是毕业于加拿大一流医学院、有精湛医术的外科医生，他们放弃了加拿大优渥的生活，投身到战火中，只是因为这里需要他们。

80年之后，华夏大地早已今非昔比，医疗条件更可用鸟枪换炮来形容。活在21世纪的中国，民众理应得到更好的医治，却为何谈医色变呢？母亲说，医院追求利润，医生需要高回报。开高价药、过度治疗都是为了从患者腰包里多掏出一些银子。我说这个问题太容易解决了，医药分离啊，医院只管治病，药呢到药房去开，加拿大就是这样的。而且，加拿大的医院医生薪水很高的，似乎没必要从患者身上拔毛。

姐姐说，你有所不知。现在国内的医院已被推向市场，基本没有国家拨款。仪器设备、办公费、服装费，所有开销，包括员工的工资，全部自己挣。医院把患者当钱罐，医生见死不救，有难言之隐，不完全是医德太差、人心不古。

只是，国内医生真的很穷吗？退一万步讲，现在的医生至少比白求恩有钱吧？

按照《不远万里》的讲述，当时八路军的津贴，从战士到团级以上的干部，每月分别为1元，2元，3元，4元，5元。毛泽东也是5元。为了照顾白求恩，中央特批给白求恩100元。他却从来没有领过。炊事员见他操劳过度，身体越来越瘦，曾悄悄地杀了一只鸡，煮了鸡汤给他补养。他却大发雷霆，把鸡汤端到病房里，每人一勺，一口一口轮流喂到病床上的伤员口中。转过身来，他和战士们一起，嚼小米饭，喝白菜汤。

在他的遗嘱里，白求恩这样分配了他的"遗产"：两个行军床，你和聂夫人留下吧，两双英国皮鞋，也给你穿了。马靴和马裤，给冀中的吕司令。贺龙将军也要给他一些纪念品……打字机和松紧绷带给郎同志。手表和蚊帐给潘同志。给我的小鬼和马夫每人一床毯子，并另送小鬼一双日本皮鞋。医学书籍和小闹钟给卫生学校……

这就是这个把生命留在了中国的加拿大外科医生的全部家当。他在给友人的信中说："我有时很怀念咖啡、烤的半熟的牛肉、苹果馅饼，还有冰淇淋。那都是绝佳的美味啊！此外还有那么多书籍可阅读。很想知道，你们如今还在著书立说吗？还在欣赏音乐吗？你们还常常跳舞、喝啤酒、看画展吗？唉，躺在铺着雪白床单的柔软床上，该是何等滋味啊……"白求恩放弃这些他已经拥有的物质享受，来到战火中的中国，到底是什么力量在支撑着他？

白求恩说："我仅有一个条件，假如我回不来了，你们必须让世人知晓，诺尔曼·白求恩是以一个共产党员的身份牺牲的。"我愿意相信，对共产主义的信仰把他带到了中国，但能在当时艰苦危险的情况下将生死置之度外，救死扶伤直至献出自己的生命，则得益于他对不幸之人的悲悯之心。

而所有这些，大概也正是我们这个时代大多数人所缺乏的。医生是一个特殊的职业，他面对的是生命最软弱时的状态。他们是溺水的人唯一可以求助的救命稻草。医生一旦失去行业底线，后果是极为可怕的。医疗体制的完善涉及方方面面，但满怀悲悯，让病人得到适当的医治，则是每一位医生每个工作日的可行之事。

如何超越眼前的利益，尊重生命，敬业尽职，是现代医学界乃至所有人急需补上的人生一课。所以我认为，是时候重学白求恩了。

（原载《侨报》文学时代 2018.11.25）

5. 《海底》——一位理想主义者的信仰之旅

　　我读过加拿大双语作家李彦的中文版长篇小说《红浮萍》，非常喜爱。作者干净洗练的文笔，张弛有度的节奏把握，和作品本身的思想性给我留下深刻印象。只是书中主要叙述的是"母亲"的红色人生，对"女儿"着墨不多，使得我读后对"女儿"的故事充满期待，想知道这个有着跌宕起伏的童年却自强不息的女孩子有着怎样的人生经历。

　　终于，时隔3年，《海底》问世了。这部小说即时叙述，镜头感强，人物形象入木三分，语言幽默生动，让人读的时候忍俊不禁，拍案叫绝。《海底》没有让我失望，它讲述了"女儿"江鸥在加拿大从服装厂的仓库保管员、酒店清洁工做起，到律师事务所的秘书、多元文化的临时翻译，在加拿大艰难立足，最终被主流社会认可接纳的故事。曲折的谋生经历使江鸥有机会接触了生活在社会底层的各类华人移民。小说真实可信地塑造了一批处境艰难、生存能力极强的"小人物"。

　　值得一提的是，作者没有停留在对移民生活的表述上，而是有意识地把叙事背景设成华人教会，探讨了一群无神论者在基督教国家发现信仰，从而使自己寻找到合理留下来的精神支柱这一深刻主题。

在这群移民中，小说的女主人公江鸥，和红藻、金强宇（金枪鱼）这对夫妇对于信仰的思考尤其值得关注。江鸥和红藻出国前同为"指点江山，激扬文字"的理想主义者，是早期出国的大陆留学生中颇具代表性的人物。出国后，文科背景造成求职不顺。心灰意冷的日子里，红藻跟着几个落魄文人一起信了神，找到心灵的安宁，重拾自信。丈夫金强宇在她说服下也信了神，日子虽然清贫，但两人热心教会事务，整天开着破旧的"巡洋舰"接送教会姊妹。小说结尾，金强宇辞去实验室工作，去加州读神学院，这对夫妇从此在加州的阳光下定居下来。

江鸥的信仰之路却颇为坎坷。受红色文化培养长大的江鸥，是非分明，不愿随波逐流。用她自己的话说，既不挑剔，又十分挑剔。大多数女性追求的东西，她丝毫不在意，而她所在意的东西，却容不得半点龌龊。

这表现在她对待爱情上。"王子"让江鸥失望源于两件微不足道的小事。一是他对待北京街头的乞丐显示出的不耐烦，二是在巴黎埃菲尔铁塔下面对摩登女郎时对江鸥的疏忽。她和"陛下"——一位研究高能物理的教授，也由于在两性关系定位上的差异而分道扬镳。她心目中的完美男性，是白求恩那样的人：勤奋好学，勇敢坚定，关心社会底层，富于献身精神。

江鸥看重的是人格的独立和精神的自由。来到加拿大，在服装厂做仓库保管员时，她又因为老板下班时对员工搜包拂袖而去。她在律师事务所工作期间，被"多元文化中心"派去为犯有虐妻前科的男人主办的培训班做翻译。由于主讲人口带脏字，她愤然拒绝了这份薪酬优厚的工作。

这种理想主义的特质让江鸥走近教会，并差点受洗。正如她自己对教会的牧师和信徒们说的那样："很多年来，我一直在寻找一种理想的世界。我选择来加拿大，而不是像我的大多数同学一样去了美国，也是因为这里是白求恩医生的故乡，是他出生成长的地方。从我儿时所受的教育来看，他就是一种美好信念的化身。而我来到加拿大之后，却逐渐发现，白求恩之所以是理想的化身，其实是因为他从小受着十分纯洁的基督教文化的熏陶，这为他成为一个坚定的国际主义者，也就是一个崇高的理想主义者，奠定了良好的基础。"

江鸥还坦陈，作为一个母亲，她尤其欣赏基督教里有关死亡的描述。当我们相信亡者在上帝的花园里幸福生活，早晚有一天能与亲人相逢，我们就不会被失去亲人的巨大悲痛所淹没。没有任何一个其他宗教给过这样迷人的承诺。

这是一个多么美好的思考！读到这里，我由衷为小说的女主人公找到了自己的信仰而欣慰。然而，江鸥看到的教会是什么样子呢？龙牧师拒绝为她洗礼的原因令人哭笑不得。女主人公虔诚的追求、认真的思考此时成了辛辣的讽刺。

这个结局似乎给人们提出了另一个问题：教会，真的是神的住所吗？或者换一种问法：牧师，真的是神的管家吗？

在海外，几乎所有的华人移民都有过跟华人教会打交道的经历。热心的教徒来者不拒，甚至主动登门拜访，成为华人移民来到新大陆的第一个接应者。人地生疏的新移民很容易被吸引。而一旦遭遇不幸，华人教会又常常是第一个伸出手帮助的那一个。教会，让习惯被管理的华人有一种找到了组织的感觉，周末去教堂成了一种社交活动。但事实上，教会并不是社交场合，基督徒对很长时间还不信主的慕道友也会失去耐心。加上教会的牧师水平参差不齐，一段时间以后，一些人受洗成了基督徒，一些人因为失望而离开。

不论来教会的初衷是什么，结局怎么样，走近教会，唤醒了海外华人的信仰意识。在《海底》中，作者李彦对新移民这一独特的生活内容作了可贵挖掘。在书的结尾处，3 岁半的贝贝惊呼出来的那个完整的句子，使读者陷入了深深的思考。

（原载《侨报》副刊 2013.9.21）

6. 人生第一堂文学课

——长篇小说《玉琮迷踪》后记

　　我跟别人说我写了一部有关考古的小说，他们的第一反应就是："我看过《盗墓笔记》，你这个也是关于盗墓的？"我就想，在普通人的观念里，是不是盗墓才有资格被写成小说？或者人们并不清楚考古工作者具体做了什么，以为考古跟盗墓是一回事？也可能他们觉得考古跟小说的距离有点远，毕竟小说的本质是虚构，考古的核心是实证。人们读小说主要还是为了娱乐，考古那么枯燥，写考古能有什么戏剧性和娱乐性呢？

　　但是我觉得，在凡事都在创新的年代，考古与小说终究是要相遇的。当考古的史料装进小说的框架，读者收获的就不仅是阅读的快感，还会有考古学方面的知识。在风行文化阅读的今天，考古小说正当其时。

　　作为一个关注家庭、情感的写手，这部小说可说是一个另类。事实上，它更像是我的读书笔记。2016 年，一个偶然的机会，我去参观成都的金沙遗址博物馆，看到一尊青玉十节玉琮。据解说员介绍，这尊玉琮虽然在金沙遗址发掘，但它的风格和玉质都属于浙江的良渚文化。当时我对良渚文化和古蜀文化都很陌生，对玉琮更是一无所知。参观完了之后，出于好奇我到网上搜索了一下玉琮，发现这个外形类似笔筒的物件竟然是个未解之谜！

好在网络时代信息资源极为丰富，我一点点追踪，试图找出良渚十节玉琮现身金沙的缘由。在这个过程中，博物馆那些曾经在我漫不经心的目光中掠过的文物一件件变得鲜活起来。我想，何不以这个现身金沙的良渚玉琮为线索写一部穿越的爱情小说呢？正好当时我的上一部长篇刚刚出版，还没有新的写作计划，便大致梳理了一下思路就动笔了。

但写作的人都有这个体会，就是写着写着，笔下的故事仿佛有了生命一般，偏离作者预设的走向发展。我写《玉琮迷踪》时，就遭遇到这样的困境。随着挖掘过程的深入，我的写作兴趣已经由最初的寻找金沙十节玉琮的源头，伸延为探究中华文明的源头，小说的主题也由男女爱情，上升为老一辈考古学家对祖国远古遗存的深情。完全背离了写作的初衷。余华说过："虚构的人物同样有自己的声音，作家应该尊重这些声音，成为一位耐心仔细、善解人意和感同身受的聆听者，而不是叙述上的侵略者。"我决定听从故事本身的意愿，写考古发掘，写考古学家。

我花了近3年的时间写完了初稿，然后把电子稿发给家乡的荀德麟先生过目。荀先生是著名的文史学者、辞赋家，对中国文化遗产和大运河有深度研究，他的《美好江苏赋》入选大学语文。荀老很快就通读了18万字的书稿，并为这本书写了题为《玉琮灵气焕文章》的代序。他写道："在阅读中，我的眼前多次浮现出姚雪垠与《李自成》。姚在创作完成《李自成》的同时，也成了晚明史与明末农民战争史研究的著名专家。文章之与《玉琮迷踪》，亦可作如是观。就作品的视野而言，文章则放眼中西，融贯古今，广涉文理，纵横百科，且长于欧美小说之思辨推理，更间以考古学人之引经据典，因此，气象更加恣肆宏阔。总而言之，《玉琮迷踪》是文章文学创作与考古探源紧密结合的一次全新探索、成功尝试。"

而且特别凑巧的是，荀老通读完书稿不久，就传来了中国良渚古城遗址在 2019 年 7 月 6 日举行的第四十三届世界遗产大会上获准列入《世界遗产名录》的消息。先生非常激动，他在代序中写道："我不禁欣慰地仰天发问：是文章的灵感感动了上帝，还是玉琮的灵气召唤了文章？"说实话，用小说的形式来表现考古过程、考古学家和文物知识，于我是一个新的尝试，虽然完稿了，到底能不能达到出版要求自己心里也没底。荀德麟先生的评语给了我很大的鼓舞，良渚古城遗址申遗成功也应该是这本书顺利出版的一个契机。怀着一丝侥幸，我把书稿发给浙江文艺出版社主编邱建国先生。

2019 年 11 月，趁我回国开会之机，文艺社特意为这本书开了一个 5 人改稿会，参会的就是文艺社的邱建国、余文军、罗俞君老师和浙江文物考古研究所的考古专家王宁远研究员。会上，老师们直言不讳，指出这部小说的致命缺陷。当时这部小说虽然是用一个虚构故事串起来，第一稿中有大量考古史实的论述，不光冲淡了小说本身的文学性，也造成非考古专业的读者的阅读难度增加。罗俞君老师说："你这部小说的主要人物是谁？你觉得你有塑造这个人物的形象吗？"因为很多信息是通过大段对话交代，邱主编尖锐指出："你给我们讲了一个二手故事，读者需要一手故事，书中的安慧就是多余的。"几位编辑老师的评价好似当头棒喝，让我如梦初醒。王宁远老师说："虽然有几处需要改动，但总体来说我还是蛮喜欢这部小说的，考古知识部分没有大问题。"这对我是极大的鼓励。

说实话，涉足写作10多年，出了4本书，这是我第一次参加改稿会，而且是这样一个说真话的改稿会。我不得不佩服文艺社的严谨与认真的出书态度。事实上，当时找到他们出这本书，一方面是因为良渚文化的考古遗址就在浙江省杭州市的余杭区，另一方面是欣赏文艺社在编辑中一丝不苟的行事风格。与文艺社结缘，是因为他们出版的两本书，纪念改革开放40周年的《四十年来家国》和纪念新中国成立70周年的《故乡的云》，收录了两篇我的文章。当时的编辑陈圆和罗艺对我的文章几乎是逐字逐句地推敲核实。我由此知道，浙江文艺出版社不光是一个有情怀、有担当的出版社，还是一个极为专业、负责任的出版社。

这次说真话改稿会，对我的写作有着极为深远的意义，可看作是我的"人生第一堂文学课"。我是理科生，写作完全是出于爱好，没受过任何正规训练。邱建国主编、我的责编余文军老师和文艺社资深编辑罗俞君老师都是文学修养极深的编辑，王宁远老师是发现良渚水利工程的考古专家，对良渚文化遗址的挖掘和发现非常熟悉，这本书遇到他们真的是非常幸运，他们改变了这本书的命运。

改稿会后，我一直犹豫是局部修改还是另起炉灶。正在这时，我读到一篇文章，谈到写作历史类题材时作者容易被史实捆绑，跳不出来。心里一惊，意识到我的这部小说正是走入了这个误区。这才是老师们认为它不像小说的根源。于是，我根据老师们的修改意见，大刀阔斧地砍掉枯燥的叙述性内容，重新设置人物和情节，重写整本书。

重写的过程非常顺利，每天都有着强烈的创作欲望，灵感不断。短短4个月的时间，我完成了这本书的二稿。除了章节标题和主要结构，这完全是另外一本书了，另外一本无论是文学性还是思想性都不可同日而语的书。

在重写本里，我以全能视角，设置了两条主线，一条副线。这两条主线，一条是考古挖掘的过程和出土物的写实故事，一条是远古时期生活场景的虚构故事，现在和过去、实与虚交替呈现。一条若隐若现的副线专为延续良渚文化发现人施昕更的故事而设。3条线时而平行，时而交错，在时间和空间上任意穿越。有家国情怀，也有爱恨情仇，还有神巫灵界，诸多通俗小说的元素包含其中。这是我的写作生涯里，第一部超越了自我生活经验的小说，也是最挑战我的虚构能力和想象力的一部小说，更是一部从书写情感到书写历史的转型之作。我对它的问世充满期待。

学者王国维在《古史新证》中曾说："上古之事，传说与史实混而不分，史实之中固不免有所缘饰，与传说无异，而传说之中亦往往有史实为之素地，二者不易区别……"在没有文字记载的年代，传说的真实性是不可忽略的。这些民间口口相传的传闻，即使看起来略显荒唐，却也可能隐藏着某种真相，并非空穴来风。因此，在这本小说里，既有信史文物、发掘过程，也有情景重现、神话传说，它的使命是让读者于轻松阅读中了解华夏历史长河中最天真烂漫的上古文明，产生中华文明起源的大追问。

这本小说的写作过程，让我爱上了考古，让我养成定下心来查史料的习惯，让我明白一切皆有可能，只要保持走的姿态，就一定可以抵达终点。我与这本小说，彼此成就。

我同时也相信，读完这部小说，读者的下一个博物馆之旅将会更为有趣。

7. 左手大地　右手天空：
《玉琮迷踪》的超时空多线叙事

　　浙江省文物考古研究所研究员、良渚第三代考古人王宁远讲过这么一件事：他在良渚水坝遗址接待了一位知名盗墓小说作者，他介绍的时候，作家很淡然地听，结束时，作家的助手提了一个问题：良渚发掘中有没有过很神奇的事情？回答是，没有。

　　这或许正是考古小说寥若晨星，盗墓小说洛阳纸贵的原因。当下社会，小说阅读的娱乐性是不容置疑的，而考古偏偏是讲求实证的科学。比如遗址断代，仅凭器型推测都是不够准确的，必须用现场发现的有机质，诸如　块草席、几缕丝绸，或者是草泥包中的植物纤维，做碳14测定才行。考古学者重实证，连历史学家都要让他三分。因此，考古小说不能太离谱。

　　既然打定主意写考古小说，就一铲子一铲子贴着考古写，不搞虚头巴脑的东西，跟盗墓小说撇清关系，保持各自的边界。这是我动笔写《玉琮迷踪》时的想法。

　　身为理科生，查阅资料，提出问题，然后寻求答案，并出具论据，是我的本分，或者说是习惯，所以我是不怵做研究的，连考古报告我都看得下去。但是贴近考古写有一个问题，就是写出来的东西不像小说。可我只能写小说。我是考古小白，涉足考古才几个月，手头只有关于良渚遗址的 6 本书以及网上的零星资料，讲多了很可能露馅。小说是虚构的，没人会跟我较真儿。

只是考古小说到底有多大的虚构空间？

绞尽脑汁我想出一招：启用超时空多线叙事。考古现场发现的东西只是它现在的状态，几千年前什么人用它做什么我们的眼睛是看不到的，但人脑的想象功能不就是为这个准备的吗？如果我把那个时空里发生的事情拉来与考古现场同步进行，不就有虚构了吗？有了虚构还愁不像小说吗？咱就来个虚虚实实、真真假假，左手大地、右手天空，贴着地面飞。虽不能扶摇于九天之上，绕地球一周也能把故事编圆了。按照这个思路，我设计了两条主线，一条副线。这两条主线一条是考古现场的实线，一条是远古生活的虚线。副线若隐若现，时藏时闪，相当于乐队里敲边鼓的。

实线——遗址、出土物、考古人

这条线写得比较艰苦，要查阅资料，还要熟悉考古术语和思路，但我也在其中找到了巨大的乐趣。过去我以为考古就是钻故纸堆，提到考古，脑子出现的就是一位老先生坐在书案前，面前一堆史料，见人进来，抬眼从老花镜上方看过来，目光如炬。写这本书时才知道，考古人员大部分时间是在太阳底下暴晒，坐在书桌前的时间很有限。而且虽然考古很枯燥，但也有激动人心的时刻。史前考古因为年代太久，出土的陶器大多缺胳膊少腿的，别说极易腐朽的丝绸木器，有的墓地里连尸骨都化掉了。要还原那些陶器、石器的形状，找出墓主的身份与社会关系、生活状态、文明程度，不仅需要巨大的耐心，更需要联想和推理。一个遗址从发现到破译，就是一个解谜的过程，发现谜底的那一秒钟是足以让人癫狂的。正如王宁远老师说的：考古是一个随时随地充满惊喜的职业，我时刻期待在下一秒打开未知的大门。

在三大遗址众多的出土物里，我有所侧重地描述了良渚玉器、三星堆青铜大立人、金沙十节青玉琮。现实中，这些出土物无论是身世还是用途都是未解之谜，比如玉琮如何使用？玉璧是如何成为祭天神器的？青铜大立人手上拿的是什么？他的非汉人长相背后隐藏着什么真相？良渚造十节玉琮为何会出现在金沙？对这些问题，考古学者可以不予回答，或者提供一些模棱两可的说辞，但要把故事编圆，我的书中必须交代清楚。因为是考古小说，我的推测还必须符合逻辑和考古学规范，要能过考古学家这一关。这就需要我对考古这门学问达到一定深度的认知。

我发现废墟之上，决定一个遗址命运的不是所谓的专家、学者，而是领队。他就相当于战场上带兵打仗的大将军，决战沙场、随机应变，胜负全在他的一念之间。所以实线的绝对主角除了出土物就是领队。良渚的杭天旭、吴勇，三星堆的陈一川，金沙的蒋夏，都是挖掘三大遗址时的领队。虽然是虚构人物，但现实中都有原型。我从网上搜到这几个原型人物的履历，以及他们在接受采访等各种场合说过的话，做事的习惯，等等。虽从未谋面，到这本书结束的时候我们仿佛已经是相识多年的友人了。

实线里的人物，除了化名的领队之外，还有两个实名的历史人物，这就是发现良渚文化第一人施昕更和挖开三星堆第一锄的四川农民燕道诚。讲述良渚文化和三星堆遗址时，这两个人是绕不过去的。在相关分部里，我用一章的篇幅详细记载施昕更在良渚遗址的 3 次试掘，和燕道诚在自家蓄水沟发现那一坑玉器的过程。记得修改的时候，责编问我，为避免纷争，施昕更可不可以用化名？我说不好，那样会降低考古这条线的真实感。既然是实线，咱们就把"实"做足了。后来这一部分还穿插了出土物图片，成为真正的考古学"民科教材"。

虚线——巫族、王权、信仰

这条线穿越时空，把读者带回到几千年前的案发现场——史前先民生活的年代。要真正破解三大遗址的谜团，形成叙述闭环，这条线起着举足轻重的作用。

国王、王子、大祭师、农民的儿子以及他们各自关注的事件，组成良渚文化晚期良渚人生活的实景。良渚古城的宫殿、广场、作坊、粮仓等都出现在人物的活动背景上。良渚晚期比较重大的事件是建城墙和水坝，这两个大型土木工程的建造过程凸显了国家形式和王权的巨大组织功能，最能体现良渚文化的文明程度。

远古时期人神关系密切，巫政合一，大祭师是仅次于国王的实权人物。良渚大祭师一家的设置就是为了描述这个现象。大祭师和他的两个女儿以及他家的管家八婆都是巫族。巫族究竟是怎么来的？他们与人最大的区别是什么？关注史前史的读者不可能对这些问题无动于衷。

虽然这里的人物、场景、事件都是虚构的，但作为考古小说，细节还是尽量准确。比如良渚人吃什么、穿什么，他们的餐桌上会出现什么主食和肉食，用什么果蔬和饮品佐餐，都在俞为洁著《良渚人的衣食》中有案可稽。为了给书中人物取一个适合他们的名字，我把孔夫子旧书网淘来的董楚平《吴越文化新探》都快翻烂了。

三星堆和金沙时期，因为出土的青铜立人长相奇特，人们怀疑当时的古蜀政坛或许由不同族裔组成。那么具体有哪些族裔呢？我想到三星堆祭祀坑出土的人像雕塑有的是笄法，有的是辫发，而古人对发式是很讲究的，这个差异应该是有意而为之，也应该是揭开这个谜底的钥匙。为此，我设计了望帝禅让王位之后，古蜀政坛上的王权拥有者开明帝与控制着神权的雅利安大祭师之间的权力之争。这也顺带解开了金沙遗址与三星堆遗址在构成和出土物上有较大差异之谜。

书中，实线和虚线以一对一的频率轮流出现，实线提出假设，虚线予以论证，它们之间既独立又相互关联，像"人"字一样彼此支撑，互为因果。比如关于青铜大立人手上拿什么的疑问，在实线里，三星堆遗址考古领队陈一川从考古学的角度作了一番推测。他想到在燕道诚家地窖里出土的一块玉板上的浮雕。这是一幅祭祀图，图上刻画着 5 个站着的巫师，其中 3 个手里都抱着一条蛇。这清楚地说明古蜀的巫师祭祀时是用龙蛇，所以大立人像手里握着的很可能是一条龙蛇。他还注意到历史学家提到的古身毒道。蜀地与印度等地交往的身毒道，在三星堆存在的夏商时期已经开通，古蜀与西亚之间必然有商贸往来。这或许就是三星堆的文化艺术形式更近乎西亚的原因。

那么他的推测对不对呢？在紧接着的虚线环节，我安排了一个古蜀的祭祀场景。时值望帝已经决定让毛遂自荐的鳖灵去治水，还特地请大祭司为他主持一个盛大的祭祀仪式，祈求上天保佑治水一举成功。书中写道："大祭师个子很高，深眼高鼻阔嘴，长相甚奇，前所未见。"能让来自长江中下游的鳖灵感觉奇怪的，显然是一个外来人种。当鳖灵向望帝询问，老人告诉他："大祭师不是我们蜀国人，他是雅利安人。"

望帝还告诉鳖灵："敬水神仪式上大祭司手上一般都是拿象牙，因为象牙可以镇杀水中的精怪。祭地的时候就不能拿象牙了，要拿蛇，蛇才是大地保护神。"

然后，书中出现了这样一句话："乐舞之后，大祭司从身后的大立人手上抽出象牙。"

一切昭然若揭！这是事实吗？是，也不是。虽然没有记载，但并非不可能，说不定下一个祭祀坑的出土物就能验证。这就是史前考古的奇妙之处，因为不确定，所以有无限可能。而这种符合逻辑的可能性就是小说虚构的空间。

副线着墨不多，却肩负着特别的使命。设置这条线的主要目的，一方面是延续良渚文化发现者施昕更的故事，另一方面是希望在东西方不同语境下探讨人类起源、文明起源以及宗教起源，让读者对考古的认识具有更广阔的视野。

这条线的产生，有一个故事。在这部小说的第一稿里，为了用上我多年海外生活的经验，杭天旭这个人物是新中国成立初期的加拿大"海归"。但在文艺社的5人改稿会上，这个我自认为得意的设置被王宁远老师否掉了。他说确实有一些遗址是外国人发现的，但良渚不是，它百分之百是我们中国考古人自己的"作品"。至今我还清楚地记得王宁远老师说这话时的神情，我的心被一股莫名的感觉击中。从金石学到田野考古，考古在中国走过了一条漫长的路。发端于民国时期的中国考古学起步比较晚，也意味着考古工作者要付出更多的努力。"上穷碧落下黄泉，动手动脚找东西"，每一个遗址的背后其实都凝聚着中国考古人对祖国遗存的一片深情。我好像突然之间意识到了这本书的分量，它不是一本普通的小说，它肩负着让读者了解中国百年考古和考古工作者的责任。

根据王宁远老师的建议，这条线后来改成：施昕更在瑞安时的房东在为施昕更送信时被日军飞机炸伤，临死前把他的外孙托付给救他的加拿大传教士。传教士一家为躲避战乱回到加拿大。房东外孙长大后选择人类学作为专业，并与良渚的第二代和第三代考古学者建立了同道之谊，他提供的 20 世纪 50 年代遗址上空的卫星图片帮助他们发现了低坝系统。这样的设计更加自然合理。

《玉琮迷踪》这种虚实切换、时空交错的结构，使得实线中密集而又相对枯燥的考古内容在舒缓言情的虚线环节得到稀释，形成一种独特的节奏。这个节奏对于写作者起到压力纾解的作用，读者当然也需要这种阅读上的张弛调节，毕竟他们不是来上考古课的。

（原载《文综》2021 年冬季号，第 58 期）

8.《锦瑟》，失意中年的一声叹息

谁都知道老年人爱回忆，实际上回忆这件事从中年就开始了。回首往事，青春年华已在岁月蹉跎中消失殆尽。放眼前路，老之将至，生命之光何其璀璨而又稍纵即逝。中年的回忆糅合了无奈与不甘诸般情绪，可谓五味杂陈，道不尽的相思与伤逝，远不及老年那般云淡风轻。

说到中年回忆，不得不提唐代诗人李商隐的七言诗《锦瑟》：

> 锦瑟无端五十弦，一弦一柱思华年。
> 庄生晓梦迷蝴蝶，望帝春心托杜鹃。
> 沧海月明珠有泪，蓝田日暖玉生烟。
> 此情可待成追忆，只是当时已惘然。

这首诗虽以锦瑟起兴，并非咏锦瑟。用诗的开端两字做题目是从《诗经》就开始的习惯，相当于"无题"。锦瑟，即琴身绘有织锦纹饰的瑟。瑟是古代的一种乐器，伏羲所作。这种乐器，后代弦的数量不一，一般是 25 弦，50 弦是传说中的古瑟。《史记》记载，黄帝使素女鼓 50 弦瑟，帝悲不止，故破其瑟为 25 弦。

作这首诗时，诗人年近50，自然联想到有50根琴弦的瑟。

蝴蝶，杜鹃，晓梦，春心，诗的三、四两句字面意思很美，足以引起读者视觉上的愉悦，但这几个美好物候背后的真相却让人细思极恐。

古人作诗喜欢用典，这里用了两则典故。庄周梦蝶，是最能表现庄子齐物思想的一则寓言，取自《庄子·蝶梦》："昔者庄周梦为蝴蝶，栩栩然蝴蝶也，自喻适志与，不知周也。俄然觉，则蘧蘧然周也。不知周之梦为蝴蝶与，蝴蝶之梦为周与？周与蝴蝶则必有分矣。此之谓物化。"

大意是，庄子做梦变成蝴蝶，完全是一只欣然生动的蝴蝶，十分快活适意，全然不知道自己是庄周了。一会儿醒来，才惊讶自己原来是庄周。真不知到底是庄周做梦变成蝴蝶呢，还是蝴蝶做梦变成了庄周呢？庄周与蝴蝶定然是有别的，这就是所说的物化。这是一种消除物我差别的境界。诗人用庄子的蝶梦故事，取的是一个"迷"字。一个人，梦醒浑一，人蝶莫辨，显然是处在一种比较颓废的生存状态。

望帝杜宇是古蜀的第四代蜀王，生活在中原的商末周初时期。望帝晚年时，蜀地洪水为患，蜀民不得安处，乃使其相鳖灵治水，后来感其治水成功，让帝位于鳖灵，自己退隐西山。相传杜宇死后魂魄化为鸟，每年春耕时节，此鸟鸣啼不已，鸣声凄哀，蜀人闻之曰"我望帝魂也"，为它起名为杜鹃。《楚辞·招魂》曰"目击千里兮伤春心"，望帝已变为杜鹃鸟，他的伤春之心只能借杜鹃的嘴叫出来了。诗人引望帝化杜鹃的典故，取的是一个"托"字，痛失王位，其鸣亦怨，其情亦悲。

如此，庄周的物我两忘和望帝的伤春之心都指向一种情绪：

人生苦短，韶华易逝，往事如梦幻，所有抱负和理想最终都不过是一缕云烟。

"沧海月明珠有泪，蓝田日暖玉生烟"，古人有海里的蚌珠与月亮相感应的说法，月满珠就圆，月亏珠就缺。他们相信在海里有一群像鱼一样生活的人，能织一种被称为绡的丝绢，色彩鲜艳，薄如蝉翼。他们哭泣的时候眼泪能变成珠，这就是"鲛人泣珠"的传说。蓝田是位于陕西省蓝田县东南的一座山，盛产美玉。司空图《与极浦谈诗书》引戴叔伦语云："诗家之景如蓝田日暖，良玉生烟，可望而不可置于眉睫之前也。"这两句以水泡、烟影喻往事，言幻灭不可复追。

朱光潜认为，庄周蝴蝶，固属迷梦，望帝杜鹃，亦仅传言。珠未常有泪，玉更不能生烟。但沧海月明，珠光或似泪影，玉霞或似轻烟。这首诗的后四句表现的是一种死亡消逝之后，渺茫恍惚，不堪追索的情境所起的悲哀。三、四句实言情感，犹着迹象，五、六句把想象区域推得更远、更精致。他说，一首诗的意象好比图画的颜色阴影浓淡，可以烘托一种风景或者心情，李商隐的这首诗就是选择了几个精妙的意象，来唤起读者多方面的联想。

李商隐是晚唐诗坛的一颗明星，也是对后代有影响的一位诗家。人民文学出版社的《唐诗选》里，很多人都是一到两首，李商隐的诗选录了30首，仅次于李白和杜甫，与白居易同数。

李商隐的诗结构新奇，风格也非常特殊，历代想模仿李写诗风格的人甚众，大多难以如愿。他的近体诗，尤其是七律，绣织丽字，镶嵌典故，包藏细密，意境朦胧，常常因为有情调、有色彩、有气氛，又多比兴、多新语而引人吟诵、玩索。

虽然才华过人，又有"欲回天地"的政治野心，李商隐个人境遇却是坎坷多难，"运与愿违""一生襟抱未尝开"。李商隐父亲早逝，随母回家乡，生活十分艰难。作为家中长子，他不得不经常为人抄写经书补贴家用，16岁时已写得一手好书法和好文章。李商隐早年受教于令狐楚，登进士及第后娶王茂元女为妻，由于令狐楚和王茂元是政敌，从此陷入朋党倾轧，遭遇谗毁和排抑。

这样的人生经历致使李商隐的诗里恬愉散朗的境界少，感怀伤春的内容多，这首《锦瑟》真实描述了诗人在人到中年时，追忆似水年华、怅然若失的心境，如诗的最后两句所述，"此情可待成追忆，只是当时已惘然"。种种情境，岂待成追忆时才感哀痛，华年流过之时便已体味到其中的苦涩了。

在文学界，李商隐的这首《锦瑟》是谜一般的存在。由于思想感情被诗人以指向模糊的典故刻意隐藏起来，它的真实用意历来有各种猜测：咏瑟，悼亡，自伤身世，政治寄托，诗集自序，等等。李商隐的过人之处，正在于善用多种典故与比喻来表现一种情绪，至于这到底是一种什么情绪，却是读者各自心理的投射。清人陆次云在《唐诗善鸣集》中说："意致迷离，在可解不可解之间……"而我，则以一个中年人的心态，读出了中年李商隐对自己壮志未酬的人生发出的一声叹息。

人的一生中，中年是最悲催的一个时期，过去的数年得意或是失意，此时的回忆都或多或少夹杂着苦涩。位高权重者日日面对官场争斗，尔虞我诈，难免身心疲惫，萌生去意；落魄者已经沉沦，心灰意冷，不再寄希望于峰回路转。岁月如歌，伤逝是中年的主旋，李商隐的《锦瑟》无疑是最美的一支曲子。

9. 在书写中归来

——浅议海外作家讲中国故事

　　海外作者应该写什么？有学者认为他们应该利用自己的优势写东西方文化的碰撞或融合，或者华人在异国他乡的生活经历，包括乡愁，总之是有国际视野的主题。但有海外作者争辩，无论身在何处，好的作品都应该写出人性，人性不分国籍和种群。这个问题其实是无解的。因为写作是最个人化的事情，需要生活积累，更需要激情和灵感，引发每个作者创作冲动的主题很难说得清。

　　近几年经常听人说起"讲好中国故事"。主要思路是：要想让国际社会了解中国，中国的风俗习惯、民族特性，中国人的世界观、人生观、价值观，中国人对自然、对世界、对历史、对未来的看法，中国与外部世界的友好交往等，只靠正规的新闻发布、官方介绍以及外国民众来中国亲自了解、亲身感受，都是很有限的。而文艺是最好的交流方式，在这方面可以发挥不可替代的作用，一部小说，一篇散文，一首诗，一幅画，一张照片，一部电影，一部电视剧，一曲音乐，都能给外国人了解中国提供一个独特的视角，都能以各自的魅力去吸引人、感染人、打动人。

　　身处海外，知己知彼，"讲好中国故事"按说我们海外作者理应当仁不让。近几年海外文坛也确实出现了一批这类题材的好作品，比如陈河的《甲骨时光》、李彦的《不远万里》《校园里那株美洲蕾》、虔谦的《二十九甲子，又见洛阳》、施玮的《故国宫卷》以及孙博、曾晓文的《中国芯传奇》、孙博的《中国处方》等。2021 年，我的长篇考古小说《玉琮迷踪》由浙江文艺出版社出版。中国故事已成为 21 世纪以来海外华文文学创作的亮点。

其实，海外作者写中国故事并不是这几年才开始的。据我所知，严歌苓的小说除了《无出路咖啡馆》之外，几乎全部是中国故事，六六也有讲中国故事的一支好笔。那么海外的写手为什么要放弃自己海外生活经验书写的优势去写中国故事呢？今天我想就这个问题从一个写手的角度谈一点自己的浅见。

中年回望　身份反思

有位作家说过：到了中年，就可以停下来，回头看看了。中年是人的一生中很特别的时期。充满憧憬、一路狂奔的青年时代已经结束，经验和理性占了上风。对社会与所见所闻少了盲从，多了自己的思考与客观判断，中年是人的一生中最容易陷入反思的季节。

海外作者大都是改革开放初期出国的留学生，有公费也有自费，但不管初衷是什么，他们都留在了所在国，融入了当地社会和西方文化。多年忙于立足、求职、养家，无论原来的专业是理科还是人文学科，有时间和心境重拾写作爱好都已经是人到中年了。

出国年数越多，越能体会中国胃、中国眼光、中国话、中国思维、中国心，这些与中国相关特点的不可抗拒。这个时候，这些在出国浪潮中来到大洋彼岸的学子基本已经知道无论怎样努力，西语讲得如何地道，自己是不可能融入西方文化主流的。而那个千里之外、远隔了千山万水的国家无论离开有多久，它的影响都是终身的。于是他们把目光重新投射到遥远的祖国，试图在那里找到心灵的归属。在这个寻找过程中，写作的重心不自觉地从最初的异国故事转向到对中国本土叙事资源（历史与文化）的开发。"讲中国故事"正是海外作者对自己的身份重新定位的结果。

文化是历史的基因，历史是文化的足迹。海外作者笔下的中国故事涵盖中国历史、中国文字、中华医药以及中国与外部的友好往来，等等。李彦是加拿大一所孔子学院的加方院长，而加拿大是中国人民的老朋友白求恩的故乡。她本人对白求恩的崇拜，加上正在从事的中加合作环境，促成了她对白求恩的深度挖掘和成功书写。她的非虚构作品《尺素天涯》，就是通过她对一位加拿大老人的采访，揭开一段被掩埋的历史，解读了白求恩——这位中国人民心目中的英雄常人的情感世界和他非凡理想情怀的源头。李彦发表于《当代》2019 年第 4 期上的非虚构作品《校园里那株美洲蕾》，讲述了一位热爱中国的美国知识分子与中国的命运联系。这部作品像作者的其他作品一样，堪称文学化的非虚构写作的典范。李彦的中国故事，让读者有机会了解中加往来历史上重要的人物和事件，开创了这类题材书写的先河。

陈河创作《甲骨时光》，缘起于他刚移民到了多伦多的时候，看到安大略省皇家博物馆里的 3 幅隋代壁画。十几年之后，他去北京为新书出版做宣传，顺道去河南安阳看了殷墟，被殷墟深深吸引。通过相关阅读，他得知甲骨发现时期的河南安阳是一个布满历史雾障的迷宫，充满梦幻、欲望、阴谋和暴力，他于是决定写一部有关甲骨文现身的小说，而壁画也成为这部小说里最重要的线索。

在《二十九甲子，又见洛阳》中，虔谦怀着浓厚的历史情结，描述了从永嘉之乱到大隋统一278年大动乱大迁徙大征战的两晋南北朝时期的左氏家族史。她回忆说，大约三四年前，一个偶尔的机会，她看了几部央视录制的历史文献片，介绍东方帝王谷、秦人历史、商周历史等，突然就很有感觉，并产生了抑制不住的激情，萌生了写历史小说的念头。

我写长篇考古小说《玉琮迷踪》，则因为参观成都金沙遗址博物馆时见到一尊从风格到质材都属于良渚文化的玉琮，引发好奇心，跟踪追问，搜索答案。在探秘过程中，随着考古学知识的增加，生出了写一部以史前文化为主题的小说的念头。

海外作者写中国故事，看似都有偶然的契机，但偶然中藏着必然。先有关注，才会发现，才会被这些中国故事所打动，并引发随后的创作。写中国故事是海外作者身份反思，并在心灵上回归中华文化的结果。

家族故事　血脉相承

近几年，海外作者的家族书写渐渐多了起来。李彦的《红浮萍》、严歌苓的《陆犯焉识》之后，戴小华的《忽如归》、海云的《金陵公子》等出现在大众视野。《红浮萍》是双语作家李彦创作的第一部英文小说，在加拿大本土引起较大反响。这部自叙体小说，通过一个家族的沧桑反映时代，作品主题深刻，充满质感，写出了历史跳动的脉搏，写出了人性。15 年之后，作者对这部作品作了译写，使它得以与国内的读者见面。

在改革开放时期出国的这一批人跨入中老年的同时，他们的父母也进入高龄阶段。为了弥补多年聚少离多的缺憾，海外作者返乡的步履变得更为急促和频繁。在与父母团聚的日子里，闲叙最多的话题便是家族史。老人们希望子女知道家族辉煌的过去、发家的过程以及自己对后人的期望。这种交谈很容易让聆听者认为自己对记录家族独特历史负有不可推卸的责任。而那些生动有趣的故事，有细节，有温度，也确实是极好的小说素材。

家族书写为作者宣泄故土情怀提供了极好的机会。大多数海外作者"少小离家老大回，乡音无改鬓毛衰"，海外定居时间久了，渐渐习惯了居住国的文化习俗，而对自己的家乡反而陌生疏离。现在为了多陪陪父母，回国的时间和次数多了，在故乡走走看看，会生出许多的感慨，唤起久违了的故土情怀。这种故土情怀跟乡愁不同，它里面没有太多的愁绪，倒是重新认识与读懂家乡的成分更多一些。

我自己就有这方面的体会。2019 年，我休了一个长假，在家乡足足待了 3 个月。这段时间我探访了家乡的老街古迹、名人故居，就像到了一个全新的地方旅游，处处有发现，时时有惊喜，后悔自己怎么没有早一点关注家乡。其实我老家是运河之都，有非常丰富的运河文化资源，但过去一直没有留意过。贾平凹说作家应该有自己写作的根据地，就像莫言笔下的高密东北乡那样，他自己就是打了好多年的游击。近几年，贾平凹创作了《秦腔》

《山本》《带灯》等一系列相当有分量的作品。建立了写根据地之后，他回到物的书写中，回到土地的质感表层，他的创作抵达一个相当自由的境地。

所以，我觉得家族史是非常好的写作素材，家族和家乡不光为作者的创作提供扎根的土壤，还为作者提供了非常好的发挥空间。因为家族史一般从少年时期上溯到父母、祖父母那一代人，属于中国近现代史的范畴，而中国这一段历史的重大事件特别多，有非常丰富的戏剧性，是同时期任何其他国家都无法比拟的。而且一旦书中的人物跟作者产生了血脉联系，有共同的家族基因，在讲述时会更有激情，也更容易进入角色。

梁永安说，世界性的家族史文学作品有一个共同点，那就是以家族的流变描述生存、描述社会的拓展。"家族"以一种生命体的形式承载大历史的演进，"有点人类学的味道"。当然，在深度和广度上，海外作家的家族书写还有长长的路要走。

历史资源　用之不竭

大多数作者开始写作的时候都是从自己的亲身经历入手，这是因为写熟悉的东西比较容易把握。即便是虚构小说，使用熟悉的场景和语境也会更得心应手。自 2007 年开始比较认真地文学创作至今，我写了 3 本有关海外生活的小说，《情感危机》是有关中年危机的，《失贞》是写早期留学生涯的，《剩女茉莉》是写海外职场的，这 3 本书基本上就把我多年的生活积累掏空了。接着写也不是没有，比如新移民的生活、小留学生什么的，但感觉不是自己现阶段非常想表达的东西。至于写东西方文化比较，我自知自己没资格，虽说在加拿大职场混了几十年，也只了解一些皮毛。我觉得写东西方文化，那些外嫁的作者似乎更能承当此类重任。

我在创作《玉琮迷踪》之前对历史没有什么兴趣，对考古更加没有感觉，在金沙遗址博物馆的参观也是走马观花式的。这部小说完稿后，才知道历史比现实精彩多了，而且越深挖越有意思。这本书年之后，我打算好好研究一下先秦时期的越文化，看看它和中华文明的起源有什么样的传承关系。

写历史题材也会上瘾，虔谦在完成《二十九甲子，又见洛阳》之后，又创作了《紫荆花满蒲津渡》《鹿鸣呦呦》和《荆歌》等多部历史小说，一改过去书写海外生活的路数。我自己也计划深挖一下京杭大运河，它是我家乡淮安的母亲河。通过书写大运河沿岸的风土人情，进一步了解中国的漕运文化，了解自己的故乡，那将是一件非常让人动心的事情。

中国有上下五千年的历史，历经多个朝代，它和现实题材的最大不同是，不需要经验，不必亲临现场，避免了海外作者在讲述中国故事中的最大短板。而且，书写历史故事，只要主体符合历史事实，细节部分可以最大限度地发挥想象力，在语言的运用上，还可以借用文言文的简洁典雅之美。

写出不同的"中国故事"

虽然都是讲中国故事，由谁来讲也有差异。海外作者写的中国故事，会有意识地安插一两个外国人或者从海外回去的角色，为的是把海外生活的经验以及西方文化的价值观和思维方式带进去，让作品多一些国际视野。比如严歌苓《金陵十三钗》里的美国传教士，六六《宝贝》里那个有国外学习经历的"70后"女强人冯莹。施纬最新长篇小说《故国宫卷》的主角 IT 男孩宋天一来自美国，他的母亲是华裔，父亲是一位西人汉学家。

我在创作《玉琮迷踪》时，也设计了一个来自浙江瑞安的加籍华人陆光明，抗日战争中亲人遇难，后由加拿大传教士带回加拿大抚养成人。陆光明多大人类学专业毕业后，在蒙特利尔大学任教，从事商周研究，并与良渚的第二代和第三代考古学者建立了同道之谊，他提供的 20 世纪 50 年代遗址上空的卫星图片，帮助他们发现了低坝系统。这样的设计当然是有用意的，我想借他之口，让史前文化的讨论中多一些外来元素。这是因为史前神话传说中东西方有诸多相似之处，比如创世纪和大洪水，这几乎已成为人类的共同记忆。

所以，如果海外的写手利用自己身居海外的优势，把中国故事讲成多方位、多色系的大故事，前景将是非常值得憧憬的。

回望，用目光抚摸故土；书写，用文字宣泄情怀。在回望中懂得，在书写中归来。我认为，海外作者写中国故事是一种心灵的回归，书写中国故事为海外作者找到了一条回家的路。以上是我对于海外作者讲中国故事这一现象一点粗浅的思考，期待文学界前辈指正。

（原载《中文学刊》2022 年第 3 期）

后记
时光生成的花朵

参观旧金山的美国国际美术馆,看到一幅 3D 打印的仿真梵高《向日葵》,连油彩纹理都与原画一模一样,几可乱真,标价 3200 美元。旁边的标签上有一小段说明:12 朵向日葵创作于法国南部灿烂的阳光下。梵高出生于被誉为郁金香之故乡的荷兰,但是或许因为郁金香过于美丽脆弱,他更偏爱法国的向日葵。向日葵的叶子厚而粗糙,花盘硕大明艳,有着浓郁的草根特质,给人一种无比真实的感觉。事实上,向日葵可说是地里长出来的太阳。

地里长出来的太阳,多么浪漫而贴切的比喻!写作时间久了,对文字的使用比较敏感,常常会突然发现一个词、一句话很美。并不是那个词有多么华丽,相反,可能非常的质朴,非常的通俗,但就是有一种特别的韵味儿,值得反复咀嚼回味。向日葵的籽盘大大圆圆的,圆盘的四周长着金黄色的花瓣,像太阳辐射的芒刺。而且一天当中,它不断调整方向,只朝着太阳仰望,似乎它们与太阳之间真的有一种神秘的联系。

最近为我的第二本散文集起书名,突然想起了这件事。如果向日葵是地里长出的太阳,那这本书中所记录的可说是时光生成的花朵了。过去 10 年的所思所想，所经历过的人和事，以及它们带来的成长与丰富，都是时光在我的生命里长出来的花朵。

2012 年，我出了第一本散文集，那是我开始写作的 10 年间发表在各类报刊上的随笔散文，全书分为"计篇""势篇""避篇""变篇""交篇""娱篇"，等等。文长 1000 多字，全部关乎女人：怎样做一个内心强大的女人，怎样跟刁钻上司打交道，怎样搞定花心老公，如何为人女为人母，如何维系友情，休闲娱己，成全他人又保全自我……书名为《好女人兵法》。

时光荏苒，又一个 10 年倏尔而逝。集腋成裘，我的第二本散文集又将面世。只是这一次，虽然还是一些家长里短、相夫教子的内容，心境已经大为不同。我发现，其实我们并不需要"兵法"去拥有自己所期待的生活。很多事情，只需播下种子，静候花开。

比如同一屋檐下的那个他，争执、逼迫和计谋都只能维系一时，而相守一世最终还要靠尊重。尊重他与自己的诸多不同，如喜好、习惯、消费观、价值观、金钱观。孩子教育更是一件修枝剪叶、水到渠成的事情，功利心太重肯定是不行的。找到自我、守住初心又何尝不需要极大的耐心与毅力。总之，我花了 10 年时间完成了从改变他人到向内寻找、向内沉淀的转变，与生活和解，与世界和解，与自己和解。和解的过程，全部收录到了这第二本集子里，和解的结果，就是战场变成了花园。

时间最大的特点是以固有的速度流逝，人类无法阻断。子在川上曰：逝者如斯夫！不舍昼夜。朱自清感叹，我们的日子滴在时间的流里，像针尖上一滴水滴在大海里，没有声音，也没有影子。让人伤感、惆怅、怀疑人生的时间真的无处可寻吗？在整理这本散文集的时候，我发现过去的 10 年里，当昔日的战场变成花园，各种各样的花儿都曾在我的生活中绽放，思想的、亲情的、文学的……借着它们，我看见了时间走过的痕迹。

一年三百六十五天，一天二十四小时，既慷慨又吝啬。时间是公平的，位高权重、身家上忆的成功人士，它不会多给一分；一无是处、穷困潦倒的流浪汉，它不会少给一秒。从某种意义上说，时间的使用是人与人之间、今天的自己与过去的自己之间唯一的区别。虚掷时光，生命如一张白纸，来世间空走一遭；愚公移山，每日挖一点，不喜不惧，终有所悟，亦有所得。我的前 40 年，时间几乎全部花在安身立命上，完成学业、求职立足、成家置业、相夫教子，面对生活的挑战和诸多不确定，充满焦虑，那是一段磕磕绊绊负重前行、不堪回首的日子。但是没有前 40 年的奋斗与努力，又哪来后面的风轻云淡、岁月静好。时光从来不会辜负一个认真生活的人。时光的花园里，种下什么，就能收获到什么样的花朵。

紫罗兰安静浪漫，是自我的苏醒和永远不变的少女心；蒲公英恣意飞扬，是行走世界的脚步；合欢并立枝头，是家的温暖与支撑；广玉兰花繁叶茂，母亲般敦厚慈祥；迷迭香独特的香气，带领游子回家的路；野雏菊满坡盛开，如同智者深邃的眼睛；蓝玫瑰神秘而富有创造力，似文学直击心灵……你在哪朵花上花了时间，那朵花就变得重要。

花朵，是植物繁殖的器官，是黑土地里长出来的柔美，是女性的力量。它们像梵高笔下的向日葵一样，来自泥土，点亮世界。

2022 年 6 月 6 日于加拿大温莎